Gaby Hauptmann
Liebesnöter

Zu diesem Buch

Ella wird es heiß und kalt: Auf einer Ausstellung blickt sie tief in Moritz' Augen. Denn auf in dem Porträt einer schwedischen Malerin erkennt sie den Liebhaber ihrer Zwillingsschwester Inka wieder. Ellas Gefühle fahren plötzlich Achterbahn – denn Moritz hat Inkas Leben auf dem Gewissen und ist seit diesem verhängnisvollen Tag von der Bildfläche verschwunden. Kurzerhand steigt Ella in den Flieger nach Stockholm, um Moritz zu finden. Sie will endlich das Rätsel um ihre geliebte Schwester lösen. Doch in Stockholm läuft sie erst einmal dem unwiderstehlichen Roger über den Weg, der sie ihren allzu braven Freund Ben über Nacht vergessen lässt ...

Gaby Hauptmann, geboren 1957 in Trossingen, lebt als freie Journalistin und Autorin in Allensbach am Bodensee. Ihre Romane sind Bestseller, wurden in zahlreiche Sprachen übersetzt und erfolgreich verfilmt. Außerdem veröffentlichte sie mehrere Erzählungsbände, Kinder- und Jugendbücher. Nach »Das Glück mit den Männern« und »Ticket ins Paradies« erschien zuletzt ihr Bestseller »Hängepartie«. Mehr zur Autorin unter www.gaby-hauptmann.de

Gaby Hauptmann

Liebesnöter

Roman

Piper München Zürich

Mehr über unsere Autoren und Bücher:
www.piper.de

Von Gaby Hauptmann liegen bei Piper vor:
Suche impotenten Mann fürs Leben
Nur ein toter Mann ist ein guter Mann
Eine Handvoll Männlichkeit
Die Meute der Erben
Ein Liebhaber zuviel ist noch zu wenig
Die Lüge im Bett
Frauenhand auf Männerpo
Fünf-Sterne-Kerle inklusive
Hengstparade
Yachtfieber
Ran an den Mann
Nicht schon wieder al dente
Das Glück mit den Männern und andere Geschichten
Rückflug zu verschenken
Ticket ins Paradies
Wo die Engel Weihnachten feiern
Hängepartie
Liebesnöter

Ungekürzte Taschenbuchausgabe
Juni 2012
© 2012 Piper Verlag GmbH, München
Umschlaggestaltung: Cornelia Niere, München
Umschlagmotiv: Artwork Cornelia Niere (Rahmen), iStockphoto (Mann)
Satz: Satz für Satz. Barbara Reischmann, Leutkirch
Gesetzt aus der Adobe Garamond
Papier: Munken Print von Arctic Paper Munkedals AB, Schweden
Druck und Bindung: CPI – Clausen & Bosse, Leck
Printed in Germany   ISBN 978-3-492-27447-0

Für

Doris, Gerd, Hanjo, Joe, Lesley, Tom
und Hans Trümper

Abi 77

We're older but not wiser,
For in our hearts the dreams are still the same

Dienstag

Der dicke Pinselstrich war ihr zu schwer, die Bilder zu düster, die Motive zu freudlos. Es passte irgendwie zu der Welt da draußen, dem Sprühregen vor den hohen Galeriefenstern und überhaupt zu ihrer Stimmung. Ella fragte sich, warum sie sich zu dieser Vernissage hatte überreden lassen. Sie kannte die Künstlerin nicht, sie wollte nichts kaufen, und eigentlich wartete sie nur auf Ben. Und das schon seit einer halben Stunde.

Ella ließ ihren Blick über die anderen Gäste schweifen. Die üblichen Verdächtigen. Die einen, die ihren erhabenen Kunstverstand schon über die entsprechende Kleidung ausdrückten, die anderen, die wirklich an den Gemälden interessiert waren und weniger an der Marke des Sekts und der Qualität der Canapés. Und schließlich die Hobbymaler, die in Grüppchen vor einem Bild standen und leidenschaftlich diskutierten. Dazu gehörte normalerweise auch Ben. Er suchte immer das Gespräch mit dem Künstler, war brennend an dem Wie und Warum, der Technik und dem Impuls zu einem Werk interessiert. Doch heute war die Künstlerin nicht anwesend, ein schweres Unwetter hatte ihren Flug von Stockholm verhindert.

Ella überlegte, ob sie Ben darüber informieren sollte — vielleicht wollte er dann ja gar nicht mehr kommen, und sie könnte ihren Aufenthalt hier drastisch abkürzen? Sie war den ganzen Tag von einem Termin zum anderen gehetzt, war hundemüde und sehnte sich nach einem heißen Bad. Vielleicht würde es ihm ja reichen, wenn sie ihm einfach von ihren Eindrücken erzählte? Ella ging die Bilder ab, die sie noch nicht gesehen hatte, und trank dabei ihr Glas aus. Auch hier herrschten Düsternis und der breite Pinselstrich, fast schon wie mit dem Spachtel aufgetragen. Naturmotive, mystische Irrlichter, Wasser und Wälder. Die Bilder waren Ella unheimlich, unbestimmte Erinnerungen kamen hoch, schnell ging sie weiter. Die Gemälde auf der Rückseite der Stellwände hatten dagegen einen völlig anderen Charakter: abstrakter, bunt, farbig, heiter. Mädchen tanzten mit Blumenkränzen im Haar, die Sonne flirrte, man konnte ihr Lachen hören.

Gute-Laune-Bilder, dachte Ella. So etwas bräuchte sie eigentlich in ihrem Büro als Antidepressivum, wenn ihr mal wieder alles auf die Nerven ging. Sie zog ihr Handy heraus, um Ben anzurufen, und sah, dass er es auch schon versucht hatte. Offensichtlich hatte sie im Stimmengewirr das Läuten überhört. Ben teilte ihr per Mailbox mit, dass es im Büro eine Verzögerung gebe und er leider nicht kommen könne. Typisch Ben. Nie klappte eine Verabredung. Langsam nervte sie das wirklich. Nur ihm zuliebe war sie überhaupt hierhergekommen, und jetzt stand sie alleine da. Ärgerlich stellte sie ihr Sektglas ab. Nur keine schlechte Laune, versuchte sie sich beim Hinausgehen aufzumuntern, und wählte den menschenleersten Weg entlang einer Portraitreihe in Richtung Ausgang. Freu dich auf ein duftendes Bad, auf eine Auszeit, auf den gemütlichen Abend mit allem, was du dir selbst Gutes tun kannst. Sie hatte sich schon fast selbst von ihrer guten Laune überzeugt, da sah sie ihn. Sie sah ihn aus dem Augenwinkel, und eigentlich war es, als sähe er sie. Sie blieb stehen und hatte plötzlich das Gefühl, völlig alleine in dem Raum zu sein. Nur er und sie. Sie traute sich kaum, den Kopf nach ihm zu drehen, aus Angst, etwas zu sehen, was sie nicht sehen wollte. Was sie lieber nicht wissen wollte. Gleichzeitig fühlte sie, dass es dafür schon zu spät war. Sie schloss die Augen und trat auf das Bild zu. Dann zählte sie bis fünf und öffnete die Augen. Es war nicht wirklich er, eher das, was die Malerin in ihm gesehen hat. Große, braune, aufmerksame Augen, eine steile Unmutsfalte an der Nasenwurzel, einen leicht spöttischen Mund. Der Rest ging unter in breiten Pinselstrichen, die die Konturen des Gesichtes nur erahnen ließen. Trotzdem fuhr es Ella durch Mark und Bein. Sie schaute sich um, ob jemand ihr körperliches Erschrecken bemerkt hatte. Aber niemand schien Notiz von ihr zu nehmen. Sie trat einige Schritte zurück, betrachtete nun auch die anderen Portraits. Frauen, Männer, Mädchen – alle litten an diesem schweren Pinselstrich. Und trotzdem sah man immer ein Gesicht, mehr noch, man sah den Menschen dahinter.

Ella zwang sich zum Weitergehen, um das Bild im Kopf loszuwerden. Dann kehrte sie noch einmal um und versuchte, sein Portrait ganz nüchtern zu betrachten. Aber wieder packte es sie. Egal, wie sehr sie sich davon distanzieren wollte, es war schon da, ganz nah an ihr dran. Ihre Gänsehaut sagte ihr, dass er es war: Moritz. Eindeutig älter, aber das spielte keine Rolle. Es waren seine Augen, sein Mund. Und vor allem war es sein Blick, dieser Blick, der immer alles an sich ziehen wollte, der rätselhaft war und zugleich Vertrauen schenkte. Und schon wieder sahen diese Augen sie an und ließen sie einfach nicht los.

Als Ella zur Ausstellungstheke zurückging, spürte sie, dass er ihr nachschaute. Sie kaufte einen Katalog der Künstlerin. Aufgewühlt ging sie ein letztes Mal zu dem Portrait und fotografierte es mit ihrem Smartphone. Sie würde das Foto nicht anschauen können, das wusste sie schon jetzt. Alleine der Gedanke daran gruselte sie.

Es kam alles zurück. Vierzehn Jahre waren wie ein Tag. Die Angst, das Ziehen im Bauch, der quälende Gedanke, das Ereignis, das ihre Schulzeit so grauenhaft beendet hatte: der Tod von Inka, ihrer Zwillingsschwester.

Ella verließ die Galerie und wusste erst mal nicht, wohin. Wo hatte sie nur ihren Wagen geparkt? Als sie endlich hinter dem Lenkrad saß, zitterte sie am ganzen Körper, und es war ihr speiübel. Wo sollte sie hin? Mit wem konnte sie über dieses Bild, die ganze Geschichte sprechen?

Ihre Eltern waren damals durch die Hölle gegangen, sie konnte diese Wunde mit so einem Verdacht nicht wieder aufreißen. Und ihre beste Freundin Steffi war gerade für einige Wochen in Amerika, die fiel also auch aus. Und Ben? Er kannte den Fall, aber würde er ihr Glauben schenken? Bei einem *abstrakten* Portrait?

Ella ließ sich im Autositz zurücksinken und schloss die Augen. Die Bilder, die ihr durch den Kopf gingen, waren zu mächtig. Alles stürmte wieder auf sie ein. Ihre ausgelassene Abifeier am See. Sie hatten das große Bootshaus gemietet, überall hingen bunte Lampions, ein Lagerfeuer brannte, Musik dröhnte, und alle waren ausgelassen, feierten die neu gewonnene Freiheit, das Gefühl, es geschafft zu haben. Der Start ins Leben, keine Lehrer mehr, keine Zwänge mehr, keine Eltern mehr, »school's out for summer«, so skandierten sie, »school's out forever«. Die Aufbruchstimmung war gigantisch. Alkohol und Drogen taten ein Übriges, sie wussten kaum, wohin mit ihren Kräften, ihrem Überschwang, ihrer Leidenschaft. Achtundzwanzig junge Männer und junge Frauen machten die Nacht zum Tag.

Irgendwann zog sich der Erste aus und sprang nackt und mit viel Getöse ins Wasser, die anderen folgten ihm prompt. Das Wasser sah zwar unheimlich dunkel aus, aber es war warm und nicht besonders tief, sie planschten wie die Kinder, spritzten sich gegenseitig an, zogen sich unter Wasser, es war eine große Kinderei. Ella balgte sich mit Tom herum, einem Jungen aus ihrer Klasse, den sie schon immer gern gemocht hatte, und sie war nicht abgeneigt, heute Nacht mehr daraus zu machen. So bemerkte sie das lange Holzboot nicht, das von Moritz ins Wasser geschoben wurde, und sie wusste auch nicht, dass Inka mit ihm hinaus auf den See fuhr. Irgendwie hatte es niemand wirklich mitbekommen, weil alle viel zu sehr miteinander beschäftigt waren und Ella eben vor allem mit Tom. Erst als sie sich wieder um das Lagerfeuer kümmern mussten und Holz und getrocknetes Schilf suchten, fiel ihr auf, dass Inka nicht dabei war. Aber auch da dachte sie sich noch nichts. Das Lagerfeuer loderte auf, sie rückten alle näher zusammen und trockneten ihre nassen Körper. Die lodernden Flammen tauchten ihre nackte Haut in ein weiches, magisches Rot, und während die Flaschen kreisten, sangen und tanzten sie und glaubten, eins mit der Natur zu sein: rein, frei und ganz sie selbst.

Ella verschwand mit Tom hinter dem Bootshaus, das intensive Streicheln am Lagerfeuer verlangte nach mehr, und da die ersten Vögel zu singen anfingen, war klar, dass der anbrechende Morgen der besonderen Stimmung ein Ende machen würde. Sie hörte den Ruf, obwohl sie Toms Keuchen im Ohr hatte und selbst nichts anderes wollte als die Explosion in ihrem Kopf. Aber sie nahm Tom bei den Schultern. »Hör auf«, sagte sie. »Da stimmt was nicht!«

Überrascht hielt er inne und sah ihr ins Gesicht.

»Nicht gut?«

Sie schüttelte nur den Kopf, dann löste sie sich von ihm. »Sie rufen Inkas Namen!«

»Dann lass sie doch!« Tom wollte wieder in sie hinein, es auch zu Ende bringen.

»Nein, da ist was passiert!« Ella schob ihn weg, bückte sich nach ihrem nassen T-Shirt, wickelte es sich um den Bauch und lief los. Am Lagerfeuer standen einige ihrer Freunde und redeten aufgeregt durcheinander.

»Da bist du ja!«, rief Ludger. »Inka ist wieder da«, rief er den anderen zu.

»Ich bin Ella!«

»Dann ist es Inka«, sagte er, und Schweigen breitete sich aus, dass es Ella die Körperhaare aufstellte.

»Was ist denn los?«

Kerstin, die Abitursbeste, rief: »Einer muss losfahren, den Krankenwagen alarmieren.«

»Das ist zu spät«, hörte Ella eine leise Stimme aus der Runde.

»Zu spät? Was? Wofür?« Mit aufgerissenen Augen packte sie Ludger am Arm. »Was ist zu spät, Ludger, was ist los?«

12

Ella spürte es wieder, jedes Härchen richtete sich auf, ihre Hände hielten das Lenkrad krampfhaft umklammert, sie sah alles noch einmal vor sich, jede Einzelheit. Sie öffnete die Augen. Ihr Puls raste, und die Wagenscheiben waren von ihrem Atem beschlagen.

»O Gott«, sagte sie und fasste sich an die Stirn. Inka, wie sie tot im seichten Wasser lag, das gekenterte Boot und Moritz, von dem jede Spur fehlte.

Tagelang wurden das Wasser und die schilfreiche Umgebung nach ihm abgesucht, keiner wusste, was passiert war. War es ein Unfall? Und wenn ja, wo war Moritz abgeblieben? War er auch tot? Waren sie ertrunken, als sie sich liebten?

Erst nach der Obduktion kam die Polizei mit der schaurigen Wahrheit in Ellas Elternhaus, in dem jedes Lachen erstickt, jedes Gefühl gestorben war. Inka war unter Wasser gedrückt worden. Die Blutergüsse am Hals bewiesen es – Inka hatte gekämpft, sich gewehrt und dann doch zu viel Wasser in die Lungen bekommen.

Ein Fahndungsbefehl ging raus. Die Eltern von Moritz standen bei der Beerdigung ganz hinten. Keiner konnte zu ihnen hinschauen, und Ella fand es mutig, dass sie überhaupt gekommen waren. Aber auch sie konnte nicht zu ihnen gehen.

Doch Moritz' Vater wollte es nicht wahrhaben, er holte Spezialisten, die im Wasser und im Schilf weiter nach seinem Sohn suchen sollten. Falls er tot irgendwo im Wasser trieb, wollte er ihn wenigstens beerdigen können, sagte Moritz' Vater. Er musste Gewissheit haben. Aber Ella wusste, dass es ihm nicht nur um seinen Sohn ging, es ging ihm auch um seine Karriere. Die Wahl zum Landrat stand an, und Hermann Springer hatte gute Chancen. Er hatte einen Teil seines Lebens als erfolgreicher Geschäftsmann verbracht, die von ihm aufgebaute Firma sehr gut verkaufen können und war dann in die Politik eingestiegen. Er war jemand, wie man in der Kreisstadt sagte. Wenig später gewann er die Wahl, aber Moritz blieb verschwunden.

Ella wischte mit der Handfläche über die beschlagene Windschutzscheibe. Es schmierte, und sie sah weniger als zuvor. Wie dumm, dass Steffi ausgerechnet jetzt nicht da war. Sie hatte ihr damals Tag und Nacht zur Seite gestanden. Ohne sie hätte sie das Ganze wahrscheinlich überhaupt nicht überlebt. Steffi hatte ihr in stundenlangen Gesprächen zugehört und Trost gespendet, und wenn es auf die Frage nach dem Warum auch keine Antwort gab, so hatte das aufrichtige Mitgefühl doch gutgetan.

Ella nahm ihren Ärmel zur Hilfe. Schon besser. Zumindest konnte sie jetzt wieder etwas erkennen. Sie musste mit jemandem darüber reden. Sie musste zu Ben. Egal, was ihn heute im Büro hielt – sie hatte Vorrang. Dieses eine Mal war sie wichtig, nur sie.

Als hätte er es gespürt, hatte Ben ihr in dem Moment, als sie ihn anrufen wollte, eine SMS geschickt. Er sei nun auf dem Weg nach Hause und ziemlich erschlagen. Ob sie trotzdem noch kommen wolle?

Heute kannst du mich nicht abhalten, dachte Ella nur. Müde Männer sind zwar abtörnend, aber heute brauche ich eine starke Schulter, jemanden, der mich in den Arm nimmt, mir sagt, dass alles nicht wahr ist. Sie parkte nach hinten aus und hätte fast einen Laternenmast gerammt, weil sie durch das beschlagene Rückfenster nichts sah. Entnervt ließ sie alle vier Fenster nach unten gleiten. Regen und kalter Nebel waren immer noch besser als ein totaler Blindflug. Der Luftzug half, die Scheiben wurden langsam klar, und Ella fuhr los, noch immer wie betäubt.

Ben hatte sich eben ein Bier geholt und stand fragend vor ihr. Mit seinen fast zwei Metern sah er aus wie eine kleinere Ausgabe der Klitschko-Brüder. Breit und massig, nur sehr viel weniger Muskeln. Ben war mal Mehrkämpfer gewesen, hatte seinen Abschied vom Sport allerdings sehr wörtlich genommen: Seither brachte ihn Ella kaum noch zu einem Spaziergang. Wenn sie sich bewegen wollte, trabte sie meist alleine los.

»So, du glaubst also, das sei Moritz, obwohl das Bild sehr modern ist?«

Ella lehnte am Türrahmen, noch immer im Mantel.

»Es ist Moritz! Da bin ich mir ganz sicher!«

»Und wie soll das alles Sinn machen?«

Ben kickte den Verschluss auf und nahm einen tiefen Schluck aus der Flasche. »Magst du auch eins?«, fragte er.

Ella schüttelte den Kopf. »Das weiß ich doch auch nicht«, sagte sie leise.

»Aber er ist doch ertrunken. Das hast du mir damals erzählt!«

»Er ist verschwunden!«, berichtigte Ella. »Ob ertrunken, wusste ja keiner, weiß noch immer keiner. Jedenfalls haben ihn ganze Suchmannschaften weder im See noch im Schilf oder sonst wo gefunden.«

»Aber dieser See ist ja auch sehr verzweigt und nicht so

ganz ohne mit seinen tiefen, kalten Stellen. Kraterseen können durchaus gefährlich sein.«

»Ja, gut, aber wir waren ja auf der anderen Seeseite. Dort ist er flach und völlig harmlos.«

»Harmlos …«

Ben ging ins Wohnzimmer und ließ sich aufs Sofa plumpsen.

»Ben.« Ella folgte ihm zögerlich und setzte sich neben ihn. »Ich brauch dich jetzt. Mir geht es nicht gut. Alles ist wieder da, ich habe vorhin im Auto jedes Detail vor mir gesehen!«

Er sah sie an, dann zog er sie zu sich und fuhr ihr mit seiner Hand übers Haar. »Wir werden dieses Moritz-Gespenst wieder vertreiben, und wenn er nicht gehen will, dann bekommt er es mit mir zu tun!«

Das Portrait verfolgte Ella die ganze Nacht und ließ sie keinen Schlaf finden. Sie hatte ihren Kopf auf Bens starke Schulter gelegt, das beruhigte sie, obwohl er längst im Tiefschlaf war. Glaubte er ihr eigentlich? Sie hatte ihm das Foto gezeigt, aber weil er Moritz nie gesehen hatte, war es für ihn nur ein abstraktes Bild.

Sollte sie zu Moritz' Eltern gehen? Sie stellte sich das vor … nach vierzehn Jahren. Sie selbst war inzwischen vierunddreißig, arbeitete für eine Immobilienfirma, maklerte, vermietete und verkaufte Wohnungen. Ihr Leben war gesettelt. Hermann Springer war inzwischen im Landtag, strahlte und prahlte, seine Frau dagegen war immer weniger geworden. Sollte sie dieser Frau das Herz zusätzlich schwermachen? Sie hatte ihr einziges Kind verloren und kam, so hörte

16

man, einfach nicht darüber hinweg. Vor allem nicht über die Ungewissheit.

Ella schlief der linke Arm ein. Sie musste sich drehen, aber damit würde sie ihre sichere Bastion aufgeben. Sie entschied sich trotzdem dafür, und Ben, der es im Schlaf gespürt haben musste, drehte sich gleich mit.

Sie konnte mit Ben nicht reden, zumindest nicht vernünftig. Steffi war auf diese Entfernung auch keine Stütze. Mailen? Skypen? Zu unpersönlich. Sie musste die Emotionen des anderen spüren, sie brauchte jemanden, der hier mit ihr fieberte. Um sechs in der Frühe schlief sie endlich ein, nur um eine Stunde später von Bens Wecker aus dem Schlaf gerissen zu werden. Sie spürte, wie er sich an sie drängte, und dachte, dass ein bisschen Morgensex gegen die ständigen Grübeleien gut sein könnte. Aber sie kam von den Gedanken nicht los – und dachte plötzlich: ganz genau wie damals mit Tom. Plötzlich spürst du, dass irgendetwas passiert, sich irgendetwas zusammenbraut, vor dem du nicht fliehen kannst.

Mittwoch

Ben stand schon an der Kaffeemaschine, als sie hinunterkam, und schob ihr einen fertigen Cappuccino hin.

»Du glaubst das wirklich«, sagte er und strich sich zwei Locken aus der Stirn. Das war sein Dilemma. Er wollte keine Locken, aber wenn die Haare etwas zu lang wurden, begannen sie sich zu kräuseln.

»Das hat nichts mit Glauben zu tun«, entgegnete sie. »Ich weiß es!«

Er kratzte sich am Kinn.

»Du bist eine schöne Frau«, sagte er unvermittelt.

Ella nickte. Das wurde ihr oft gesagt, dabei stimmte es nicht wirklich. Ihr Gesicht war asymmetrisch, ihre Augen lagen zu tief, aber irgendetwas in ihrem Gesicht schien die Menschen anzuziehen.

»Deine Rehaugen und dein voller Mund. Du schmollst immer, und man weiß nicht, warum«, fuhr Ben nachdenklich fort.

»Im Moment schmolle ich, weil du mir nicht glauben willst.«

Ben lachte. »Du schmollst nie. Das ist nur so ein Hingucker. Man glaubt das. Und es hat etwas Kindliches, vielleicht zieht das die Kerle an. Und dann wollen sie dir alle unbedingt eine Wohnung abkaufen, um zu zeigen, was für tolle Hechte sie sind.«

»Ist doch gut, davon lebe ich.«

Ben nickte. »Ja, aber es stimmt nicht. Vorspiegelung falscher Tatsachen. Du bist überhaupt nicht die Schwache, in Wirklichkeit überlegst du nämlich seit heute Nacht, ob du diesen Kerl suchen sollst.«

In dem Moment, als er es sagte, wusste Ella, dass er recht hatte. Er hatte erfasst, was sie sich noch nicht eingestehen wollte. Sie musste ihn suchen. Sie musste Moritz finden.

Der Tag brachte nur Absagen. Jeder Kunde hatte was zu nörgeln, und wenn ihm eine Wohnung gefiel, dann wollte er handeln. Ella kannte jede Facette ihrer Arbeit. Die einen versuchten heimlich den Eigentümer herauszufinden, um das Geschäft hinter ihrem Rücken abschließen zu können. Andere warteten bis zur letzten Sekunde und täuschten vor dem Notar einen entschlossenen Rückzieher vor, um den Makler zu erpressen und zu weiteren finanziellen Zugeständnissen zu zwingen. Es wird immer ekelhafter, dachte Ella, aber eigentlich war ihr das heute egal. Wichtig war nur, dass ihr Ben seine Begleitung zugesichert hatte. Ja, sie würden nach Stockholm fliegen und diese Künstlerin ausfindig machen. Im Katalog stand keine Adresse von Inger Larsson, und das Internet gab ebenfalls keine Adresse preis. Auf Facebook war sie nicht. Eine zurückgezogene, scheue Frau, so stand es auf Englisch in einem kurzen Artikel über sie zu lesen, aber mehr auch nicht – keine weiteren Angaben, kein Bild. Sie hatte mit der deutschen Galeristin telefoniert, aber auch die konnte nicht weiterhelfen. Inger Larsson sei von der schwedischen Kollegin sehr empfohlen worden, und da sie öfter mal einen Austausch hatten, habe sie sich über deren Biografie nicht weiter informiert. Sie wusste nur das, was man über seine ausstellenden Künstler im Normalfall wusste.

»Toll«, sagte Ella und rief in der schwedischen Galerie an. Es dauerte ewig, bevor überhaupt jemand abnahm, und dann war eine Frauenstimme am Apparat, die so zugeknöpft klang, dass Ella irgendwann mit einem »Vielen Dank für Ihre Mühe« wieder auflegte. Sie saß an ihrem gläsernen Schreibtisch, den sie sich in den lichten Erker ihrer Altbauwohnung hatte einpassen lassen. Hier arbeitete sie gern. Der Blick ging vom fünften Stock aus ungehindert über die Straßen des Viertels, die meisten Häuser waren durch die Hanglage niedriger als ihr Arbeitsplatz. Einige Kastanien hatten die Straßenverbreiterung überlebt und schenkten ihr mit ihren Blüten, grünen Blättern und Kastanien den Jahresrhythmus, und auch die Wohnung auf der anderen Straßenseite lag in ihrem Sichtbereich. Und obwohl sie nicht wusste, wer dort lebte, empfand sie Bewegung hinter den Vorhängen oder erleuchtete Fenster immer tröstlich. So ein bisschen, als wäre die Familie nach Hause gekommen. Manchmal brachten sie solche Gefühle zum Nachdenken. Über sich, ihre Situation, ihr Alter. Vierunddreißig. Wollte sie Familie? Wollte sie ein Kind? War Ben der Richtige? Eignete er sich als Vater? Wollte er überhaupt Vater werden? Und sie selbst, wollte sie Kinder?

Mit Ben war sie jetzt seit acht Jahren zusammen. Eine lange Zeit. Eigentlich, so dachte sie, weiß man nach acht Jahren, ob es der Mann fürs Leben ist. Sie wusste es einfach noch nicht. Er war verlässlich, und sie hatte sich irgendwann in ihn verliebt. Mehr fiel ihr auf Anhieb nicht ein. Doch. Verlässlich – das war er damals gewesen. Heute musste sie das hinterfragen. Immer wieder musste er in letzter Sekunde umplanen oder absagen. Wie ein Unfallarzt, dabei war er ein ganz normaler Angestellter, Abteilungsleiter in einem großen Möbelhaus.

Sie stand von ihrem Schreibtisch auf und ging in dicken Socken über den Parkettboden. Das liebte sie. Diesen weiten Parkettboden, die dunkle Farbe, den rötlichen Schimmer des Holzes. Die Räume waren nicht besonders groß, dafür sehr hoch, und sie hatte versucht, möglichst wenig ins Zimmer hineinzupacken. Ihren Nippes aus der letzten Wohnung hatte sie in zwei Umzugskartons verbannt, wo er nun schon seit Jahren im Keller auf Befreiung hoffte. Es hallte sogar, wenn sie durch die Räume ging. Für sie war das wie Musik. Eine aufgeräumte, leere Wohnung. Schon deshalb konnte sie sich eigentlich kein Kind vorstellen. Wo sollte der ganze Babykram hin?

Die alten hellen Steinfliesen in der Küche hatten dunkelblaue Sprenkel und fühlten sich sogar durch die dicken Wollsocken hindurch kühl an. Sie stellte einen Wasserkessel auf. Er war schon alt und verkalkt, aber er pfiff noch immer so schön grell durch die Wohnung wie die alten Spielzeuglokomotiven ihres Großvaters, die aus buntem Blech und in ihrer Erinnerung wunderschön gewesen waren.

Ella hatte gute Laune. Sie würde sich jetzt einen Ingwertee aufbrühen, der gut zu ihren dicken Socken und der nasskalten Witterung passte, und sich dann einige Flugverbindungen heraussuchen. Mit Ben nach Stockholm, dachte sie, während sie eine Ingwerwurzel in feine Scheiben schnitt und in einen hohen Becher gab. Mit Ben nach Stockholm, das klang ein bisschen wie Urlaub, und selbst wenn der Anlass nicht fröhlich war, freute sie sich auf die Zeit mit ihm. Früher waren sie oft zwischendurch losgefahren, manchmal nur drei Tage, irgendwohin, in eine Stadt, eine Landschaft, egal, ohne Plan und festes Ziel, aber solche Ausflüge waren zuletzt seltener geworden. Mehr Arbeit, mehr Stress und das Bedürfnis, sich in der freien Zeit einfach auszuruhen. Du lieber Himmel, dachte Ella und schaute durch das Küchenfenster auf die dahinziehenden Wolken, wohin sollte das noch führen? Sie waren jung und fühlten sich schon jetzt verbraucht.

Es wurde Zeit, dass Steffi zurückkam. So, wie sie mit Steffi herumalbern konnte, konnte sie es sonst mit niemandem. Sie kannten sich so gut, konnten über Dinge lachen, die anderen nur ein müdes Lächeln entlockten. Mit Steffi war sie einfach wieder jung und sie selbst.

Ella goss das heiße Wasser in den Becher und ging wieder an ihren Schreibtisch zurück. Moritz, dachte sie plötzlich, Moritz, wenn du wirklich noch lebst, wie wird deine Mutter diesen Schock verkraften? Kann es sein, dass er geflüchtet ist und seinen Tod nur vorgetäuscht hat? Hatte er es fertiggebracht, seine Eltern so im Unklaren zu lassen?

Sie betrachtete die Ingwerscheiben, die blässlich in ihrem Becher herumschwammen. Die Farbe erinnerte sie an Wasserleichen, aber sie verbot sich den Gedanken. Was Inka heute wohl machen würde, wenn sie noch lebte? Würde Inka ihre braunen Haare lang tragen wie sie oder vielleicht kurz und blond gefärbt? Und für welchen Beruf hätte sie sich entschieden, oder wäre sie Hausfrau und hätte drei Kinder? Manchmal stand Ella vor dem Spiegel und dachte an diese Nacht zurück, damals, als ihre Freunde nach Inka gerufen hatten, weil sie glaubten, sie, Ella, läge dort tot im Wasser. Was, wenn sie gar nicht Ella war, sondern Inka?

Dann verdichteten sich die Dinge um sie herum, und sie befürchtete, ihr zweites Ich könnte aus dem Spiegel heraustreten, ganz normal, so wie sie sich früher als Spiegelbild gegenübergestanden hatten. Es brauchte jedes Mal eine Weile, bis sie wieder ganz zu sich fand. Ben waren solche Anwandlungen unheimlich. Er sagte es zwar nicht, aber sie sah es ihm an.

»Du bist Ella«, sagte er in solchen Momenten. »Nicht Inka und auch nicht zwei. Du bist ganz einfach der eine Teil eines Zwillings. Mehr nicht.«

Ella nickte, aber beide wussten, dass sie anders empfand. Manchmal fühlte sie wie zwei, und sie war sich da nicht sicher, welche Stimme in ihr überwog. Der eine Teil wollte nach links, der andere nach rechts. Selbst beim Einkaufen hatte sie manchmal Mühe. Inka hatte Salami geliebt, sie Schinken. Manchmal kaufte sie noch heute Salami, nur damit Inka auch etwas hatte. Diese Feinheiten behielt sie allerdings für sich. Ben hätte die Salami sonst nicht angerührt.

Die Flüge nach Stockholm gingen verdammt früh. Aber eigentlich war es auch geschickt, dann konnten sie den ersten Tag gleich voll und ganz ausnutzen. Vier Tage dürften reichen. Sie durchforstete ihren Terminplan. Ein Wochenende machte keinen Sinn. Sie brauchte offene Geschäfte und Behörden, vielleicht würde sie ja irgendwo etwas nachfragen müssen – auf einer Gemeindeverwaltung nach einem Namen oder einer Adresse suchen oder weitere Galerien abklappern. Ihr Terminplan war eigentlich voll, aber es war kein Notarbesuch dabei. Nur Besichtigungen. Das konnte

sie abgeben. Montag, Dienstag, Mittwoch, Donnerstag zurück. Wenn man sich eine Grippe einfing, war man auch
plötzlich für eine Woche weg vom Fenster, dachte sie, und
dann ging es auch. Man durfte sich selbst und seine Ar-
beitsleistung nicht zu wichtig nehmen – letztlich war jeder
zu ersetzen. Sie stimmte ihrem Gedanken nickend zu und
schickte Ben eine entsprechende Mail. Sie wollte so schnell
wie möglich los. Heute war Mittwoch. Morgen buchen,
dann Freitag, Samstag, Sonntag … Montag. Bei diesem Gedanken schlug ihr Herz plötzlich schneller.

Da klingelte es.

Ella schaute auf die Uhr. Viertel vor neun, recht spät für
einen Besuch. Unschlüssig stand sie auf. Wer unten an der
Haustür war, sah, dass Licht brannte. Trotzdem brauchte sie
ja nicht aufzumachen. Ein zaghaftes Klopfen zeigte ihr, dass
der Besuch bereits vor der Wohnungstür stand. Es konnte
also nur jemand aus dem Haus sein. Frau Leissner aus dem
vierten Stock, die Zucker für ihr spätes Dessert brauchte?
Oder Herr Rembs von gegenüber, dem der Korkenzieher
abgebrochen war?

Trotzdem war Ella vorsichtig. »Ja, bitte?«, fragte sie durch
das dicke Türblatt hindurch.

»Ich bin's …«, hörte sie, und ein Kratzen an der Tür
machte klar, wer es war.

»Ah ja!« Ella öffnete. Maxi stand ihr gegenüber, die dunklen Haare hinter die Ohren geklemmt, ein gewinnendes
Lächeln im jugendlichen Gesicht.

»Hi, Maxi!«

Ein Fiepsen zeigte an, dass da noch jemand zu begrüßen
war. Jimmy hatte die Vorderbeine in tiefer Haltung nach

24

vorn ausgestreckt, zeigte sich bereit zum Sprung und schaute sie aus fröhlich-frechen Hundeaugen an.

»Ich hab ein Problem«, sagte Maxi.

»Ja, dann komm herein!«

»Nicht anfassen«, sagte sie im nächsten Atemzug und deutete auf den schlanken Jack Russell, der sich nun nach vorn auf Ella zu katapultierte, von der Leine an seinem Brustgeschirr aber zurückgehalten wurde.

»Ich weiß«, lächelte Ella, »er beißt.« Sie öffnete die Tür weit und trat zur Seite.

Maxi nickte und kam mit ihrem Schützling herein, einem SOS-Hund aus dem Tierheim.

»Ist es noch nicht besser geworden?«, wollte Ella wissen.

Maxi schüttelte den Kopf. »Nö. Die vom Tierheim meinten nur, wer von ihm nicht gebissen wurde, ist noch nicht im Klub.«

»Willkommen«, sagte Ella und sah zu Jimmy, der sich gerade neugierig umschaute. »Und was kann ich jetzt für euch beide tun?«

Maxi rollte mit den Augen. »Das Problem ist, ich habe mich verliebt!«

»Wie schön«, sagte Ella. »Sollen wir darauf was trinken?« Flüchtig dachte sie an ihren Ingwertee, und dass Maxi ein gutes Argument war, um ihn durch ein Gläschen Rosato zu ersetzen.

»Nein, eigentlich würde ich diese Nacht gern zu ihm, er hat mich so lieb eingeladen.«

Ella nickte. Maxi wohnte ganz oben in den beiden kleinen Dachzimmern, den früheren Dienstbotenräumen. Das war nicht gerade komfortabel, aber für eine Studentin ganz prima, wie sie immer wieder betonte. Ella mochte sie gern, sie hatte etwas Schalkhaftes, war aufgeweckt und intelligent und führte immer einen kecken Spruch auf den Lippen.

»Und jetzt willst du dir ein Negligé ausleihen?«

Maxi grinste. »Ich glaube, meine Mutter hat auch noch so was …«

»Ah ja!«

Kurze Stille.

Dann lachte Maxi: »So war es nicht gemeint!«

»Wie war es nicht gemeint?«

»Na ja, dass du schon alt wärst oder so …«

»Schon okay … bloß, deine Mutter im Negligé?«

Ella hatte Maxis Mutter vor Kurzem kennengelernt: eine resolute Polizistin, groß und muskulös, kurze blonde Haare, ein Typ, dem sie den New York Marathon ohne Weiteres zugetraut hätte, aber ganz sicher kein Negligé.

»Na ja«, Maxi zuckte die Achseln. »Keine Ahnung. Mir stellt sich nämlich die Frage, ob Jimmy diese Nacht bei dir bleiben dürfte.«

Jimmys und Ellas Blicke trafen sich. Ella beschlich das Gefühl, dass der Hund Maxis Anliegen genau verstanden hatte.

»Du musst auch gar nichts machen«, fügte Maxi schnell hinzu, »ich war draußen mit ihm, gefressen hat er schon, und sein Körbchen habe ich dabei.«

»Dabei?«

Maxis Kopf ging in Richtung Tür. Ganz offensichtlich rechnete die Kleine nicht mit einer Absage, dachte Ella. Was war das jetzt? Dreist? Entwaffnend? Berechnend? Oder vertrauensvoll?

26

Ella machte an Jimmy vorbei einen Schritt zur Tür. In die Beine biss er nicht, das hatte sie schon gelernt. Er biss nur, wenn man sich zu ihm hinunterbückte und eine Hand auf ihn zukam. Offensichtlich war er von seinem Vorbesitzer auf den Kopf geschlagen worden. Tatsächlich, draußen auf dem Gang stand das feuerrote Schaumstoffkörbchen, außerdem eine gepackte Plastiktüte und ein kleiner Rucksack.

»Große Liebe?«, fragte Ella.

Maxi wiegte den Kopf, dann nickte sie.

»Mag er keine Hunde?«

»Doch. Aber sein Bruder ist zu Besuch, und der hat eine Hundehaarallergie.«

»Ziehst du ihm dann sein Geschirrchen aus und richtest alles so, dass ich mich nicht zu ihm hinunterbücken muss?«

Ella sah zu, wie Maxi den Hund von seinem Geschirr befreite, dann den Korb platzierte, ein Spielzeug hineinlegte, einen Napf mit Wasser füllte und sich schließlich in der Hocke liebevoll von ihm verabschiedete.

»Dich beißt er nicht«, stellte Ella fest, die ihr zusah.

»Nicht mehr«, sagte Maxi und lächelte. »Aber an deiner Stelle würde ich es nicht ausprobieren.«

Maxi ging, und Ella setzte sich wieder an ihren Computer. Jimmy schlitterte auf dem Parkett herbei, setzte sich in ihre Nähe und schaute sie unverwandt an. So ein hübsches Kerlchen, dachte Ella. Hochbeinig, schlank, weiß mit hellbraunen Flecken, ein hübsches Gesicht mit aufgeweckten Augen.

»Da haben sie ganz schön was mit dir angestellt, dass du so zum Angstbeißer geworden bist, was, Jimmy?«

An einen Hund hatte Ella auch schon mal gedacht. Oder eine Katze. Aber bei ihrem Lebenswandel hatte das keinen Sinn. Einen einsamen Hund oder eine Stubenkatze im fünften Stock – so konnte sie dem Tier nicht gerecht werden, da verzichtete sie lieber. Trotzdem – jetzt hätte sie Lust, sich warm anzuziehen, mit Jimmy um die Häuser zu ziehen und die Nachtluft einzuatmen. Mit ihm durch den Park zu streifen, Spuren nachzugehen, die sie nicht roch, und Mäuse zu jagen, die sie nicht sah.

»Blöd, Jimmy«, sagte sie, »jetzt könnten wir richtig Spaß haben, und ich kann dir dein Geschirrchen nicht anziehen. Und ohne können wir nicht gehen.« Jimmy schaute sie aufmerksam an, dann fing er an zu fiepsen.

»Sollen wir es probieren?«

Aber Ella traute sich dann doch nicht. Die Fangzähne eines Jagdhunds im Handrücken – darauf konnte sie verzichten, schon wegen Stockholm.

»Stockholm, Jimmy«, sagte sie, »da bräuchte ich einen Spürhund wie dich. Einen, der Moritz aufspürt!«

Jimmy sprang auf und raste im Kreis herum, immer seinem eigenen Schwanz nach. Dabei rutschte er mit seinen Pfoten ständig auf dem glatten Parkett aus. Ella sah lachend zu, lief zu seinem Korb und holte sein Spielzeug. »Komm, Jimmy«, rief sie. »Schau, was ich da habe …«

Und die beiden rannten in wilder Verfolgungsjagd durch ihre Wohnung, bis Ella atemlos auf ihre Couch fiel. »Wow, Jimmy, du schaffst mich.« Bloß, Jimmy sprang ebenfalls auf die Couch und stand ihr mit den Vorderbeinen auf der Brust, seinen Kopf schräg oberhalb ihres Gesichts, sie regungslos beäugend, und da wurde es ihr mulmig.

So, jetzt bist du deine eigene Tierpsychologin, dachte sie. Bevor er einen starren Blick bekommt und zu knurren anfängt, musst du ihn irgendwie ablenken. Schließlich wird er mich nicht küssen wollen. Sie klopfte mit der flachen Hand neben sich auf das Sofa. »Auf, Jimmy, schau …«

Jimmy behielt seine starre Haltung bei.

»Jiiiimmy, runter!« Sie versuchte es einen Ton schärfer.

Jimmy sah sie noch immer regungslos an, seine Schnauze nur einige Handbreit von ihrer Nase entfernt.

»Jiiimmy, hol dein Spielzeug!«

Vielleicht hatte sich sein rechtes Ohr etwas bewegt, aber das war auch alles.

In diesem Moment klingelte das Telefon. Jimmy sprang auf, drehte sich auf ihrem Bauch um sich selbst und rannte zum Telefon, vor dem er wild auf und ab hüpfte.

Der hat wirklich eine Vollmeise, dachte Ella, holte tief Luft und dankte dem lieben Gott für die Rettung.

Es war Maxi. »Ist alles in Ordnung? Wollte nur kurz nachfragen.«

»Ja, klar, der Kleine ist ein Goldschatz.«

»Aber trotzdem Vorsicht, er hat so ein paar seltsame Sachen drauf …«

»Danke für die Warnung, Maxi, aber bisher himmelt er mich einfach nur an.«

»Wie mein Freund hier mich.« Sie kicherte. »Ist das nicht ein schönes Gefühl?«

Ella schaute zu Jimmy hinunter. Der schaute aufmerksam zu ihr hoch, als sei das Gespräch für ihn. »Ein sehr schönes.«

»Ja, dann danke und bis morgen.«

Ella ging zu ihrem Schreibtisch zurück, und Jimmy setzte

sich vor den Fernseher. Ella schaute zu ihm hinüber. »Willst du fernsehen?«

Er raste mehrfach im Kreis.

»Aha, deine Herrchen haben dich stundenlang eingesperrt, die Glotze laufen lassen, mit der Hand geschlagen und was noch alles?«

Sie suchte einen Tierfilm, und es war offensichtlich, dass der Hund ganz bei der Sache war.

Ella schüttelte den Kopf. Dann rief sie ihre neuesten Mails ab. Ben hatte geantwortet. Er wolle auf alle Fälle mit, aber so schnell könne er das nicht organisieren.

Ärgerlich griff Ella nach dem Tee. Darauf musste sie etwas trinken, und wenn es kalt gewordener Ingwertee war. Das war doch irgendwie wieder typisch!

»Wann passt es dir?«, schrieb sie kurz zurück und versuchte, ihren Ärger nicht zu zeigen.

»Ich werde das morgen im Büro klären, aber ich denke, in drei Wochen bekommen wir das gut hin.«

Ella schaute kurz auf den Kalender und griff spontan zum Telefon. »Ben, in drei Wochen ist schon Mitte Oktober. So spät nach Schweden? Dann können wir ja gleich die Ski einpacken.«

Ben lachte amüsiert. Auch so ein Punkt, dachte Ella, nie erfasste er den Ernst der Lage.

»Stockholm ist eine Großstadt, da wird ein bisschen Schnee keine Rolle spielen. Und außerdem könnte es genauso gut ein goldener Oktober werden.«

»Aber in drei Wochen! Ben! Ich habe das Portrait gerade eben entdeckt, da kann ich doch keine drei Wochen mehr warten!«

Mit einem Auge sah sie zu dem Jack Russell, der kerzengerade vor dem Fernseher saß und jede Bewegung auf der Mattscheibe verfolgte.

»Uns läuft doch keiner weg. Wenn Moritz wirklich irgendwo in Schweden leben sollte, weiß er nicht, dass er weglaufen sollte. Und sonst gibt es auch keinen Grund zur Eile.«

Ella dachte an Steffi. In drei Wochen würde sie schon wieder zurück sein. Vielleicht wäre es sowieso besser, sich mit ihr auf die Suche zu machen – sie war findig und clever.

»Und außerdem sind diese kurzfristigen Flüge verflucht teuer!«, meinte Ben in ihre Gedanken hinein.

Das stimmte allerdings. Zu einer Zeit, da sich alle Fluggesellschaften unterboten, waren sechshundertfünfzig Euro tatsächlich ein Wort.

»Wir könnten uns den Ausflug ja gegenseitig zu Weihnachten schenken«, schlug sie vor.

»Na, dein Gesicht möchte ich sehen, wenn an Weihnachten nichts unter dem Baum liegt«, gab Ben zur Antwort, und Ella wusste, dass er recht hatte. Sie war nun mal noch ein Kind, was Geschenke anging.

»Und jetzt?«, wollte sie wissen.

»Und jetzt geduldest du dich halt ein bisschen.«

Ella sah zu Jimmy, der aufgeregt hin und her raste, weil auf dem Bildschirm gerade ein ganzer Schwarm Vögel losflog.

Jimmy und ich passen zusammen, dachte Ella. Der kann auch nicht ruhig mit anschauen, wenn gerade vor seiner Nase irgendetwas Aufregendes passiert.

»Schau morgen einfach, was du machen kannst«, sagte Ella.

Es war kurz still.

»Wenn du magst, kannst du ja noch kommen«, sagte er mit veränderter Stimme.

»Würde ich gern«, gurrte Ella zurück, »aber ich habe leider Besuch.«

»Ach?«

»Ja. Jimmy. Einen Überraschungsgast. Den kann ich unmöglich alleine lassen.«

»Und …«, seine Stimme klang zögerlich.

»Das erzähle ich dir alles morgen. Jetzt schlaf schön und schau, dass du das morgen geregelt bekommst.«

Mit einem süffisanten Lächeln legte sie behutsam auf. Das war jetzt gemein. Schön gemein.

Donnerstag

Einen Tag später buchte Ella. Sie konnte und wollte nicht warten. Sie überlegte sich, noch einmal in die Galerie zu gehen und Moritz' Portrait anzuschauen, damit sie ihn wirklich ganz präsent hatte, aber sie konnte nicht. Es graute ihr.

Ben hingegen war gleich am nächsten Tag losmarschiert.

»Aha«, sagte er, »das ist nun also euer sagenumwobener Moritz.«

»Wieso denn sagenumwoben?« Sie hatten sich danach mittags in einem Bistro getroffen, Ben hatte sich einen Auflauf mit *extra viel Käse* bestellt und Ella eine Bratkartoffel mit Lachs und Crème fraîche.

»Er war doch der meistumschwärmte Typ eurer Schule.«

»Ach so?« Ella schaute ihn erstaunt an. »Wie kommst du denn auf so was?«

»Na ja, es waren doch alle Mädels in ihn verschossen. Das hast du selbst gesagt.«

Ella schüttelte den Kopf. »Das habe ich sicher nicht gesagt. Ich war nämlich überhaupt nicht in ihn verschossen, wie du es nennst.«

»Na gut, von mir aus«, Ben machte eine beschwichtigende Geste und griff zu seinem Wasserglas. »Ich weiß ja nicht, wie er in Wirklichkeit aussieht, aber das Portrait ist große Klasse!« Er trank das Glas leer und machte sich wieder über seinen Auflauf her.

Was so ein großer Mensch alles in sich hineinschaufeln kann, dachte Ella. Ich würde platzen oder wäre für den Rest des Tages ganz einfach nur geliefert.

»Schmeckt es dir nicht?« Ben deutete mit seiner Gabel auf Ellas Teller. Stimmt, sie pickte wie ein Vögelchen herum, hier was, dort was, so ein richtiges System brachte sie heute in ihr Mittagessen nicht hinein. Es sah alles etwas konfus aus.

»Ich bin zur Zeit einfach nicht hungrig!«

»Du wirst abnehmen«, sagte er besorgt.

Ella lächelte. So einen Spruch würde sich wahrscheinlich manche Frau von ihrem Liebhaber wünschen, dachte sie. Aber Ben stand tatsächlich nicht auf zu schlanke Frauen, er liebte Busen, Hüfte und Po und möglichst handfest, wie er sagte.

»Es ist noch genug dran«, sagte sie und spießte eine Lachsscheibe auf.

»Es schmeckt mir nicht, wenn du nicht isst.« Ben betrachtete sie über den Rand seiner Brille hinweg.

»Ich esse ja schon!« Auch so ein Phänomen, schoss es ihr durch den Kopf. Zum Lesen braucht er keine Brille, aber wenn er isst, muss er jedes Körnchen sehen. Schon seltsam, welche Eigenarten man im Laufe der Zeit annimmt. Sie dachte über ihre nach, aber auf Anhieb fielen ihr keine ein.

»Willst du wirklich alleine fliegen?« Noch immer ruhte sein Blick auf ihr.

»Ja, natürlich, ich habe schon gebucht. Alles andere dauert mir zu lang!«

»Es ist mir nicht wohl, wenn du dich alleine aufmachst.«

»Was soll denn schon passieren?«

Ben zuckte die Achseln. »Alles.« Er runzelte kurz die Stirn. »Alles kann passieren.«

»Stockholm ist ein zivilisiertes Pflaster, und ich suche nur eine Künstlerin auf, kein Ungeheuer.«

»Wenn stimmt, was damals ermittelt wurde, dann suchst du nach einem Ungeheuer.«

»Ach, Ben.« Ella griff über den Tisch nach seiner Hand. Es war so vertraut, so gut, ihn zu spüren. Sie schauten sich in die Augen. Seine waren blau und von einer Wärme, die Ella immer wieder faszinierend fand. Sie spiegelten den ganzen Menschen wider, den Ben, in den sie sich nicht nur verliebt, sondern den sie auch von Tag zu Tag lieber gewonnen hatte. Auch sein Gesicht hatte etwas Väterliches, obwohl er kaum älter war als sie selbst. Immer wenn sie ihn sah, wirkte er auf sie wie eine Trutzburg, in die man sich bei Gefahr flüchten konnte. Kein Wunder, dass er sie nicht alleine ziehen lassen wollte. Offensichtlich fühlte er sich für sie verantwortlich. »Ben, ich bin nicht dein Kind!«

»Ja, ich weiß.« Er streichelte ihre Hand. »Ich weiß, dass du stark bist. Und selbstbewusst. Und eigenständig und all das. Aber dieses Abenteuer … ich weiß nicht, ob das gut ist.«

»Dann komm doch mit!«

»Du weißt, dass ich das so schnell nicht kann.«

Das war nun halt die andere Seite des ruhigen, besonnenen Ben, dachte Ella. Spontaneität lag ihm nicht. Er musste planen und den Weg von A nach B bestimmen, bevor er sich aufmachte. Wie er wohl werden würde, wenn er erst mal fünfzig war?

Sie schüttelte den Gedanken ab.

»Du weißt, ich liebe dich«, sagte Ben in dieser Sekunde,

und es fuhr Ella in sämtliche Glieder. Da war es wieder, sein Liebesgeständnis, seine völlige Hingabe an sie. Eigentlich war es tatsächlich so: Sie hatte eine riesige Verantwortung seinen Gefühlen gegenüber. Sie durfte ihn nicht verletzen, der große Bär war gefühlsmäßig ein zarter Schmetterling.

»Mir passiert schon nichts«, sagte sie und drückte seine Hand.

»Du weißt, das würde ich nicht überleben …«

Montag

Ella hatte sich gut informiert. Wie weit außerhalb lag der Flughafen? Lohnte sich ein Taxi, oder gab es andere Möglichkeiten? Wo war die Galerie, und welches Hotel lag günstig? Wieder einmal sang sie das Hohelied aufs Internet – unglaublich, was damit in kurzer Zeit zu erreichen war. Nur auf Moritz Springer fand das Web keine Antwort und auf Inger Larsson wenig Verwertbares.

Der Flug ging um sechs Uhr morgens, so war sie zur Frühstückszeit in Stockholm. Ein Frühstück ist ein guter Start in den Tag, dachte sie, als sie mit ihrem kleinen Koffer an der Centralstation aus dem Arlanda Express stieg und ihr Hotel suchte. Sie hatte es genau hier gebucht, um nicht ewig mit einem Koffer herumlaufen zu müssen. Die Straßennamen waren zwar fremd, trotzdem fand sie sich gut zurecht. Und das Wetter war besser als in Frankfurt. In ihrer Jacke war es ihr nun fast zu warm, doch zu ihrem Erstaunen gab es um sie herum etliche Männer in kurzärmeligen T-Shirts und sogar einige junge Frauen in kurzen Sommerröcken. So warm war es nun auch wieder nicht, aber im Norden weckte wohl jeder Sonnenstrahl sommerliche Gefühle.

An der Rezeption war bereits viel los, und Ella stellte sich gelassen hinten an. Dabei kam sie sich schon richtig gut vor, merkte aber recht schnell, dass die Menschen hier mit unglaublicher Geduld gesegnet waren. Eigentlich ging nichts voran, und trotzdem strahlten alle gute Laune aus. Nach zehn Minuten dachte Ella darüber nach, das Einchecken zu verschieben und zunächst mal im Hotelrestaurant zu frühstücken, als der vorderste Gast von der Rezeptionistin freundlichst verabschiedet wurde und sie somit um eine Stelle vorrückte. Immerhin, dachte sie, wer weiß, wo ich nachher lande. Sie versuchte, sich auf ihr Programm zu konzentrieren und ihre Ungeduld zu beherrschen. Schau, sagte sie sich, die anderen können das doch auch. Du musst einfach einen Gang zurückschalten.

Das Hotel war modern und offen, ein typisches Touristen- und Businesshotel. Kleine Sitznischen vor einem großen gläsernen Gaskamin, dahinter massive Holztische mit rustikaleren Sitzmöglichkeiten, und ganz hinten schloss sich der Frühstücksraum an. Im Grunde genommen ein riesiger durch verschiedene Elemente geteilter Raum. Ella beobachtete die Menschen und ihr Treiben und war plötzlich an der Reihe. Ja, ihr Zimmer sei noch nicht geräumt, hieß es, aber sie habe Glück, ein Gast habe eben abgesagt, so bekäme sie ein Upgrade – zum selben Preis ein größeres Zimmer.

Ella bedankte sich erfreut und fand, dass die Reise doch ganz gut anfing. Jetzt war sie da, und alles war gut. Sie fuhr mit ihrem Rollkoffer in den vierten Stock, fand das Zimmer, öffnete die Tür und fragte sich, wie ein kleineres Zimmer wohl ausgesehen hätte, wenn dies ein Upgrade war? Außer für ein Bett war kaum Platz. Und dann entdeckte sie die zerknüllte Chipstüte und die leeren Flaschen neben dem Bett. Das Zimmer war entweder schlampig oder gar nicht gemacht. Sie drehte sich auf dem Absatz um und fuhr wieder hinunter. Diesmal stellte sie sich nicht mehr hinten an, sondern ging mit einem »sorry, sorry« zu den Wartenden direkt nach vorn.

Der jungen Frau an der Rezeption war es wenig peinlich, sie entschuldigte sich mit einem fröhlichen Lachen und druckte ihr eine andere Zimmerkarte aus. Diesmal sei es nun ein wirklich besonders schönes Zimmer. Ella nickte und lief erneut zum Fahrstuhl. Egal, sagte sie sich, du hast ja Zeit, und alles ist gut. Gleich sitzt du am Tisch, schaust dir mal ein schwedisches Frühstücksbüfett an und lässt dich langsam und gemütlich in den Tag hineingleiten. Die Galerie hat sowieso noch nicht geöffnet.

Diesmal war es der fünfte Stock und im langen Gang das letzte Zimmer auf der linken Seite. Ein Eckzimmer, dachte Ella, das hört sich jedenfalls schon mal gut an. Sie lächelte, als sie die Zimmerkarte in den Türöffner schob und die Tür aufdrückte. Ihr Koffer verklemmte sich, weil die Tür hinter ihr gleich wieder zufallen wollte, und sie kämpfte noch mit ihm, als jemand in ihrem Rücken »Oh, là, là« sagte.

Erschrocken drehte sie sich herum. Ein nackter Mann sah aus der Badezimmertür heraus, ein Handtuch an seinen Unterleib gepresst. Vor Schreck ließ Ella den Koffer fallen, dann sammelte sie sich.

»Sorry«, sie holte kurz Luft, »ich dachte, das sei mein Zimmer.«

Der Mann lächelte, und irgendwie erinnerte er Ella an Charles Aznavour, sie hatte plötzlich wieder das Cover der Langspielplatten ihrer Mutter vor Augen.

»Bitte sehr«, sagte er mit einer charmanten Handbewegung und mit entwaffnendem französischen Akzent, »es ist Ihr Zimmer.«

»Mein Zimmer?«

»Ja, Sie haben doch einen Schlüssel«, er sah sie an. »Oder nicht?«

»Ja, doch«, Ella hob die Karte hoch und kam sich im selben Augenblick unglaublich blöd vor. »Aber wir können doch nicht beide dasselbe Zimmer haben … das geht doch nicht!«

»Mais oui«, er lächelte entspannt. »Das sind die neuesten Sparmaßnahmen in Schweden. Zwei Menschen in einem Zimmer verbrauchen weniger Energie. Und wenn man Glück hat, geben sie noch welche ab.«

»Aha, Glück!« Sie starrte ihn unverwandt an, dann musste sie lachen.

»Das ist ein Witz! Sorry! Was sagt Ihre Frau dazu?«

»Rien. Nichts.« Er streckte ihr die Hand hin. »Mein Name ist Roger.«

»Ella.« Und sie hätte gern Bens Gesichtsausdruck gesehen. Hier im Zimmer eines fremden, halb nackten Franzosen, dem sie gerade freundschaftlich die Hand schüttelte.

»Et maintenant?« Er lächelte sie an. Und er hat tatsächlich etwas sehr Gewinnendes, stellte Ella fest. »Was jetzt? Wollen Sie bleiben oder ein Missverständnis klären, wo es keines gibt?«

»Keines?«, fragte sie. Und warum auch immer, ihr Gehirn stellte auf Abenteuer um. Das Spiel reizte sie plötzlich.

»Sehen Sie eines?«

Sie sah ihn an, wie er vor ihr stand, braun, schlank und das weiße Hotelhandtuch vor seine Genitalien gepresst. Sie schätzte ihn auf Anfang vierzig, ein junger Charles Aznavour, ein sehr gut aussehender Mensch, ganz ohne Frage.

»Hm«, machte sie.

»Vielleicht wollen Sie erst einmal ihren Koffer abstellen, ihre Jacke auszuziehen, und ich schaue nach zwei Gläsern Champagner, obwohl das vielleicht ein bisschen optimistisch ist?« Er schlang sich das Handtuch blitzschnell um die schmalen Hüften, dann geleitete er Ella vom kurzen Flur in das Zimmer, das tatsächlich sehr viel größer war als das vorhergehende, schob ihr einen der rot gepunkteten Sessel zurecht und ging vor der Minibar in die Hocke.

»Et voilà«, sagte er gleich darauf und hielt eine Piccoloflasche in die Höhe. »Nicht groß, kein Champagner, aber irgendetwas Prickelndes wird es schon sein. Den Champagner können wir ja nachholen.«

Ella hatte die Jacke anbehalten und sich in den Sessel sinken lassen. Eigentlich wollte sie ja frühstücken, dachte sie, aber spießig konnte sie ja auch morgen wieder sein.

»Und was machen Sie sonst in Stockholm, außer fremde Männer zu besuchen?«, fragte er, während er den Verschluss des Piccolo aufdrehte.

»Ja«, sagte sie, »gerade habe ich gedacht, dass Sie vielleicht ein Abkommen mit der Rezeption haben. So cool, wie Sie mit der Situation umgehen, sieht das ja schon nach einer gewissen Routine aus.«

Er nahm mit einer schnellen Bewegung ein Sektglas aus dem Barschränkchen, ließ es zwischen den Fingern wirbeln und schenkte es dann halb voll. »Ah ja«, sagte er, während er es Ella reichte, »damit verdiene ich mein Geld. Ich warte hier auf junge Frauen, tagein, tagaus in dem grün gekachelten Badezimmer, und übe mich in der Zwischenzeit im Sektglasjonglieren. Mit diesem Kunststück könnte ich inzwischen im Zirkus auftreten, denn so viele Frauen kommen hier einfach nicht.«

Ella musste lachen. »Gut, okay, gewonnen. Es ist ein sehr netter Zufall. Wahrscheinlich haben Sie noch nicht ausgecheckt, und ich war zu früh dran.«

»Ich habe gar nicht die Absicht auszuchecken.« Er goss den restlichen Sekt aus der kleinen Flasche in sein Glas und stieß mit ihr an. »Ich habe hier die nächsten Tage zu tun und bin genau vor einer Stunde angereist. Ich habe noch nicht einmal den Koffer ausgepackt.«

Ella sah schnell nach seinem Koffer.

»Aber wenn Ihnen das Zimmer gefällt, können wir es gern teilen«, fügte er lächelnd hinzu.

Es knisterte vor Erotik, und Ella spürte ihren Atem schneller gehen. Sie hob das Glas. »Warum nicht?« Dann dachte sie an Ben und seine treue Seele.

Was würde er tun, wenn er hier auf eine halb bekleidete Französin gestoßen wäre?

Rogers braune Augen hielten sie fest. Und es war, als würde er näher zu ihr rücken, obwohl er sich überhaupt nicht bewegte. Sie spürte plötzlich seine körperliche Wärme durch ihre Kleider hindurch. Seine Lippen waren zu einem sanften Lächeln geöffnet, aber noch immer hatte er sich nicht bewegt. Er saß einfach da und schaute sie an. Sie war es, stellte sie fest, sie selbst war es, die sich bewegte. Sie stellte ihr Glas ab, zog ihre Jacke aus, begann ihre Bluse aufzuknöpfen und schlüpfte gleichzeitig aus ihren Schuhen. Roger stand langsam auf, sein Blick hielt sie fest, er trat heran, streifte ihr die Bluse ab und öffnete ihren BH, während seine Lippen ihren Mund suchten. Er küsste gut, er küsste

42

verdammt gut. So gut hat bisher noch keiner geküsst, dachte Ella, und dann ging es rasend schnell. Sie fielen aufs Bett, ihre Jeans flog neben sein Handtuch auf den Teppich, ihre Münder saugten sich aneinander fest, und sie zog ihn auf sich. Wenn sie ihn spüren wollte, dann so, jetzt gleich, hart und fest. Es war wie ein Rausch, mal sie oben, mal er oben, schließlich landeten sie auf dem Fußboden, und Ella dachte nur, erstaunlich, wie lang er kann. Und kurz darauf dachte sie nichts mehr, ihr Hirn explodierte, und sie bekam nicht einmal mit, ob er auch gekommen war oder nicht.

Sie blieben einen Moment so liegen, dann schauten sie sich an. »Man erzählt ja viel über Schweden«, sagte er schließlich.

»Bloß, dass ich keine Schwedin bin.«

Sie lachten beide und lösten sich langsam voneinander.

»Der kleine Tod war mit dir ein großer Tod«, sagte er und fuhr mit seiner flachen Hand zwischen ihren Brüsten hindurch. »Wenn ich nachher auf meinem Termin Unsinn rede, dann, weil ich einfach nichts mehr im Kopf habe.«

»Wo ist denn bei dir der Kopf?«

Er grinste, und Ella fuhr mit ihrer Hand an den Schaft seines Penis. Er war rasiert. »Du stoppelst«, sagte sie.

»Ich habe heute früh noch nicht mit Damenbesuch gerechnet.«

Sie musste lachen. »Habe ich mich eigentlich schon vorgestellt? Ich heiße Ella.«

»Ella aus Deutschland.«

»Genau.«

Er nahm sie in den Arm.

»Ella, es war schön mit dir. Ganz außerordentlich!«

Ella nickte. Mein Gott, dachte sie plötzlich, ich habe mit Charles Aznavour geschlafen. Wenn ich das meiner Mutter erzähle!

An der Rezeption wurde ihr lächelnd ein drittes Zimmer angeboten. Diesmal im sechsten Stock, genau über Roger.

»Wenn du mich haben willst, dann klopfst du einfach«, hatte er gesagt und sie zum Abschied auf den Mund geküsst.

»Klar.«

Ella ging davon aus, dass sie ihn nie wieder sehen würde. Es war ein echter One-Night-Stand, dachte sie, während sie ihren Koffer öffnete und ihre wenigen Kleider auspackte. Dabei war es gar keine Nacht, sondern später Morgen. One-Morning-Stand. Sie lächelte über die Wortkreation und hatte schon jetzt das Gefühl, dass alles nur ein Traum gewesen war. One-Morning-Dream.

Charles Aznavour.

Sie musste lachen. So ein Blödsinn.

Dann fiel ihr Moritz ein, und ihr Lachen erstarb.

Wie hatte sie ihn nur vergessen können?

Sie hatte ihn vergessen.

Total vergessen.

Und überhaupt hatte sie vergessen, weshalb sie eigentlich da war.

Egal, dachte sie, das Leben spielt, wie es spielt.

Sie zog sich aus und ging erst mal unter die Dusche.

Zum Frühstück legte sie sich den Stadtplan neben den Teller mit den frischen Rollmöpsen und den anderen Fischen vom Büfett. Mit Soße, ohne Soße, klein und in mundgerechte Stücke geschnitten – und klar, der Hering, gepökelt, gesalzen und was noch alles, sie hatte sich einfach nicht entscheiden können, also hatte sie von jedem etwas genommen. Dazu Rührei und starker Kaffee, der hier in Thermoskannen gebracht wurde. Zwischendurch schaute sie hoch in Richtung Rezeption – und ärgerte sich gleich darüber. Worauf wartete sie denn? Auf Roger? Er war längst bei seinem Termin. Und hatte sie längst vergessen.

Moritz, dachte sie. Kümmere dich um Moritz!

Sie beugte sich über den Stadtplan, der ihr an der Rezeption ausgehändigt worden war. Ganz schön viel Wasser, dachte sie. Und das Hotel war vielleicht doch nicht ganz so glücklich gewählt, jedenfalls war es bis zur Altstadt, Gamla Stan, wie sie nun sehen konnte, ganz schön weit. Sollte sie laufen oder besser ein Taxi nehmen? Wenn sie ein Gefühl für die Stadt bekommen wollte, ging das am besten zu Fuß. Draußen schien die Sonne, und die Passanten trugen keine Jacken. Durch die Hotelscheibe sah es aus wie im Frühling. Ella aß alles auf und dachte dabei an Ben, der jedes Pfund an ihr liebte. Diese Soßen haben es sicherlich in sich, dachte sie, aber das kümmerte sie jetzt nicht. Sie war in Stockholm, sie würde sich keinerlei Einschränkungen auferlegen. Bei dem Gedanken musste sie lächeln. Damit hatte sie ja schon angefangen.

Zwanzig Minuten später war sie auf dem Weg. Alles geradeaus, das war einfach. Aber auch eintönig. An der Centralstation vorbei ging sie über eine große Brücke und hatte irgendwie das Gefühl, nicht dort zu sein, wo sie eigentlich hinwollte. Aber immerhin war sie schon mal auf der Halbinsel, jetzt brauchte sie einfach einen Platz, um noch einmal in aller Ruhe in den Stadtplan und den Stockholm-Führer schauen zu können. Ein Gartenrestaurant bot sich an. Einige kleine Tische waren gedeckt, der Wind wurde durch hohe Glasscheiben abgehalten. Nur, es kam gar kein Wind, dafür verdunkelte sich der Himmel, und es sah plötzlich sehr stark nach Regen aus. Komisch, gerade eben war es doch noch fast sommerlich gewesen, jetzt war Ella froh, dass sie ihre Jacke dabeihatte.

Sie setzte sich an einen kleinen Tisch unter einen Baum, dessen weit ausladende Krone etwas Schutz nach oben versprach, und schaute dem Kellner entgegen, der mit zwei Karten kam.

»Bitte nur einen Cappuccino«, sagte sie und erfasste im gleichen Augenblick, dass neben ihr, hinter ihr und vor ihr Touristen saßen, alle an kleinen Tischen, alle über Stadtpläne gebeugt und alle mit nur einer Tasse Kaffee. Das wird ihn nicht erfreuen, dachte sie und hob entschuldigend die Schultern. »Und gern noch ein Wasser«, fügte sie hinzu. Wenigstens ein bisschen mehr Umsatz.

»Eeeeiiin Cappuccino«, er zog das Wort so lang, dass Ella die Ungeheuerlichkeit ihrer mageren Bestellung bewusst werden sollte, »und eeeeiiin Wasser.«

Sie nickte nur. Was sollte sie auch sonst tun, sie konnte ja kein Menü bestellen, nur damit der Mann zufrieden war.

Aber der Cappuccino war erstklassig und das Leitungswasser, das er mit großer Geste in einem hohen Glas neben den Cappuccino stellte, ebenfalls. Auch noch Leitungswasser, dachte Ella. Sicherlich kostenlos. Dann halt ein gutes Trinkgeld. Vor allem, weil er ihr jetzt zulächelte und die Speisekarten wieder an sich nahm. »Dann heute Abend vielleicht fünf Gänge?«, fragte er, und sie mussten beide lachen.

46

Und weil er plötzlich so gute Laune ausstrahlte, fragte ihn Ella auch gleich nach der Galerie. Die würde er ihr ja gern persönlich zeigen, antwortete er, aber er kenne sie leider nicht.

Der muss südliches Blut haben, dachte Ella, zu charmant für ein kühles Nordlicht, und sie beugte sich wieder über ihren Stadtplan. Die Stora Nygatan war vielleicht ein guter Anfang, entschied sie, eine der Hauptstraßen in Gamla Stan, denn irgendwie musste sie ja in das Labyrinth aus engen Gassen und schmalen Häusern hineinkommen. Die Galerie schien in einer winzig kleinen Gasse zu sein, denn den Straßennamen hatte Ella auf dem Stadtplan nicht entdecken können, und selbst die präzise Karte auf ihrem Smartphone konnte ihr nicht weiterhelfen.

Sie würde einfach in einer Galerie fragen, sicherlich kannten sich die Galeristen untereinander. Sie bezahlte, gab mehr Trinkgeld als üblich, wurde mit einem strahlenden Lächeln belohnt, fand die Stora Nygatan und lief sie bis zu ihrem Ende durch. Die Straße gab nicht viel her, fand Ella, zumindest nichts Reizvolles. Und schon gar keine Galerie. Sie landete bei den Anlegestellen der Fährschiffe und entschied, jetzt einfach mal in Richtung Deutscher Kirche zu gehen. Die »Tyska Kyrkan« war überall ausgeschildert und offensichtlich zentral in der Altstadt gelegen. Jetzt wurde die Umgebung schöner, die Geschäfte individueller, und vor manchen musste sie sich direkt dazu zwingen vorbeizugehen. Nein, wegen eines Pullovers mit Norwegermuster war sie nicht nach Schweden gereist. Und eine Küchenschürze voller Elche brauchte sie auch nicht. Aber vor einem schmalen, unscheinbaren Geschäft kapitulierte sie. Schon das Schaufenster war so einladend, dass sie nicht die Einzige war, die sehnsüchtige Augen machte. Vielleicht lag es auch an dem unwiderstehlichen Schokoladenduft, der fein würzig durch die Gasse zog, jedenfalls konnte sie das Wort *Begehren* in großen Lettern über allen Köpfen lesen. Und kaum einer kam dagegen an. Die Mohrenköpfe im Schaufenster fand Ella besonders verlockend – es gab sie in allen Variationen, und Ella wusste, dass sie sich mindestens drei mitnehmen musste, weil sie sich einfach nicht entscheiden konnte. Dazu gab es noch abgebrochene Schokoladenteile, ohne Nüssen, mit Nüssen, mit Krokant und überhaupt – für einen Moment vergaß Ella, warum sie eigentlich in dieser Stadt herumlief.

Zehn Minuten später stand sie wieder auf der schmalen Gasse. Jetzt hielt sie die erste schwedische Tüte in der Hand – vollgepackt mit Süßigkeiten. Und gerade als sie genussvoll in einen Mohrenkopf beißen wollte, klingelte ihr Smartphone. Sie zögerte kurz, dann zog sie es aus der Jackentasche.

Ben.

Sie hatte ihn noch nicht angerufen, oje. Unwirkliche Szenen von heute Morgen tauchten vor ihrem Auge auf. Sie legte den Mohrenkopf in die Tüte zurück und nahm das Gespräch an.

»Ich habe mir schon Sorgen gemacht«, hörte sie Ben sagen.

»Ach, entschuldige, Ben, du kennst mich doch. Wenn ich irgendwo ankomme, staune ich wie ein Kind und vergesse alles um mich herum.«

»Ja«, seine Stimme wurde zärtlich. »Aber doch nicht mich?«

48

Ella schloss kurz die Augen. »Natürlich nicht«, sagte sie. »Ganz und gar nicht. Es gibt hier nur so viele Eindrücke … und dann auch eine Zimmerkonfusion beim Einchecken, aber das erzähle ich dir, wenn ich wieder zu Hause bin.« Werde ich das wirklich tun?, fragte sie sich.

»Ich wollte ja nur hören, ob du gut angekommen bist und ob es dir gut geht.«

»Beides, Ben. Und es ist ganz lieb von dir, dass du anrufst. Im Moment bin ich mitten in der Altstadt vor einem betörenden Schokoladengeschäft.«

»In dem du natürlich schon drin warst.«

»In dem ich natürlich schon drin war.«

Sie lächelte und wusste, dass er ebenfalls lächelte.

»Dann wünsche ich dir viel Genuss, Spaß und – pass auf dich auf!«

»Das werde ich!«

»Ich liebe dich!«

»Ich dich auch!«

Natürlich liebe ich ihn, sagte sie sich beim Beenden des Gesprächs. Daran änderte auch so ein kleines Intermezzo, Abenteuer, Zwischenspiel oder wie immer man das nennen wollte, nichts. Sie steckte das Smartphone weg und biss nun endlich genießerisch in ihren Mohrenkopf.

Die erste Galerie, die sie fand, war die *Galleri 67*. Sie war in einem interessanten Gebäude aus dem 17. Jahrhundert untergebracht und lag in einem Areal, das früher einmal zur Deutschen Kirche gehört hat, las sie in ihrem kleinen Führer. Schon erstaunlich, dachte sie, wo sich unsere Vorfahren überall herumgetrieben haben. Sie trat ein. Moderne Gemälde und Lithografien hingen an der Wand, und was ihr schon im Schokoladengeschäft aufgefallen war: Sie wurde zwar sehr freundlich begrüßt, aber überhaupt nicht bedrängt. Die Schweden schienen alle Zeit der Welt zu haben. War der Norden insgesamt gelassener als der Süden? Sie schaute sich erst kurz um, dann suchte sie den Rat einer hübschen blonden Frau, die völlig relaxed an einem Stehtisch stand und etwas in ein Kassenbuch schrieb.

Ella nannte den Namen der Galerie, die sie suchte, und erntete ein Lächeln. Auch ungewöhnlich, dachte sie, wenn man doch so offensichtlich zur Konkurrenz will.

»Do you have a map?«, wollte die Blonde wissen, und Ella zog ihren Stadtplan heraus. Daraufhin nahm die Galeristin einen Filzstift und malte einen Kringel mitten in die Altstadt.

»Here you will find it.« Sie lächelte gewinnend.

Kein Wunder, dass viele Männer schwedische Frauen so erotisch finden, dachte Ella. Diese strahlenden blauen Augen, diese intensive Zuwendung, dieses Eingehen auf eine fremde Person – wo fand man denn so etwas in Deutschland?

Ella bedankte sich vielmals und versuchte im Gewirr der kleinen Straßen und seltsamen Straßennamen die richtige Ecke zu finden. Zweimal lief sie an der Deutschen Kirche vorbei. Irgendwie war sie im Kreis unterwegs, stellte sie fest und schaute auf die Uhr. Schon später, als sie gedacht hatte. Und der Himmel machte jetzt endgültig zu, die Sonne war weg, und es wurde regelrecht düster. Die ersten Regentropfen trieben die Passanten in die Cafés, und weil Ella zu spät reagierte, fand sie keinen Platz mehr. Und sich unter eine der Markisen zu stellen war ihr dann doch zu trostlos.

Der Regen platschte regelrecht auf das Pflaster, und Ellas Sneakers fühlten sich schnell unangenehm feucht an. Sie schaute sich um. Hinter ihr ragte der spitze grüne Turm der Deutschen Kirche in die Luft. Warum nicht? Ein bisschen Kultur konnte nicht schaden, und außerdem erinnerte sie die ganze Kirche irgendwie an Schloss Hogwarts aus *Harry Potter*. Sie machte kehrt und lief die schmale Gasse hoch, die sie gerade erst herunter gekommen war. »Fürchtet Gott! Ehret den König!« stand auf dem schmiedeeisernen Tor zu lesen, das zur Kirche führte. Im Moment fürchtete sie eher die kalte Nässe, die ihr in den Kragen lief. Aber kaum war sie in der Kirche, blieb sie fasziniert stehen. Das große Kirchenschiff war an sich schon beeindruckend, aber der Altar, die Glasfenster, die Galerie mit der Orgel und dann auch noch dieser zweistöckige Kasten aus Gold, groß und gewichtig und geheimnisvoll mit den vielen Fenstern, die aber keine Einblicke boten, das alles war überwältigend. Ella trat näher. Es musste die Königsloge sein. Hier saßen sie also, die gekrönten Häupter, erhaben über die Menschheit und näher bei Gott. War das so? Es reizte sie, die Treppe hinaufzusteigen. Was hatte diese Loge zu erzählen? Was war dort während der Gottesdienste passiert? Sie dachte an Roger. Alles war möglich. Sie versuchte sich die Bilder aus jener Zeit vorzustellen. Die Fenster der Loge gingen direkt zur Kanzel. Dort oben wurde also gepredigt. Von Enthaltsamkeit und frommem Wirken, wie Ella vermutete. Wie schade, dass man die Zeit nicht zurückdrehen konnte. Und nicht hineinhorchen konnte, irgendwo in diesen Mauern waren das Lachen, das Beten, das Glück und der Tod doch sicherlich gespeichert.

Sie setzte sich auf eine der Bänke und betrachtete die schwarze Kanzel mit ihren Schnitzereien. War sie aus Ebenholz? Und das prunkvolle Gold der Loge. Die Figuren, Kronen und Verzierungen. Wozu die Menschen früher doch fähig waren. Dieses akribisch Kunstvolle erschlug sie fast. Und wie immer, wenn sie vor solchen Meisterwerken stand, hätte sie gern die Menschen erlebt, die das alles gefertigt hatten, ihre Werkstätten, ihr Werkzeug, ihre Hände gesehen – und die Bedingungen, unter denen sie gelebt und gearbeitet hatten. Die kunstvollen Glasfenster und Gemälde um sie herum erinnerten sie an die Galerie, wegen der sie eigentlich gekommen war. Und plötzlich hatte sie Moritz wieder so genau vor Augen, dass es sie fröstelte. Sie drehte sich um. Schräg hinter ihr saßen zwei Männer, die leise miteinander redeten. Aber das kann es nicht gewesen sein. Wo kam dieser Impuls her, der sie wie ein Stromschlag durchzuckte?

Ella stand auf und suchte die Ecke mit den Kerzen. Sie nahm eine und zündete sie an. »Für dich, Inka«, sagte sie leise und spürte, wie ihre Augen feucht wurden.

Sie war hier, in einem fremden Land, um den Mörder ihrer Schwester zu finden. Aber sie verdrängte das alles, sie schlief mit wildfremden Menschen, kaufte Süßigkeiten und besuchte Kirchen. Sie tat alles, um nicht tun zu müssen, wovor sie Angst hatte. Sie wollte ihn gar nicht finden. Sie konnte aber auch nicht so tun, als ob es dieses Portrait nicht gäbe. Sie konnte nicht so tun, als ob sie jetzt nicht die Pflicht hätte, nach Moritz zu suchen. Sie war die Einzige, die ihn finden konnte, sie war die Zwillingsschwester der Toten. Wenn überhaupt jemand dazu in der Lage war, dann sie, denn sie war ein Teil von Inka.

Ella fuhr zusammen. Über ihr hatte ein Glockenspiel eingesetzt und erfüllte den Raum mit Klängen, die sie durch den ganzen Körper hindurch bis in die Fußsohlen spürte. Fast hätte sie instinktiv nach der Säule neben sich gegriffen, um sich festzuhalten. »Lobe den Herren, den mächtigen König der Ehren«, das hörte sie als Melodie heraus und fragte sich im selben Moment, ob das alles wahr war oder ob sie es träumte. Phantasierte sie nicht?

Sie musste hier raus, diese Kirche war zu mächtig für sie. Sie spürte zu vieles, was sie nicht einordnen konnte. Vielleicht war sie im Moment auch nicht stabil genug.

Als sie hinausging, stand rechts neben dem Kirchenportal ein einsamer großer, schwarzer Regenschirm. Sie widerstand der Versuchung und klappte ihren Kragen hoch, doch der Regen hatte bereits nachgelassen, und es war nicht mehr ganz so dunkel, wenn auch die Wolken noch immer sehr tief hingen.

So wie man sich Schweden vorstellt, dachte Ella und überlegte, ob sie wohl noch ein paar feste Schuhe kaufen musste – am besten gleich Gummistiefel. Auf der Gasse drehte sie sich einmal um ihre eigene Achse. Diese Straße hatte sie bereits erforscht, da ging es zu der breiteren Einkaufsstraße, dort lag die Galerie jedenfalls nicht. Die andere Straße war sie auch schon ohne Erfolg entlanggelaufen. Nun kam noch diese menschenleere Gasse mit den kleinen Geschäften in Betracht. Für eine Kunstgalerie eher unwahrscheinlich, aber sie wollte nichts unversucht lassen. Ihre Schritte hallten zwischen den hohen Häusern wider, und sie fand es seltsam, dass sie an einem so malerischen Ort völlig alleine war, während die Parallelstraße von Touristen überlaufen wurde. Ella betrachtete im Vorübergehen die Auslagen hinter den Scheiben. Konnte man von so einem kleinen Laden leben, fragte sie sich, aber für weitere Gedanken hatte sie keine Zeit, denn die kleine Gasse öffnete sich zu einem Platz, der trotz des leichten Nieselregens voller Leben war. Rote und gelbe mittelalterliche Häuser und zwei junge Männer, die an einem Brunnen saßen und unverdrossen Bob-Dylan-Lieder sangen. Ella blieb kurz stehen und hörte ihnen zu. Eine Gruppe junger Frauen fiel ihr auf, die aussahen, als hätten sie sich auf dem schnellen Weg durch die Stadt zufällig getroffen. Eine trug Shorts, und ihre nackten Beine waren so makellos braun, dass Ella sich wunderte. Um diese Jahreszeit? Die musste im Süden gewesen sein. Und kurze Hosen bei dieser Kälte? Ella fror schon beim bloßen Hinschauen, Schwedinnen waren hart im Nehmen. Sie suchte das Straßenschild. Aha, Stortorget, darüber hatte sie schon gelesen. Hier war auch das Nobel-Museum, und lange, bevor diese Häuser gebaut worden waren, hatte der schwedisch-dänische König Christian II. an dieser Stelle in einer willkürlichen Machtdemonstration neunzig Menschen wahllos abschlachten lassen. Aber heute lag der Platz friedlich und freundlich da, und Ella beschloss, später noch einmal in Ruhe hierherzukommen. Jetzt galt es, endlich diese Galerie zu finden. Sie bog nach rechts ab. Köpmangatan hieß die Gasse, und dort gab es eine Galerie, wenn es auch nicht die gesuchte war, aber vielleicht konnte hier jemand diesen über mehrere Gassen großzügig gemalten Kringel präzisieren.

Wieder traf sie auf eine hilfsbereite Frau, die ihr den Weg wortreich erklärte. Sie trat sogar mit auf die Gasse. Ella merkte sich vor allem die Himmelsrichtung und lief los. Kopfsteinpflaster, mal rauf, mal runter. Wenn nicht die ganze Altstadt Fußgängerzone gewesen wäre, hätte sie sich längst ein Taxi genommen. Ob es wohl irgendwelche Fremdenführer gab, die man mieten konnte? Irgendwo hier muss es doch sein, dachte sie, ging einige Schritte in eine Gasse hinein und glaubte, in der Ferne eine Lichtquelle ausmachen zu können. Das Kopfsteinpflaster schien etwas heller, so als fiele aus hohen Schaufenstern Licht auf die Straße. Ella gab sich einen Ruck. Optimismus, dachte sie, schau nach vorn, du schaffst es.

Tatsächlich, am Ende der Gasse kamen einige Geschäfte in Sicht, und als Ella den schräg gedruckten Namen *Galleri Anna K.* las, holte sie tief Luft. Das Geschäft war, wie die meisten hier in der Altstadt, nicht besonders groß. Drei breite Steinstufen führten hoch zu einer gläsernen Eingangstür.

Es war also so weit. Irgendwie hatte sie nicht damit gerechnet. Aber jetzt gab es kein Zurück mehr, jetzt ging es nur noch nach vorn.

Sie sammelte sich, dann ging sie die Treppe hinauf und öffnete die Tür. Es war eine andere Kunst als in den beiden vorhergegangenen Galerien. Die Motive waren nicht verspielt oder naiv, sondern zeigten eher modernen Naturalismus. Sie blieb vor einem Bild mit sich aufbäumenden Pferden stehen, deren Konturen sich in nur wenigen Strichen zeigten und die trotzdem voller Kraft und Anmut waren. »Das ist von einer italienischen Künstlerin«, sagte eine Stimme hinter ihr. Ella zuckte zusammen und drehte sich um. Sie hatte die Frau nicht kommen hören, die auch nicht aussah wie die fröhlichen Wesen, die ihr bisher begegnet waren. Diese hier hatte ihr aschblondes Haar hochgesteckt und trug ein formloses mausgraues Kleid. Avantgardistisch würde man in Deutschland vielleicht dazu sagen, dachte Ella. Ein Kleid für die Frau von Welt mit feinem Kunstverstand und ausgesuchtem Sinn für Ästhetik.

Vielleicht war sie ja Deutsche?

»Guten Abend«, versuchte es Ella, aber nachdem ihr nicht geantwortet wurde, fiel sie ins Englische zurück.

»Bertrogelli ist bekannt für ihre ausdrucksstarken Bilder, für ihre Strichtechnik und ihre mutige Farbgebung.«

Stimmt, dachte Ella. Das Bild, vor dem sie standen, war nur weiß, rot und schwarz. Und beeindruckend.

»Ich komme aus Frankfurt«, begann Ella, »und ich habe die Bilder von Inger Larsson gesehen.«

Die Frau nickte und stellte sich jetzt als Anna Kjerstidotter vor.

»Dann gehört Ihnen die Galerie?« Ella gratulierte sich insgeheim zu ihrem Glück. Das ging ja schnell.

»Ja«, sagte Anna schlicht und zeigte auf die anderen Bilder. »Im oberen Stockwerk haben wir noch mehr, aber natürlich nichts von Inger Larsson. Die sind derzeit alle in Frankfurt.«

»Ich weiß«, Ella nickte. »Ich habe Interesse an einem bestimmten Bild. Und ich würde gern mit der Künstlerin darüber reden.«

»Die Verkäufe gehen ausschließlich über mich.«

Ella überlegte. »Ich fand das Portrait aber so interessant, dass ich gern über ihre Technik gesprochen hätte, leider war die Künstlerin zur Vernissage nicht anwesend.«

»Ja.« Anna ging einige Schritte auf einen langen Holztisch zu, der längsseitig im Hintergrund stand. »Ein Unwetter hat sie abgehalten. Aber sie zeigt sich sowieso nicht gern in der Öffentlichkeit.«

Ella war entschlossen, nicht so schnell aufzugeben. »Ich hatte gehofft, die Gelegenheit zum Gespräch jetzt nachholen zu können.«

»Inger Larsson kümmert sich nur um ihre Kunst, mit dem Rest möchte sie nichts zu tun haben.«

Na, dachte Ella, das weiß ich ja schon, ganz so einfach scheint es doch nicht zu werden.

Anna griff auf dem Tisch zwischen unzähligen Katalogen, Zeitschriften und Kunstbüchern gezielt nach dem Ausstellungskatalog von Inger.

»Zeigen Sie mir doch das Portrait, um das es Ihnen geht«

»Das betreffende Portrait ist im Katalog gar nicht aufgeführt.«

Anna starrte sie an.

Aha, dachte Ella, man kann dich also doch aus der Reserve locken.

»Nicht aufgeführt? Das gibt es nicht. Dann ist das Bild nicht von Inger.«

»Es ist aber von ihr signiert. Und genau über dieses Bild hätte ich gern mit ihr gesprochen.«

»Und deshalb sind Sie hierhergeflogen?«

»Nein, ich habe hier geschäftlich zu tun, ich konnte es gut miteinander verbinden«, schwindelte Ella.

»So oder so«, beharrte Anna, »es sind nur Bilder ausgestellt, die auch im Katalog sind.«

Ella zog ihr Smartphone hervor.

»Da irren Sie sich«, sagte sie und suchte nach dem Foto. Und dann präsentierte sie Anna das Portrait von Moritz.

Die Galeristin betrachtete es unbewegt, und Ella hatte den Eindruck, sie sei eine Spur blasser geworden.

»Dieses Exponat kenne ich nicht«, sagte sie schließlich. »Dazu kann ich leider nichts sagen.«

»Hätten Sie dann bitte die Adresse der Künstlerin? Oder die Telefonnummer?«

»Das geht auf keinen Fall!«

»Aber ich würde das Bild gern kaufen. Und Inger Larsson ist doch über Sie geführt.«

»Aber nicht mit diesem Bild. Ich kenne es ja nicht einmal!« Das Unbehagen war ihr ins Gesicht geschrieben. Sie wollte diese Situation so schnell wie möglich beenden.

»Ja, dann …«, sagte Ella ratlos. Was sollte sie tun? Einbrechen und nach der Karteikarte suchen? »Vielen Dank.«

»Auf Wiedersehen!«

Anna wollte sie loshaben, das war offensichtlich.

Als Ella auf die Eingangstür zuging, sah sie in der spiegelnden Glasscheibe, wie Anna ein Handy aus den Untiefen ihres Kleides zog.

Draußen ging Ella forsch und ohne ein weiteres Mal in die Galerie hineinzuschauen die Gasse hinunter, drehte aber sofort um und suchte mit den Augen nach einem geeigneten Versteck. In einem dunklen Hauseingang, schräg gegenüber, fand sie es. Von hier aus konnte sie zwar nicht in die Galerie sehen, aber sie hatte die Eingangstür im Auge. Keine zwanzig Minuten später sah sie Anna durch die große Glastür hinauskommen. Sie hatte sich ein graues Cape übergeworfen und zog nun gegen den feinen Sprühregen die Kapuze über.

Gut so, dachte Ella, dadurch hatte sie ein eingeschränktes Gesichtsfeld, und eine Verfolgerin würde ihr nicht so leicht auffallen. Es war gar nicht so einfach, Anna im Auge zu behalten. Sie huschte durch die Gassen, schlängelte sich durch die Touristen hindurch und verschwand plötzlich in einer ebenerdigen U-Bahnstation.

Gamla stan las Ella in dem Moment, in dem der Zug einfuhr. Ja, und jetzt, dachte sie, sie hatte kein Ticket, wusste nicht, wohin, hatte schlicht keine Ahnung, was sie tun sollte. Und was machte es für einen Sinn, der Galeristin hinterherzufahren? Wer sagte ihr, dass sie sie tatsächlich zu Inger Larsson führen würde? Vielleicht feierte ihre kleine Tochter Kindergeburtstag, und sie hatte es deshalb so eilig?

Trotzdem schaute sie mit einem eigenartigen Gefühl zu, wie Anna einstieg und sich die Tür hinter ihr schloss. Sie hätte doch mitfahren sollen. Und dann einfach mit dem nächsten Zug wieder zurück. Und sich beim Schaffner dumm stellen.

Sie schaute sich um. Wo war sie überhaupt? Anhand ihres Stadtplans orientierte sie sich. Sie war am ganz anderen Ende der Altstadt. Gar nicht weit von ihrem morgendlichen Ausgangspunkt entfernt. Sie hatte das Gefühl, dieser Morgen lag schon Tage zurück. Ihre Füße taten ihr weh, außerdem waren die Schuhe durchnässt und ihre Kleider feucht. Sie sehnte sich nach warmen, trockenen Sachen. Der Weg zurück zum Hotel war nicht wirklich weit. Trotzdem hatte sie keine Lust mehr zu laufen. Und außerdem brauchte sie jemanden zum Reden. Sie musste ihre Gedanken mitteilen, sie musste hören, ob Anna wirklich so seltsam war, wie sie sie empfunden hatte, oder ob sie sich das alles nur eingebildet hatte.

Vielleicht war Anna ja wirklich nur eine ganz normale Galeristin, Mutter und Ehefrau, die es nicht leiden konnte, wenn eine Künstlerin hinter ihrem Rücken eigene Geschäfte machte? Vielleicht hatte sie auch keine weiteren Gedanken an dieses Portrait verschwendet? Oder es war alles ganz anders, und sie war tatsächlich schnurstracks zu Inger gefahren? Oder sogar zu Moritz, um ihn zu warnen?

Was soll's, dachte sie, jetzt war es sowieso egal, sie konnte es nicht mehr ändern. Sie hielt das nächste Taxi an und ließ sich auf die Rückbank fallen.

An der Rezeption wurde Ella ein kleines Päckchen in die Hand gedrückt. Das fand sie seltsam. Wer wusste, dass sie hier war? Außer ihrem Namen und ihrer Zimmernummer stand nichts drauf. Ella schaute zu der kleinen Sitzgruppe an dem gläsernen Kamin. Sie war frei. Sollte sie sich ans Feuer setzen, sich einen cremigen Cappuccino gönnen und diesen seltsamen Umschlag auspacken, bevor sie nach oben ging? Und dann, wo sollte sie zu Abend essen? Was sollte sie überhaupt mit dem Abend anfangen? Welche Möglichkeiten gab es hier vor Ort, eine Künstlerin aufzuspüren? Irgendeine Behörde musste doch dafür zuständig sein. Einwohnermeldeamt, dachte sie. Wie das wohl auf Schwedisch hieß? Und dann musste sie sich eine U-Bahn-Karte kaufen, damit sie das nächste Mal flexibler war.

Sie setzte sich nahe an den Kamin und sah sich nach einem Kellner um. Auf den Cappuccino freute sie sich. Und dann zum Cappuccino eine dieser legendären Zimtschnecken. Wie hießen die noch mal auf Schwedisch? Kanelbulle? Das Wort war so seltsam, dass es ihr irgendwie haften geblieben war. Ein junger, hübscher Schwede nahm ihre Bestellung entgegen, und Ella legte das Päckchen erst mal zur Seite. Eigentlich wollte sie den Inhalt gar nicht kennen. Dann musste sie sich wieder mit etwas auseinandersetzen, und letztlich wünschte sie sich jetzt nur professionelle Hilfe. Einen schwedischen Beamten an ihrer Seite oder einen einheimischen Detektiv. Sie griff nach dem Telefon. Manchmal tat ja auch ein einfaches Gespräch schon gut.

Ben war erfreut, ihre Stimme zu hören.

»Und? Wie läuft es bei dir? Hast du etwas erreicht?«, wollte er wissen. Und warum auch immer, Ella hörte eigentlich nur heraus: Falls nicht, kannst du ja auch gleich wieder zurückfliegen …

Sie erzählte ihm von ihrem Besuch in der Galerie, aber es fehlte ihr die richtige Leidenschaft, weil sie nicht das Gefühl hatte, dass er sie wirklich unterstützte.

»Interessiert dich das überhaupt?«, unterbrach sie sich selbst mitten im Satz und lauschte der leichten Aggressivität ihrer Stimme nach. Was war nur los mit ihr?

»Doch, doch«, beeilte sich Ben zu sagen, »schon. Aber muss das denn sein? Ich habe einfach kein gutes Gefühl dabei.«

»Du wolltest ja nicht mit!«

»Ich konnte nicht mit, das ist ein Unterschied.«

»Wenn du gewollt hättest, hättest du gekonnt.« Dann wäre auch das mit Roger nicht passiert, fügte sie innerlich hinzu. Es war kurz still.

»So siehst du das also.«

»Ja, so sehe ich das!«

Wieder war es still. Ella sah dem Jungen mit ihrem Cappuccino und der Zimtschnecke entgegen und wies auf den kleinen Tisch neben sich.

»Du weißt, dass das nicht wahr ist. Warum sagst du es trotzdem?«

»Weiß ich, dass es nicht wahr ist?«

Was ritt sie nur? Sie griff ihn an, ohne es wirklich zu wollen. Sie kannte sich selbst nicht.

»Lass«, sagte sie versöhnlich. »Es ist schon gut. Ich bin nur leicht überfordert und weiß im Moment nicht weiter. Es hat nichts mit dir zu tun, nur mit mir.«

»Aber auch das hört sich nicht gut an.«

Sie musste sich beherrschen, um nicht »dann lass es doch einfach« zu schreien, aber sie riss sich zusammen. »Ich habe eben einen Cappuccino serviert bekommen, vielleicht geht es mir danach besser. Und eine Zimtschnecke. Wahrscheinlich bin ich einfach nur unterzuckert.«

»Gut, dann ruf mich an, wenn es dir wieder besser geht.«

Sie legte das Smartphone weg und zog den Teller mit der Zimtschnecke zu sich heran. Er war hilflos, dachte sie. Völlig hilflos. Er wusste weder, wie er mit ihr, noch, wie er mit der Situation umgehen sollte.

Aber womöglich war sie ja wirklich nur unterzuckert.

Sie betrachtete die schwedische Spezialität von allen Seiten. Eine etwas dünn gerollte Schnecke, dachte sie, mit Hagelzucker bestreut. Dann biss sie hinein und spürte ein wohliges Gefühl aufsteigen. Genuss, dachte sie, ja, Genuss ist etwas Göttliches. Wie musste es sein, wenn man keinen Sinn für gutes Essen, gutes Trinken, einen guten Wein hatte? Wenn alles nur Nahrungsaufnahme war? Möglicherweise von einer Religion diktiert? Furchtbar, dachte sie, während sie ein weiteres Mal zubiss und den feinen Zimtgeschmack auf der Zunge zergehen ließ. Aber vielleicht war Genussfähigkeit ja auch eine Gefahr und das Zeichen für ein ungöttliches Leben im Rausch der Sinne? Schließlich konnten nicht nur Musik und Kunst, Essen und Trinken ein Genuss sein, sondern auch der Sex. War Genuss der erste Schritt zur Anarchie? Hieß es deshalb fleischliche Lüste, weil es sich auf alles bezog, was Lust machte und deshalb von der Kirche bekämpft werden musste? Waren die Lutheraner mit ihrer selbst auferlegten Enthaltsamkeit dabei schlimmer als die Katholiken? Ella trank einen Schluck Cappuccino und war froh, dass sie in einem Jahrhundert und in einem Land lebte, in dem man sich für seine Gelüste nicht rechtfertigen musste.

Jetzt öffnete sie kurz entschlossen das Päckchen. Ein PC-Stick fiel heraus. Was konnte das sein? Keine Notiz dazu, kein Nichts. Sie fuhr mit dem Finger in den Umschlag, nichts. Hatte es Sinn, an der Rezeption nach demjenigen zu fragen, der den Umschlag für sie hinterlegt hatte? Eher nicht. Zu viele Leute, zu viel Wechsel, auch bei den Rezeptionisten.

Sie musste ja nur an ihr Netbook gehen, dann wäre das Rätsel gelöst. Das hatte sie aber oben in ihrem Zimmer, und im Moment gefiel es ihr hier am Kamin recht gut.

Zeit, um sich eine Strategie zurechtzulegen.

In diesem Moment sah sie, dass die Rezeption frei wurde. Sie sprang auf und ging zu einer großen Blonden an die Empfangstheke.

Wie sollte sie ihr nun erklären, was sie wollte? Wie hieß das englische Wort für Einwohnermeldebehörde?

Keine Ahnung. Sie versuchte es auf Umwegen. Eine

Künstlerin, eine Malerin, die sie suche, die aber nicht im Telefonbuch stehe.

»Über die Galerien?«, schlug die Frau vor.

Ella schüttelte den Kopf. Schon versucht.

»Haben Sie ihre Personennummer?«

»Personennummer?« Ella muss sie so begriffsstutzig angesehen haben, dass die Frau lachte.

»Ja, jede in Schweden ansässige Person bekommt eine Personennummer. Die begleitet einen Schweden von der Wiege bis zur Bahre.«

Ella nickte.

»Die ist zehnstellig und setzt sich aus dem Geburtsdatum und vier weiteren Ziffern zusammen, die einem zugeteilt werden. Und das Ganze wird beim Skatteverket, also der Steuerbehörde, registriert und im zentralen Melderegister, dem Folkbokföringen, gespeichert.«

Ella nickte ein weiteres Mal.

»Diese Daten sind öffentlich«, fuhr die Blonde fort.

»Aha«, sagte Ella. Doch schon mal was.

»Aber in Schweden gibt es keine Geburtsurkunden, Heiratsurkunden oder Sterbeurkunden, die mit den deutschen vergleichbar wären.«

»Sie sind gut informiert«, staunte Ella.

Die Blonde lächelte. »Meine Mutter arbeitet bei der Steuerverwaltung.«

»Nein!« Ella blieb fast der Mund offen.

»Doch!«

»Können Sie mir da helfen?« Ella wusste nicht, ob sie es jetzt mit einem Augenaufschlag oder mit einem Geldschein versuchen sollte.

»Wie heißt denn die Künstlerin, die Sie suchen? Vielleicht ist sie mir ja auch so bekannt, ich bin so ein bisschen in der Kunstszene unterwegs.«

»Ach ja? Das auch noch?« Die Frau hatte wirklich der Himmel geschickt. »Sie heißt Inger Larsson.«

»Inger Larsson …« Sie schüttelte langsam den Kopf. »Ist mir leider kein Begriff. Ist es ihr Künstlername?«

Ella zuckte mit den Schultern.

Dann hob sie den weißen Umschlag mit ihrem von Hand geschriebenen Namen hoch.

»Vielleicht wissen Sie ja auch, wer das hier für mich abgegeben hat?«

Die Blonde nahm dem Umschlag prüfend in die Hände, und Ella beugte sich etwas vor, um ihr Namensschild an der Bluse zu lesen. »Siri Sandström«, sagte sie halblaut. »Das hört sich irgendwie nach Sommer, Sommersprossen, dem Meer und blauem Himmel an.«

»Sie haben Astrid Lindgren gelesen.« Sie schaute auf. »*Ferien auf Saltkrokan.*«

»Mag sein.« Ella lächelte ebenfalls. »Aber Schweden war das Land meiner Träume, als Kind wollte ich immer nach Schweden. Die roten Häuser, die Weite, die Natur, das fand ich großartig!«

»Ist es auch.« Siri Sandström gab ihr das Kuvert zurück. »Auch hier: leider nein. Bei mir wurde es nicht abgegeben.«

»Das dachte ich mir schon, das wären auch zu viele Zufälle gewesen …«

»… die es bekanntlich nicht gibt.«

Ella zuckte die Achseln. Sie war sich da nicht so sicher.

»Also.« Siri schrieb etwas auf einen Notizblock, riss das

Blatt ab und reichte es ihr hinüber. »Das sind so ein paar Suchforen in Schweden, aber wie gesagt, ohne Personennummer ist es schwer. Ich frage mal meine Mutter, kann aber nichts versprechen.«

»Das wäre wunderbar!«

»Inger Larsson war der Name?«

Ella bestätigte. »Ja, genau. Inger Larsson.«

Als sie zu ihrem Tisch zurückkam, war der Cappuccino kalt geworden. Aber jetzt hatte sie sowieso keine Ruhe mehr. Sie nahm ihre Tasche und den Rest der Zimtschnecke und ging zum Lift.

Als Erstes packte sie ihr Netbook aus, dann zog sie sich selbst aus. Das hatte sie total vergessen, sie hatte noch immer feuchte Füße und steckte in klammen Kleidern, aber das war nun alles zweitrangig.

Während das Netbook hochfuhr, nahm sie den zusammengelegten Hotelbademantel aus dem Schrank und riss die kleine Plastiktüte auf, in der weiße Badeschlappen aus Frottee steckten. Jetzt fühlte sie sich schon wohler. Dann gab sie http://privatpersoner.eniro.se ein. Eine wilde Seite tat sich auf, aber »Vad söker du« hieß offensichtlich: »Wen suchst du«, und »Var« interpretierte sie mit »Wo«. Sie gab Inger Larsson ein und Stockholm. 79 »Personträffar« wurden sofort gemeldet, und Ella traute ihren Augen nicht. Man konnte jeden Einzelnen anklicken, neben der genauen Adresse wurden die entsprechenden Telefonnummern mitgeteilt und per Landkarte auch noch die genaue Lage der Wohnung. Und wenn sie auf Hybrid umschaltete, sah sie nicht mehr nur die gezeichneten Straßen, sondern auch, wie das Häuschen in Wirklichkeit aussah. Jetzt fehlte nur noch, dass sie direkt in die Fenster zu Larssons hineinschauen konnte. Sie las, was auf der linken Seite der Website aufgeführt war: Geburtstag, Namenstag und auch der Name des angetrauten Gatten. Alles da. Es wurde ihr ganz schwindelig, was und wie schnell man alles über einen wildfremden Menschen herausfinden konnte. Selbst die E-Mail-Adresse war angegeben. Nur der Beruf nicht. Sollte sie jetzt 79 Menschen anrufen und sie nach ihrem Beruf fragen?

Sind Sie zufälligerweise Künstlerin und malen Portraits?

Oder kurz: Kennen Sie Moritz?

Sie lehnte sich zurück.

Und jetzt?

Dieser geheimnisvolle Umschlag fiel ihr ein. Der Stick.

Sie schob ihn ein und bekam Herzklopfen. Was würde sie erwarten? Eine geheimnisvolle Botschaft von Anna? Eine Drohung: Spionieren Sie mir nicht weiter nach, es könnte Ihr Leben kosten …

Mit Musik hatte sie nicht gerechnet. Ein deutscher Text und ein Interpret, von dem sie wusste, dass sie ihn kannte. Irgendetwas aber traf sie, sie blieb sitzen und lauschte, und dann spielte sie das Stück noch einmal von vorn:

Sie hat das Gesicht, das oft nur zeigt,
wie viele Gesichter es verschweigt,
sie hat die Farben, die der Mai kaum fertigbringt,
sie kann beschützen wie der Wind,
sie kann verletzen wie ein Kind.

Diese Stimme. Es fuhr ihr durch und durch. Charles Aznavour. Das hier war von Roger.

Roger.

Den ganzen Tag hatte sie sich verboten, an ihn zu denken. Das war außerhalb jeder Möglichkeit, war einmalig, war schleunigst zu vergessen. Aber das hier brachte alles zurück. Es war ein Gefühl, wie sie es lange nicht gespürt hatte. Es rumorte in ihrem Magen, und sie musste aufstehen. Eine Weile lief sie in ihrem Zimmer auf und ab.

Was sollte sie tun?

Schließlich griff sie kurz entschlossen nach dem Telefon und wählte die Zimmernummer unter ihr.

Der Ruf ging durch, es meldete sich niemand.

Was hast du erwartet, dachte sie. Dumme Kuh. Und außerdem hast du Ben.

Ben. Das war Vertrauen, Geborgenheit, Liebe.

Sie nahm ihre Wanderung wieder auf.

Jetzt hör auf, durch das Zimmer zu tigern, sagte sie sich und spielte das Lied noch einmal. Es war furchtbar, es traf irgendeinen Nerv.

Rührselig, dachte sie. Ich werde auf meine alten Tage rührselig.

Sie ist das Kapitel, das mich schreibt,
die Woge, die mich weiterträgt,
die meine Höhen, meine Tiefen bestimmt …

Meint er damit wirklich mich?, fragte sie sich, oder ist es eine Masche, die er bei jeder einsetzt? Und trotzdem fand sie es schön. Es war die Liebeserklärung eines fremden Menschen. Eine Liebeserklärung, die der eigene Freund auf eine so schöne Art wahrscheinlich noch nicht einmal gedacht hatte.

Sie ist, was ich habe, was ich bin,
ist mein Verlust und mein Gewinn,
ist das Gesicht, an dem man nicht vorübertreibt …

Ich bin ausgehungert, dachte sie plötzlich. Ausgehungert nach Liebe. Ist nicht zu fassen, ich habe eine langjährige Beziehung und sehne mich nach Liebe.

Oder ist es nur die Sehnsucht nach schönen Worten?

Sie ist das Gedicht,
das man nie schreibt,
das mir zu schreiben übrig bleibt ...

Okay, das war Roger. So konnte sie ihn sich vorstellen, an einer der belebten Straßen in Paris, in einem kleinen Café, einen Espresso auf dem runden Bistrotisch vor sich, daneben eine Zeitung, den Blick auf die hübschen Französinnen, die vorüberströmen, eine Liebe zu Frauen, die er auf alle und auf eine überträgt – diesmal ist es sie.

Vielleicht hatte er ja, weil er dem jungen Charles ähnlich sah, vieles von ihm übernommen? Wer wusste schon, wie die Menschen ticken?

Sie wusste es ja selbst nicht. Sie hatte heute Morgen festgestellt, dass sie sich nicht einmal selbst kannte. Sie machte Dinge, die sie vor wenigen Tagen noch weit von sich gewiesen hätte.

Ella, Ella, sagte sie sich, das bringt dich keinen Zentimeter weiter.

In diesem Moment klingelte das Telefon.

Sie schaute hin. Es war das Zimmertelefon. Wer konnte sie auf diesem Telefon anrufen?

Roger. Und sie sah sich selbst, wie sie sofort aufsprang und zum Telefon lief.

»Sandström, Rezeption.«

Ihr Herz pochte.

»Ja, Frau Sandström?«

»Ich habe mit meinem Freund telefoniert. Der kennt sich in der Kunstszene recht gut aus, aber Inger Larsson ist ihm kein Begriff.«

»O ja, vielen Dank, dass Sie sich so nett bemüht haben.«

»Aber Sie könnten heute Abend mitkommen und selbst nachfragen, wir gehen in eine angesagte Künstlerkneipe.«

»Und da würden Sie mich mitnehmen?«

»Warum nicht?«

»Das ist ja gigantisch!« Ella konnte es kaum fassen. »Wann denn?«

»Ich habe um zehn Dienstschluss, das passt für die Kneipe ganz gut!«

Ella schaute schnell auf die Uhr. Da hatte sie noch über drei Stunden Zeit. Sie bedankte sich und blieb vor dem Spiegel stehen. Was zog man zu so einem Künstlerabend an? Was hatte sie sich überhaupt darunter vorzustellen?

Sie rief Ben an.

»Es tut mir leid, Ben, ich stehe ein bisschen neben mir, ist vielleicht ein bisschen viel im Moment für mich.«

»Das weiß ich doch. Aber trotzdem freue ich mich natürlich, dass du noch einmal anrufst.«

»Ja … gern.« Was hatte sie früher mit ihm geredet? Aber es hatte ja nie ein Früher wie dieses Heute gegeben.

»Geht es dir sonst gut?«

»Ja, danke. Stell dir vor, ich gehe nachher noch mit in die Künstlerszene. Meine Rezeptionistin hier hat mich eingeladen, die kennt sich aus.«

»Ah ja?«

»Ja, vielleicht bringt sie mich so auf Inger Larssons Spur. Ist das nicht toll?«

Das klang schrill, das hörte sie selbst. Es war der Versuch, ihn mitzureißen, ihn zu einem Begeisterungssturm zu veranlassen, den er selbst nicht abliefern wollte. Es war falsch. Es hörte sich falsch an – und das war es auch. Denn sie wusste plötzlich, dass Bens berufliche Verhinderung ein Segen war. Wäre er mitgekommen, dann hätte er sie behindert, sie abgehalten, hätte tausend Argumente aufgefahren, um nicht finden zu müssen, was sie finden wollte.

»Pass auf dich auf«, sagte er, und das passte zu ihm.

»Ja, Schatz, das tu ich«, sagte sie und war froh, als das Gespräch beendet war.

Siri versprühte die pure Lebensfreude, und Ella ließ sich schnell anstecken. Sie schätzte Siri auf Ende zwanzig, nicht viel jünger als sie selbst, aber sie wirkte so anders. So unbeschwert, so locker, so frei. Liam, ihr Freund, war ein Vorzeigeschwede, fand Ella. Groß, blond, blauäugig. Er fuhr einen uralten Volvo, den er verbotenerweise direkt vor dem Hotel geparkt hatte.

»Bitte«, sagte er auf Deutsch und hielt Ella die hintere Autotür auf. Diese Kombination aus jung, unkonventionell und gutem Benehmen begeisterte Ella. Sie streifte Siri mit einem kurzen Blick. Ihre Augen lachten Liam an, und er gab es mit einer Mundbewegung zurück.

Wie schön, dachte Ella. Und wie jung. Und sie fühlte sich plötzlich uralt.

»Also, es gibt ja viele Möglichkeiten in Stockholm«, begann Liam, nachdem er losgefahren war, und sah sie im Rückspiegel an, »aber unser Lieblingsviertel ist Södermalm.«

»Und woher sprechen Sie so gut Deutsch?«

Sie sah von hinten sein Achselzucken unter dem verwaschenen blauen T-Shirt. »Das war einfach ein Fach in der Schule.«

»Ja, wir sind ja sprachlich nicht so weit voneinander entfernt.«

»Kulturell auch nicht. Und in unserem Nationalmuseum stehen all die wunderbaren Stücke, die beispielsweise von Augsburger Künstlern angefertigt wurden.«

»Ah ja?« Ella schämte sich, nicht mehr dazu sagen zu können. Sie hatte schlicht keine Ahnung.

»Was haben Sie von Stockholm denn schon gesehen?«, mischte sich Siri ein, und Ella versuchte, den Tag irgendwie zusammenzufassen.

»Und warum ist Ihnen gerade diese Künstlerin so wichtig?«

Ella überlegte kurz. »Sie hat in meiner Heimatstadt eine Ausstellung laufen, und darin ist das Portrait eines jungen Mannes zu sehen, den ich mal kannte. Er ist verschwunden, und ich dachte, ich könnte vielleicht etwas über ihn erfahren.«

»Verschwunden?« Siri drehte sich nach ihr um. »Entführt? Oder abgehauen? Freiwillig?«

Wie viel konnte Ella verraten?

»Das weiß ich eben nicht. Ich habe ihn einfach nur auf diesem Portrait wiedererkannt. Mehr nicht.«

»Aha.« Liam kratzte sich im Nacken. »Menschensuche in Schweden. Ganz schön schwierig.«

»Und warum wollen Sie ihn finden?«, wollte Siri wissen. »Haben Sie ihn geliebt?«

»Nein. Er war damals einfach in unserer Clique.«

Viele waren in ihn verliebt, dachte sie dabei. Er war

72

wohl so ziemlich der begehrteste Junge in der gesamten Oberstufe.

»Und dann ist er Ihnen so wichtig?«

Ja, das hörte sich irgendwie seltsam an, das musste sie zugeben. »Und ich wollte sowieso schon immer nach Stockholm«, wich sie aus. »Ich bin ein sehr neugieriger Mensch.«

»Journalistin?«, fragte Liam.

»Wäre ich gerne geworden«, gab Ella zu. »Aber irgendwie hat sich mein Leben anders entwickelt. Ich bin im Immobiliengeschäft.«

»Ja, damit lässt sich in Stockholm auch viel Geld verdienen.«

»Ich verdiene leider nicht viel.« Sie lachte verlegen. »Und außerdem möchte ich das Du anbieten.«

Liam nickte und steuerte zügig durch den Verkehr.

Ellas Smartphone vermeldete eine eingegangene Nachricht, und sie zog es aus der Tasche. »Na, Süße, lebst du eigentlich noch? Bin jetzt in New York gelandet und vermisse dich spätestens morgen bei meinem ersten Einkaufsbummel. Was treibst du? Kuss, deine allerbeste Freundin.«

Na, so was, eine SMS von Steffi. Eigentlich wollte Ella nichts von der Umgebung verpassen, denn gerade fuhren sie an einem unendlich hohen Glasobelisken vorbei, der beleuchtet war und aus einem riesigen Brunnen zu wachsen schien. Deshalb schrieb sie nur kurz zurück.

»Schatzi, darüber habe ich dir doch eine lange Mail geschrieben. Müsste längst über den Atlantik geflogen sein.«

»Habe aber nichts bekommen. Lange Mail? Was gibt es denn so Aufregendes?«

»Ruf deine Mails ab, ich bin in Stockholm.«

»Stockholm??? Just for fun? Bin gespannt, Kuss!«

»Viel Spaß in NY.«

Sie genoss die Fahrt, die vielen Brücken und Lichter und die ganze nächtliche Stimmung von Stockholm.

»So, da wären wir!« Liam parkte rückwärts in eine Lücke am Straßenrand ein. »In Stockholm sind Autos eher lästig«, erklärte er. »Aber wir wohnen außerhalb, da geht es nicht anders.«

Siri stieg bester Laune aus. Sie war ein unglaubliches Wesen, fand Ella. Konnte ein Mensch tatsächlich immer gut drauf sein? Sie jedenfalls nicht.

»Jetzt zeigen wir dir die Alternativszene«, sagte Siri. »Die Jeunesse dorée feiert woanders.«

»Aha, wo denn?«, wollte Ella wissen.

»Zwischen Stureplan bis Berzeliipark, dem Königlichen Park. Das kannst du dir ja morgen mal reinziehen, wenn du Lust hast, da findest du Bars, Klubs, alles, was bis morgens um fünf Spaß macht.«

Ella unterdrückte ein Gähnen. Und zudem hatte sie eine Mission und war nicht wegen des Nachtlebens da, aber das konnte sie schließlich nicht verraten.

»Das überlege ich mir dann morgen mal. Danke für den Tipp!«

Södermalm gefiel ihr viel besser als die moderne Seite der Stadt. Die engen Gassen und das unebene Kopfsteinpflaster gaben ihr das Gefühl, irgendwo zwischen Mittelalter und Neuzeit zu stehen. Wenn man hier nachts alleine durchlief, fing man bestimmt an, an Gespenster zu glauben. Dann stieß der schmale Durchgang auf eine belebte breitere Gasse, und Liam ging zielstrebig auf ein Gebäude zu, das proppenvoll zu sein schien, denn die Menschen standen Schlange bis auf die Straße.

»Okay«, sagte er zu Ella. »Wir gehen hinten rein.« Eine schmale Gasse, fast eher ein Spalt, tat sich zum Nachbarhaus auf, das auf den ersten Blick wie angewachsen schien. Liam ging voraus, Ella hinterher, dann Siri. Zwischen den Mauern war es stockdunkel, und Ella spürte rechts und links die Mauersteine an ihren Händen, während sie Liam folgte. Siri lachte. »Wenn dir eine Ratte begegnen sollte, dann grüß sie schön. Die haben hier alle Namen.«

Bitte nicht, dachte Ella, aber sicher machte Siri nur einen Witz. Unwahrscheinlich war es aber auch nicht. Vor einer zweiflügeligen Tür, durch deren Holzlamellen Licht auf die Gasse fiel, blieb Liam stehen. Er klopfte laut und öffnete die Tür. Essensgeruch schlug ihnen entgegen, und Ella wartete ab, bis sich Liam durch den schmalen Eingang hindurchgezwängt hatte. »Salut, Alain«, hörte sie ihn sagen und staunte wenig später nicht schlecht, als sie selbst in dem Raum stand. Es war tatsächlich die Küche. Blitzender Edelstahl, moderne Technik und einige Männer, die so beschäftigt waren, dass sie nicht einmal aufschauten. Nur einer hob kurz den Kopf, wischte mit seinem Unterarm über die Stirn und kam auf sie zu. »Salut, Liam. Et Siri.« Er lächelte und erinnerte Ella sofort an Roger. Französisch war einfach eine wunderbar melodische Sprache, dachte sie, weich und verführerisch. »Je suis Ella«, stellte sie sich selbst vor.

»Ça va?« Er musterte sie.

Er sah gut aus in seiner weißen Kochjacke und der selbstbewussten Körpersprache. Schon wieder einer, dachte Ella, treffe ich hier eigentlich nur noch gut aussehende Männer?

75

»Geht hinein«, sagte er. »Am Tresen findet ihr noch Platz, und der nächste freie Tisch ist eurer. Ich komme später dazu.«

Er war ein ganz anderer Typ als Roger. Jungenhaft. Eher wie ein Footballspieler, breit gebaut, athletisch und mit einem verschmitzten Lächeln im offenen Gesicht.

Oje, dachte sie. Offensichtlich könnte ich mich gerade rund um die Uhr neu verlieben.

Durch die Schwingtür eilte ihnen eine junge Frau mit einem Tablett voll schmutzigem Geschirr entgegen, und Liam machte ihr schnell Platz, bevor sie selbst hindurchgingen. Der Raum besaß zwei Ebenen. Unten standen viele kleine Holztische, etwas erhöht Tische mit weißen Tischtüchern, an der Wand erstreckte sich durch den ganzen Raum eine Bar. Alle Plätze waren besetzt, und an der Bar drängten sich die Gäste. Sie standen in mehreren Reihen hintereinander und lauschten einer Musikerin, die leicht erhöht mitten im Raum saß und mit glockenheller Stimme ein Lied sang, das Ella seltsam berührte. Dazu hatte sie ein Instrument zwischen den gekreuzten Beinen, das Ella an die große Messingbettflasche ihrer Großmutter erinnerte. In ihren Ohren klang das absolut seltsam, solche Klänge hatte sie noch nie gehört.

»Das ist Margareta mit ihrem *Hang*«, flüsterte ihr Siri ins Ohr.

»Bier oder Wein?«, wollte Liam wissen.

»*Ich* gebe das aus«, erklärte Ella.

»Bier oder Wein?«, wiederholte Liam.

»Rotwein. Trocken, bitte.«

»Schau.« Siri wies zu einem großen, runden Tisch, an

dem ein bunter Haufen von Leuten saß. »Da hast du sie alle auf einmal, Maler, Musiker, Theaterleute, Typen vom Fernsehen, einige, die was sind, und andere, die glauben, sie wären was.«

»Wie überall.« Ella versuchte, genauer hinzusehen. Aber sie saßen so gedrängt, dass es schwierig war, einzelne Gesichter zu erkennen. Wer war wohl vom Fernsehen? Wer war Maler? Es gab keine Anhaltspunkte, keine Baskenmütze mit langem Pferdeschwanz und keinen schwarz gekleideten Beau. In der Pause würde sie einfach mal hingehen und nach Inger Larsson fragen. Sie hatte sogar extra den Ausstellungskatalog in ihre Tasche gesteckt. Liam hielt ihr ein Wasserglas mit Wein hin. »Wenn wir zum Essen an einem Tisch sitzen, bekommen wir richtige Weingläser«, sagte er lächelnd, als er Ellas skeptischen Blick bemerkte. »An der Bar wird nur so ausgeschenkt.«

»Kein Problem«, beeilte sich Ella zu sagen.

»Na, dann, skol!« Siri hatte ebenfalls einen Wein, und sie stießen mit Liam an, der eine Flasche Bier in der Hand hielt.

Ella trank einen zaghaften Schluck. Der Wein war in Ordnung, vollmundig und rund. Der erste Abend, dachte sie. Eigentlich müsste sie vor Müdigkeit umfallen. Aber ins Bett konnte sie nur, wenn sie einen Schritt weitergekommen war.

Was wäre eigentlich, wenn er mir hier auf einmal gegenüberstehen würde? Der Gedanke kam ihr so plötzlich, dass ihr fast das Glas aus der Hand gefallen wäre. Und es war so realistisch, warum nicht? Wenn er wirklich in Stockholm lebte, war es doch durchaus möglich. Aber er war ja nicht nur Moritz, ihr ehemaliger Schulkamerad, er war der Mörder ihrer Schwester. Er würde ein Wiedersehen verhindern wollen. Vielleicht hatte er sie ja in diesem Moment schon entdeckt und beobachtete sie aus der Ferne?

Quatsch, beruhigte sie sich. Warum sollte das ausgerechnet hier passieren? Stockholm war groß, Schweden riesig, und ob er wirklich in Schweden war, wusste nur er selbst – und vielleicht Inger Larsson. In diesem Moment hörte die Sängerin auf und erhob sich. Applaus brandete auf. Sie strich ihre langen Rastalocken nach hinten, die über der Stirn von einem breiten roten Tuch zurückgehalten wurden, und verneigte sich leicht in alle Richtungen. Ella schaute zu den Künstlern hinüber. Einer war aufgestanden, um die junge Frau an den Tisch zu holen. Das passte nun gar nicht, dachte Ella, denn so würde sie da jetzt mitten hineinplatzen, und keiner hätte ein Ohr für Inger Larsson. Sie beschloss, erst einmal abzuwarten. Inzwischen war die Musikerin an dem Tisch angekommen und stand in ihrer gelben Pluderhose und dem weiten, groben Leinenhemd etwas verloren neben dem Mann, der ihr jetzt einen Stuhl heranzog. Aber unversehens hob sie den Kopf und sah in Ellas Richtung.

Und plötzlich hatte Ella einen Flash. Dieses Gesicht hatte sie schon einmal gesehen. Dieses schmale Gesicht mit den großen Kinderaugen, die verwundert und verletzlich in die Welt schauten. Und dieses rote Stirnband, das die honiggelben, verfilzten Zöpfe kaum bändigen konnte, eine erdrückende Haarpracht, die das schmale Gesicht noch schmaler machte. Ella stand wie vom Donner gerührt, dann stellte sie hastig ihr Glas ab, zog ihren Katalog heraus und blätterte ihn schnell durch. Als sie die richtige Seite gefunden hatte, drängte sie sich durch die anderen Gäste hindurch zum hel-

78

leren Licht an der Bar. Es gab keinen Zweifel. Sie hatte diese Frau auf einem Portrait in der Ausstellung gesehen, es hatte neben dem Bild von Moritz gehangen. Das war unglaublich! Sie hatte eine Spur. Und was für eine! Mit dem aufgeschlagenen Katalog zwängte sie sich wieder zurück durch die Menge und ging direkt zu dem Künstlertisch.

Aber wo war die Frau? Wo war sie abgeblieben?

Ella spürte, wie sich ihr Puls beschleunigte. Am Tisch saß sie nicht. Das durfte jetzt aber nicht sein. Der Schweiß brach ihr aus. Vielleicht war sie ja nur zur Toilette gegangen. Ella gab sich einen Ruck und sprach den Mann an, der die junge Musikerin im Schlepptau gehabt hatte.

Es war schwierig, sich im lauten Stimmengewirr verständlich zu machen. Ella fragte nach der jungen Frau, verstand aber die Antwort nicht. Schließlich rieb der Mann Daumen, Zeige- und Mittelfinger aneinander und zeigte auf eine Tür. Das war zu verstehen, sie holte den Lohn für ihren Auftritt ab. Ella bedankte sich und wollte in der Nähe der Tür warten, so konnte sie sie nicht verpassen.

Je länger sie wartete, desto aufgeregter wurde sie. Was, wenn die Frau ihr nichts sagen wollte? Wie sollte sie überhaupt vorgehen? Oder sollte sie die Fremde direkt nach Moritz fragen? So ganz selbstverständlich: Weißt du eigentlich, wo Moritz steckt?

Ein paarmal ging die Tür auf, Angestellte liefen hinein und heraus, aber die Musikerin erschien nicht. Was konnte sie so lange da drin machen? So lange zählte doch kein Mensch sein Geld.

Schließlich öffnete Ella die Tür selbst. Jetzt war ihr alles egal.

Sie trat in einen Gang, von dem einige Türen abgingen. Welche war nun die richtige? Ella wollte gerade an einer klopfen, als sie sich öffnete.

Ein junger Mann kam heraus, und Ella erkannte eine Toilette dahinter.

Alles Toiletten? Hatte sie umsonst gewartet?

Sie öffnete die nächste Tür, ebenfalls eine Toilette, diesmal wohl für Damen, und die letzte Tür führte in einen Vorratsraum. Die gegenüberliegende Tür war ihre letzte Chance. Wahrscheinlich das Büro.

Sie klopfte. Keine Antwort. Sie wird doch mit dem Chef keinen Sex haben?

Was für eine blöde Idee, dachte sie und klopfte erneut, diesmal lauter. Keine Antwort.

Schließlich gab sie es auf und ging wieder hinaus.

Auf dem Podest saß nun ein junger Mann mit einer Gitarre und sang etwas, das sich in Ellas Ohren stark nach einem gerappten Leonard-Cohen-Song anhörte.

Wo war die junge Frau bloß hin? Zu dumm!

Ella schaute zum Eingang, aber die Menschen standen dort noch immer so dicht, dass sie zwar hinaus-, aber sicherlich nicht mehr hereingekommen wäre. Oder saß sie jetzt wieder am Tisch?

Hoffnungsvoll ging Ella dorthin zurück, aber Fehlanzeige.

Sollte sie nun die anderen nach Inger Larsson fragen?

Es blieb ihr nichts anderes übrig. Siri sah ihr aufmerksam entgegen.

»Alles in Ordnung?«, wollte sie wissen.

Offensichtlich sah Ella ziemlich gehetzt aus. Sie nickte

und erzählte kurz, dass sie in der Musikerin ein weiteres Gesicht der Malerin erkannt habe.

»Ist ja interessant!« Liam deutete zu dem Künstlertisch. »Vielleicht entdeckst du dort ja noch mehr Modelle?«

»Jedenfalls werde ich mal nach ihr fragen.«

Liam wies in eine Ecke. »Ich sterbe gleich vor Hunger! Und wir haben jetzt endlich einen Tisch.«

Ella ging mit gemischten Gefühlen auf die Künstlergruppe zu. Sie musste gegen ihre Schüchternheit ankämpfen, sie war einfach nicht der Typ, der gern im Mittelpunkt stand. Fremde Menschen in einem so vertrauten Kreis wie an diesem runden Tisch anzusprechen lag ihr schon gar nicht.

An wen sollte sie sich wenden? Ein älterer Herr in einem dicken Wollpullover mit weißen, nach hinten gekämmten Haaren sah so freundlich aus, dass Ella sich für ihn entschied.

»Sorry«, sagte sie und beugte sich zu ihm hinunter. Er lauschte aufmerksam, dann zog er vom Nebentisch einen Stuhl für sie heran und stellte sich ihr als Robert vor. »Ich bin Musiker«, sagte er. »Ich kenne mich in der Malerei nicht so gut aus. Aber Jesse da drüben kennt hier alle Galerien und viele seiner malenden Kollegen und Kolleginnen.«

Ella warf einen Blick hinüber. Jesse unterhielt sich gerade angeregt mit seiner Tischnachbarin. Er trug ein gestreiftes Hemd und war eher der Typ deutscher Banker. Ella hätte nie im Leben in ihm einen Künstler gesehen.

»Wenn Sie Musiker sind«, fragte sie Robert, »dann kennen Sie vielleicht die Musikerin, die vorhin hier gespielt hat? Mit den Rastalocken und der gelben Hose?«

Robert schüttelte den Kopf. »Ich kenne nur ihren Namen. Sie spielt in verschiedenen Klubs und auf verschiedenen Plätzen.«

»Ah.« Enttäuscht biss sich Ella auf die Lippen. Es war wirklich zum Auswachsen. »Und wie hieß sie noch gleich?«

»Margareta.«

»Margareta, stimmt.« Das hatte ihr Siri schon gesagt. Seltsam biederer Name für eine Rastafrau.

»Und wissen Sie, wo sie häufiger spielt?« Sie konnte ja nun nicht durch alle Klubs in Stockholm jagen – immer auf der Suche nach Margareta. »Oder hat vielleicht jemand die Handynummer von ihr?«

»Handy?« Er schaute sie an und blähte seine Backen kurz auf. »Sie hat kein Handy.«

Sie hat kein Handy. Gab es das noch?

»Hm, nachmittags ist sie manchmal am Stortorget.«

Stortorget? Das hatte sie schon mal gehört. Aber es war heute so viel gewesen, dass ihr die schwedischen Namen im Kopf umherschwirrten.

Dann kam es ihr wieder in den Sinn. Der große Platz mit den schönen mittelalterlichen Häusern und der grausigen Geschichte. Aber vielleicht kannte ja jemand Inger persönlich? Dann konnte sie sich den zeitraubenden Umweg über Margareta ersparen.

»Ich frage Jesse«, sagte sie und schaute hinüber. In dem Moment schaute auch Jesse zu ihr herüber. Er hat grüne Augen, dachte Ella. Oder bildete sie sich das nur ein? Es musste Einbildung sein, denn es war zu dunkel, um solche Details wirklich erkennen zu können.

»Jesse«, versuchte sie es über den Tisch hinweg. »Ich bin

Ella, und ich suche eine Malerin, die Inger Larsson heißt. Kennen Sie sie zufällig?« Sie ließ ihren Blick über die anderen Künstler am Tisch wandern. »Oder sonst jemand von Ihnen?«

Jetzt richteten sich alle Augen auf sie.

»Inger hatte erst kürzlich eine Ausstellung in der *Galleri Newart* in Göteborg«, sagte eine Frau ihr schräg gegenüber.

Göteborg, dachte Ella. Verschon mich der Himmel.

»In Göteborg? Wohnt sie dort?«

»Ich weiß es nicht. Und man muss ja nicht dort wohnen, wo man ausstellt.«

Nein, natürlich nicht. Andererseits …

»Kennen Sie sie?«, versuchte Ella es weiter.

Die Frau, bleiches Gesicht, schwarze Kleopatrafrisur und knallroter Lippenstift, schüttelte den Kopf. »Ich weiß es nur, weil eine Freundin so begeistert war und ein Bild gekauft hat.« Sie lächelte entschuldigend. »Ich bin Lyrikerin und habe sonst wenig mit Galerien zu tun.«

Göteborg, dachte Ella. Aber irgendwie war das auch kein Anhaltspunkt.

»Also kennt niemand diese Frau?«

»Ich habe schon von ihr gehört«, erklärte ein Mann neben Robert und beugte sich ein wenig zu Ella herüber. »Aber sie ist nie so unterwegs wie wir, nicht in unseren Kreisen, deshalb kennen wir vielleicht ihren Namen, aber mehr auch nicht …« Er schaute sich um, und die anderen nickten zustimmend.

Als Ella zum Tisch ging, an dem Siri und Liam schon einen Teller mit Fleisch und Kartoffeln vor sich stehen hatten, war ihre Stimmung gedrückt. Und jetzt spürte sie auch eine große Müdigkeit in sich aufsteigen.

»Entschuldigung, aber wir haben schon angefangen. Du solltest dir auch was bestellen«, sagte Liam und schob sich einen ordentlichen Fleischhappen in den Mund.

»Ich komme einfach nicht weiter«, erklärte Ella.

Siri zuckte die Achseln. »Wir haben vorhin Alain nach dem Mädchen gefragt, aber er sagt, dass es da keine Adresse gäbe. Sie hat ihren Auftritt, kassiert bar und verschwindet wieder.«

Ella nickte. »Ja, ich war zu langsam. Und jetzt bin ich todmüde. Seid ihr mir böse, wenn ich ein Taxi nehme und ins Hotel fahre?«

Siri wedelte mit der Speisekarte.

Ella horchte in sich hinein. »Nein, ich bin wirklich nicht hungrig.« Und mal eine Mahlzeit ausfallen zu lassen, schadet mir auch nicht unbedingt, dachte sie.

»Schon gut«, sagte Liam kauend. »Und deinen Wein trinken wir gern.«

Meinen Wein? Ach ja, stimmte ja. Den hatte sie ganz am Anfang irgendwo abgestellt.

»Aber ich …«

»Lass nur«, Siri prostete ihr zu. »Wir sehen uns dann morgen.«

Im Hotel ging Ella zuerst an die Rezeption und fragte, ob etwas für sie abgegeben worden sei. Tatsächlich. Erneut ein Umschlag.

Sie betastete ihn, als sie im Lift nach oben fuhr, und sah sich selbst im Spiegel des Aufzugs lächeln. Irgendwie hatte sie es gewusst. Und es war schön. Ein schönes Gefühl. In ihrem Zimmer warf sie Tasche und Jacke auf einen Sessel und riss den Umschlag mit dem Zeigefinger auf, dann ließ sie sich auf das Bett sinken und zog einen kleinen Brief heraus.

»Mon amour, wie schade«, las sie. »Ich hatte mich auf einen Abend mit dir gefreut – aber wie konnte ich auch glauben, eine so schöne Frau wie du sei nicht schon vergeben? Wenn es für dich nicht zu spät ist, dann mach mir die Freude und ruf mich an. Auf ein Glas Champagner? Oder zwei? Und ansonsten möchte ich dich gern morgen zum Dinner einladen. In ein kleines, hübsches Restaurant, das ich gerade heute erst entdeckt habe.«

Ella ließ den Brief sinken. Gleich darauf las sie ihn noch einmal. Ihr Blick ging zur Uhr. Schon nach eins. Da konnte man wirklich keinen mehr anrufen und wecken, auch einen Roger nicht. Sie begann sich langsam auszuziehen, hatte dann aber eine Eingebung und zog sich schnell wieder an. Auf dem Schreibtisch fand sie in einer ledernen Mappe Briefpapier mit Hotellogo, suchte nach ihrem Kuli und setzte sich hin.

Was schreibe ich nun, dachte sie. Es darf nicht zu gestelzt klingen, aber nett sollte es schon sein. Und dass ich mich gefreut habe. Aber nicht zu sehr, sonst denkt er sonst was. Und dass ich die Einladung natürlich gern annehme. Wenn nicht was dazwischenkommt, fügte sie in Gedanken hinzu. Wenn mir Inger Larsson über den Weg läuft, dann muss ich ihr folgen.

»Lieber Roger«, schrieb sie. »Nun ist es sicherlich zu spät, um mit dir noch ein Glas Champagner zu trinken. Aber es ist nicht zu spät, um Dir Danke zu sagen. Für das wunderbare Lied und die liebe Einladung. Ich komme gern. Freu mich, Ella.«

War das schon zu verbindlich? Sie las es noch einmal durch, steckte es in ein Kuvert, malte seine Zimmernummer darauf und trug es an die Rezeption.

Dienstag

Das penetrante Klingeln störte Ella, und sie fügte es in ihren Traum ein, bis es nicht mehr ging. Es klingelte wirklich, stellte sie fest, aber es war ein so komischer, so ungewohnter Ton. Sie schlug die Augen auf und musste sich erst mal zurechtfinden. Ach ja, ein Hotel. Sie war in Stockholm. Wahnsinn! Und es war das Zimmertelefon, das so unbeirrbar neben ihr auf dem Nachttisch klingelte.

Sie griff nach dem Hörer und zog mit dem Kabel versehentlich das ganze Telefon über die kleine Glasplatte, sodass ihr Wasserglas mit einem satten Sprung bei ihr im Bett landete. Augenblicklich wurde es nass um ihre Brust.

»Oh!«, entfuhr ihr ein Schrei.

»Wie bitte?« Roger!

»Oh, ich bade eben in meinem kalten Mineralwasser, sorry, Roger, kleiner Unfall.«

»Darf ich mitbaden?«

Sie musste unwillkürlich lachen. Sein französischer Akzent war so drollig und sein Ansinnen noch drolliger.

»Für zwei dürfte die Menge nicht ausreichen«, sagte sie, noch immer lachend.

»Schläfst du noch, oder magst du mit mir frühstücken?«

»Nein, offensichtlich schlafe ich nicht mehr, da hat mich nämlich gerade ein Telefon geweckt, und zum Frühstück bin ich noch nicht angezogen ...« Sie schielte nach der Uhr am Fernseher. 8.20 Uhr. So früh hatte sie gar nicht wach sein wollen.

»Du brauchst dich nicht anzuziehen. Ich komme zu dir, und wir frühstücken im Bett. Habe ich schon arrangiert. Die Frage ist nur, magst du lieber Spiegelei oder Omelette? Und Omelette pur oder mit Schinken, Speck, Zwiebeln, Tomaten und Käse?«

Frühstück im Bett? Ella wurde ein bisschen hektisch. Mit Roger im Bett frühstücken? Ging das nicht ein bisschen schnell?

»Hast du einen Bademantel griffbereit?«

Ella schaute sich um, ja, da hing er ordentlich am Bügel. Wie war er denn dorthin gekommen? Hatte sie ihn nicht eilig über das Bett geworfen?

»Ja.«

»Dann zieh ihn am besten schon mal an, denn der Service wird gleich bei dir klopfen …«

»Aber, Roger, halt mal …«

Es klopfte.

Ella fuhr aus dem Bett, warf sich den Bademantel über, dachte kurz an Trinkgeld, kam aber so schnell nicht mit dem Umrechnen klar und öffnete die Tür. Ein Servierwagen wurde hereingeschoben, gefüllt mit Tellern und Platten, in der Mitte ein Sektkühler mit einer Flasche Champagner.

»Das hier soll ich Ihnen zuerst überreichen«, sagte der junge Kellner im weißen Hemd und reichte ihr eine rote Rose. Ella hätte sich nicht mal über die Mündung einer Pistole gewundert, sie kam sich vor wie im Film.

»Darf ich?«

Ella stand noch immer mitten im Türrahmen. »Ja, sicher!«

Sie machte den Weg frei und schaute mit der Rose in der Hand zu, wie der Kellner ihren Tisch in wenigen Minuten in ein Büfett verwandelte. Sie musste jetzt doch irgendwie Trinkgeld herausrücken. Hundert Kronen waren etwa zehn Euro. Sie kramte schnell in ihrem Geldbeutel. Fünfzig Kronen, das musste wohl schon sein. Sie legte es dezent auf den Servierwagen, während der Kellner den Champagner öffnete.

»Muss ich irgendetwas unterschreiben?«, fragte sie, als er wieder ging.

»Nein, alles schon erledigt.« Sein Blick fiel auf den Geldschein. »Das Trinkgeld auch«, fügte er lächelnd hinzu.

»Schon in Ordnung so!« Ella wehrte ab und war froh, als er draußen war.

Du lieber Himmel, dachte sie. Wer soll das denn alles essen? Sie betrachtete die Silberdeckel auf den beiden großen Tellern und die Champagnerflöten, die daneben standen.

Es klopfte erneut.

Ella fuhr sich mit beiden Händen durch ihr Haar. Wie sie wohl aussah? Sie hatte noch keine Minute gefunden, um mal kritisch in den Spiegel zu schauen.

»Oh, là, là«, machte Roger, als sie die Tür öffnete.

Oh, là, là? Bezog sich das jetzt auf sie?

»Die braucht Wasser.« Roger zeigte auf die Blume, die sie noch immer in der Hand hielt. »Darf ich eintreten?«

Sie trat zur Seite und bewegte sich nicht, als er ihr drei Wangenküsse gab. »Du siehst phantastisch aus, ma chérie!«

»Willst du mich verarschen?«

»Wie?« Er sah sie erstaunt an. Er hatte wirklich etwas vom jungen Charles Aznavour. Diese Falten, die er gerade so männlich in seine Stirn grub, dieser treue Dackelblick aus braunen Augen, fragend und lieb, dabei trotzdem ein bisschen frech und herausfordernd. Er war einfach umwerfend.

Ella hielt sich zurück.

»Du bist doch bestimmt verheiratet und hast fünf kleine Kinder zu Hause«, sagte sie forsch, um sich selbst zu bremsen.

»Erwähnte ich das nicht schon?«

Er war wirklich frech.

»Und was ist, wenn ich mich in dich verliebe?«

»Ich bin schon verliebt!«

»Und wenn ich dir hinterherfahre und vor deinem Haus stehe?«

»Dann lasse ich dich herein.«

Ella schaute ihn an und schüttelte den Kopf, aber nur so lange, bis er den Arm um sie gelegt und sie zärtlich geküsst hatte.

»Unsere Omelettes werden kalt. Das ist in Frankreich eine Todsünde«, sagte er und schob sie sanft zum Tisch.

»Das ist eine Premiere«, sagte sie, während er ihr den Stuhl zurechtrückte.

»Umso besser. Ein Mann ist nur ein Mann, wenn er Premieren bieten kann.«

»Das reimt sich.«

»Alle Franzosen sind Poeten, wenn sie verliebt sind.«

Er griff nach seinem Champagnerglas und stieß mit ihr an. Wenn Ben sie sehen könnte, dachte sie dabei, er würde es nicht glauben. Fast war sie versucht, ein Foto zu machen. Roger hob die beiden Silberdeckel von den Tellern, und mit dem Anblick des goldgelben Omelettes erwachte auch ihr Appetit.

»Was hast du heute vor?«, fragte er, während er Kaffee einschenkte.

»Ich muss eine bestimme Künstlerin finden, deshalb bin ich hier.«

»Ah. Hast du mit Kunst zu tun?«

»Nein, ich möchte sie nur etwas fragen. Sie hat ein Bild gemalt, das mich interessiert.«

»Wegen eines Bildes, das dich interessiert, bist du hierhergeflogen? Ist sie weltberühmt?«

»Nein, eigentlich kennt sie keiner.«

Siris Mutter fiel ihr ein. Vielleicht bekam die ja in ihrem Amt doch etwas heraus.

»Es kennt sie keiner, aber du fliegst ihretwegen hierher.«

»Ja!« Ella nickte energisch und strich ihre langen Haare nach hinten. Konnte schon sein, dass sich das etwas seltsam anhörte, aber so war es nun mal.

»Und was machst du?«

»Ich schreibe Bücher«, sagte er.

»Bücher? Wie kann man denn Bücher schreiben?«

»Indem man sich hinsetzt und sie schreibt.«

Ella starrte ihn an. Auf alles wäre sie gekommen, aber darauf nicht.

»Also Schriftsteller.«

»Drehbücher.«

»Nein!«

»Warum nein?«

»Das hört sich so abenteuerlich an.«

»Ist es auch. Es geht um einen Krimi.«

»Einen Krimi.« Sie dachte an ihre eigene Situation. Als

91

ob sie nicht schon genug Krimi hätte. »Und was für einen Krimi?«

»Das Übliche. Leiche, Rätsel, Motiv, Mörder, Lösung.«

»Aha.«

»Und ich schaue mir hier gerade ein paar Schauplätze an.« Er lächelte und spießte eine der Crevetten mit der Gabel auf.

»Und holst dir ein paar Anregungen?« Ella schaute ihm zu, wie er die Crevette in seinen Mund schob und sie genüsslich kaute.

»Klar, davon lebe ich.« Er lächelte. »Davon lebt meine Phantasie.«

»Gehöre ich zu deiner Phantasie dazu? Bin ich eine … Hauptdarstellerin? Eine Protagonistin?«

»Nein, du bist Ella. Eine wunderschöne junge Frau, die mit meinem Drehbuch überhaupt nichts zu tun hat.«

»Schade«, entschlüpfte es Ella. Eigentlich hatte sie es nicht so gemeint, es war ihr nur so herausgerutscht, während sie etwas anderes dachte. Ich erlebe einen Krimi, dachte sie, und er erfindet einen. Das ist doch total schräg.

Sie schätzte Roger auf Anfang vierzig. Er trug ein grünes Poloshirt zur blauen Jeans, die eng saß und auf Ella sexy wirkte. Ihrem Ben hätte sie sofort erklärt, dass so enge Jeans schlecht für die Hoden seien, wegen Fortpflanzung und so. Bei Roger sah sie ein paarmal heimlich hin. Die Hose sah im Schritt so prall aus. Und der blaue Stoff war etwas abgewetzt. Irgendwie machte sie das an. Wie bei einem muskulösen Handwerker, dachte sie, der ganze Kerl war ziemlich griffig.

Dabei war er ein Schreiberling. Seltsam.

Ihr Blick löste sich, und sie bemerkte, dass seine Augen auf sie gerichtet waren. Sie sahen sich eine Weile wortlos an. Dann legte er seine Gabel aus der Hand, stand auf, trat hinter ihren Stuhl und öffnete von hinten ihren Bademantel. Während der Stoff über ihre Schultern nach unten glitt, hob er ihre schweren Haare langsam hoch, küsste hingebungsvoll ihren Nacken, ihren Haaransatz und knabberte zärtlich an ihrem Ohr. Ella saß stocksteif da. Eine Gänsehaut jagte die nächste, gleichzeitig wurde ihr heiß. Seine Hände glitten ihre Oberarme hinunter und von dort auf ihre Brüste. Sie spürte seinen Atem in ihrem Nacken. Ihr Blut jagte durch ihren Körper, es pulsierte in ihrem Kopf und in ihrem Schoß. Schließlich fuhr sein rechter Arm mit einer schnellen Bewegung unter ihre Kniekehlen, und mit seinem linken fasste er unter ihre Achseln, hob sie sanft hoch und trug sie die wenigen Schritte zum Bett.

Sie beobachtete ihn, wie er sich auszog, und das machte sie nur noch mehr an. Er war tatsächlich rasiert. An dem ganzen Kerl fand sich kein einziges Härchen. Er begann sie mit seiner warmen, festen Hand zu streicheln, wie sie noch nie gestreichelt worden war. Sie wand sich vor Lust unter seinen Berührungen, als er langsam nach unten zwischen ihre Schenkel glitt. Seine Zunge tastete sich vor, fand ihr Ziel, und bevor Ellas Körper unter seinen immer intensiveren Küssen ein ekstatisches Eigenleben entwickelte, dachte sie noch, ich muss es Ben sagen.

Roger hatte sich verabschiedet, sie lag noch wohlig erschöpft im Bett und war sich nicht sicher, ob sie aufstehen wollte. Draußen war es grau in grau, und sie dachte über ihre Tagesplanung nach: Was wollte sie als Erstes tun? Was wollte sie überhaupt tun? Und: Was war Erfolg versprechend?

Sie hatte sich die Decke über den Kopf gezogen und hätte gern alles ausgeblendet: den Tag, Moritz, ihre Suche, ihren gestrigen Misserfolg, das Gespräch mit Ben, Ben überhaupt. Was übrig blieb, war dieses gute Gefühl, dieses Signal ihres Körpers, dass es ihm gut ging und dass er einfach so liegen bleiben wollte.

Irgendwann raffte sie sich trotzdem auf. Es war kurz vor zwölf, und es kostete sie Mühe, sich für den Tag in Schwung zu bringen. Eine Kurzgrippe wäre jetzt schön gewesen, dann hätte sie einen guten Grund gehabt, sich weiter ins Laken zu kuscheln. Und am Kopfkissen zu schnuppern. Und sich einzurollen wie ein Igel im Winterschlaf.

Das Telefon klingelte. Ella schaute hinüber. Hatte sie das heute nicht schon mal gehabt? Wahrscheinlich wollte der Roomservice wissen, wann die Zimmermädchen endlich abtragen, aufräumen und das Bett machen können.

»Ja, bitte?«, fragte sie in kränkelndem Tonfall.

»Hej!« Die Stimme klang frisch und unbekümmert. »Hier ist Siri. Geht es dir gut?«

Siri. Ella richtete sich auf. Okay, der Tag begann.

»Ja, es geht mir gut. Sehr gut!«

»Okay! Also, meine Mutter hat mal nachgeschaut, es gibt neunundsiebzig Inger Larsson in Stockholm.«

»Ja, danke. Das weiß ich schon.«

»Tut mir leid«, einen Moment lang klang Siri richtig betrübt, dann gewann ihre Fröhlichkeit wieder die Oberhand. »Was willst du jetzt tun?«

»Jetzt suche ich diese Sängerin von gestern.«

»Welche?«

»Die mit den honigfarbenen Rastalocken und der gelben Pluderhose.«

»Ach die? Die ist nachher wiedergekommen und hat noch gut eine Stunde lang gespielt. Aber mir wurde es dann zu viel, man kann diese Musik nicht ewig hören.«

Ella schüttelte nur den Kopf. Das schien typisch zu sein für ihre derzeitige Lebensphase. Ständig liefen die Dinge irgendwie anders, als sie dachte.

»Wie blöd«, sagte sie. »Die habe ich gesucht.«

Siri lachte ihr glockenhelles Lachen. Ella hielt den Hörer etwas vom Ohr weg – das war ihr in ihrer schlappen Stimmung doch etwas zu viel.

»Das weiß ich doch. Das hast du uns doch gesagt.« Sie lachte noch immer. »Sie heißt Margareta und ist heute um eins am Stortorget. Zuerst wollte sie sich nicht festlegen, sie sei überall und nirgends, aber dann habe ich ihr gesagt, du wolltest unbedingt einige CDs kaufen.«

»Schlau! Siri, du bist ein Schatz!« Ella holte vor Freude tief Luft. »Also um ein Uhr. Perfekt. Da kann ich jetzt gemütlich los.«

»Und die Zimmermädchen können in dein Zimmer.«

Ella studierte den Stadtplan und sah sich vor allem die vielen kleinen Straßen der Altstadt genauer an. Offensichtlich hatte sie gestern die falsche Zufahrtsstraße gewählt, viel zu westlich. Sie musste sich östlicher halten, auf das Schloss zulaufen, damit war sie auch gleich näher am Stortorget, dem Platz, auf dem Margareta spielte und der nahe bei der Galerie lag. Denn dort wollte sie auf alle Fälle noch einmal hin.

Draußen hatte sich der graue Tag inzwischen etwas aufgehellt, und Ella prüfte mit einem Blick aus dem Fenster, was die Leute auf der Straße trugen. Wieder sah sie Frauen mit bloßen Beinen und Männer in kurzärmeligen T-Shirts. Einheimische. Nach deren Kälteempfinden konnte man nicht gehen, das hatte sie inzwischen gelernt. Und auch, dass die Schwedenbeine alle die gleiche bronzefarbene Tönung hatten. Es musste hier irgendwo eine Bräunungsdusche geben. Vielleicht sollte sie sich mal erkundigen, ein bisschen mehr Farbe könnte ihr auch nicht schaden.

Ella entschied sich für Jeans, ein weißes kurzärmeliges T-Shirt, einen leichten hellgrünen Pullover darüber und für alle Fälle eine dünne Regenjacke, die sie in ihre Tasche stopfte. Vor allem wollte sie heute nasse Füße vermeiden und zog deshalb halb hohe Stiefeletten an. So, sie schaute in den Spiegel, band ihre Haare zu einem Pferdeschwanz zusammen und legte einen leicht tönenden Lippenstift auf. Wenn schon keine Bräune auf der Haut, dachte sie, dann wenigstens Farbe ins Gesicht. Jetzt konnte es losgehen.

Ihr Smartphone klingelte. Ben. Das hatte sie befürchtet, schon den ganzen Morgen über. Sie war feige, dachte sie, sie hatte sich sogar um einen netten Morgengruß gedrückt.

Sie zögerte, bevor sie dranging.

»Hallo, Schatz«, sagte Ben, »ich mache mir langsam Sorgen. Geht es dir gut?«

»Sorgen? Wieso denn das?«, fragte Ella betont locker und spürte, wie sich ihr Magen zusammenzog.

»Na ja, ich höre nichts von dir. Kein Anruf, keine SMS, nichts. Das ist doch gar nicht deine Art.«

»Ja …«, jetzt, dachte sie, jetzt müsstest du es ihm sagen.

Aber was? Und wie? Ich habe hier zufällig einen Mann getroffen, mit dem ich irrsinnig tollen Sex habe? Unmöglich, damit konnte man ja jemanden umbringen. »Ja«, wiederholte sie langsam, »hier ist unglaublich viel los, ständig etwas anderes, jetzt habe ich die eine junge Frau entdeckt, weißt du, deren Portrait direkt neben dem von Moritz hängt, so ein Zufall, stell dir vor, und gleich treffe ich mich mit ihr. Vielleicht weiß ja sie etwas, die Galeristin jedenfalls wollte nichts über Inger Larsson verraten. Entweder ist sie wirklich unbedeutend oder tatsächlich scheu. Außerdem gibt es den Namen Inger Larsson leider wie Sand am Meer.« Sie merkte selbst, dass sie viel zu hastig sprach und dass dadurch alles gleich wie eine Ausrede klang.

Es war kurz still.

»Geht es dir wirklich gut?«, hörte sie Bens dunkle Stimme, die sie immer so geliebt hatte.

»Ja, warum? Alles in Ordnung.«

»Du klingst so komisch. So gar nicht nach Ella. Ein bisschen überdreht.«

Jetzt, dachte sie. Er baut dir ja schon goldene Brücken zur Wahrheit, jetzt sagst du es ihm. »Es ist ja auch aufregend für mich. Stockholm ist groß, ich verlaufe mich ständig in den vielen Gassen, außerdem lernt man hier recht schnell neue Menschen kennen, alle sind freundlich und hilfsbereit, nehmen einen gleich mit …«

»Lass dich besser nicht gleich mitnehmen. Nicht dass noch was passiert …«

»Du schaust zu viele Schwedenkrimis.« Sofort fiel ihr Roger ein. Er stand förmlich vor ihr. Wo war die Erinnerung an Bens Bild hin? Konnte das so schnell gehen?

»Hast du mich denn noch lieb?«

Au, Scheiße!

»Klar habe ich dich lieb!« Klar hatte sie ihn noch lieb. Nur anders halt. Aber wenn sie ehrlich war, hatte ihr sexueller Appetit auf ihn längst nachgelassen. Es war nett, mit ihm zu schlafen, sie holte sich ihre Befriedigung, aber es war halt auch ein bisschen Hausmannskost. Sie wusste immer genau, was kam, der Ablauf hatte sich über die Jahre eingespielt.

Vielleicht musste sie mal die Initiative ergreifen. Ihn mal wieder aufwecken.

»Bist du sicher?«

»Sicher ... was?«

»Dass du mich noch lieb hast ...?«

»Wenn ich es dir doch sage. Sei nicht böse, ich bin etwas abgelenkt. Um eins treffe ich mich mit Margareta, und ich muss diesen Platz erst noch finden.«

»Ich will dich ja auch nicht aufhalten.«

»Nein, das ist schon in Ordnung. Und lieb, dass du angerufen hast.«

Sie war schon an der Zimmertür und steckte das Smartphone ein. Warum nur war das Leben so kompliziert? Konnte sie nicht einfach zwei Männer lieben? Was heißt denn da, zwei Männer lieben, ermahnte sie sich, während sie an dem Servicewagen des Zimmermädchens vorbeiging. Ist doch gar nicht gesagt, dass Roger überhaupt mehr wollte als nur ein bisschen Spaß.

Und sie? Wollte sie mehr?

Und wenn ja, was wollte sie mehr?

Dachte sie nach vierundzwanzig Stunden etwa schon an eine Beziehung? Oder was sollten diese Gedanken?

98

Sie wusste es auch nicht.

Der Lift kam schneller als gedacht, und unten winkte ihr Siri im Vorübergehen einen herzlichen Gruß zu.

»Till lycka!!«

Wird wohl viel Glück heißen, dachte Ella und rief: »Tack« zurück. Siri quittierte es mit einem strahlenden Lächeln.

Ob Siri je fremdgehen würde?, fragte sich Ella, während sie ins Freie trat. Aber vielleicht hatte sie mit Liam ja auch das große Los gezogen, und es blieben keine Wünsche offen, und alle großen und kleinen Erwartungen wurden erfüllt?

Es war wirklich warm. Unglaublich, dieses schwedische Wetter ließ sich überhaupt nicht einschätzen. Ella zog den Pullover aus und band ihn sich um die Taille. Sicherlich würde sie ihn in spätestens zwanzig Minuten wieder brauchen, es lohnte sich also nicht, ihn in die Tasche zu packen.

Aber jetzt musste sie sich beeilen.

Sie kam gerade am Stortorget an, als Margareta zu singen begann. Sie saß vor dem großen Brunnen, der den alten Marktplatz zierte, und entlockte ihrem Instrument wieder die seltsam weichen, fast klagenden Töne, die Ella schon gestern beeindruckt hatten. Konnte sie sie jetzt ansprechen? Vielleicht kurz auf sich aufmerksam machen, damit Margareta nicht wieder plötzlich verschwand.

Margareta hatte eine Schuhschachtel mit CDs vor sich stehen und eine zweite mit einem handgemalten Schild: »100 Kronor.« Gut, okay, dache Ella, schöne Erinnerung. Sie trat vor Margareta hin, nickte ihr zu, bekam aber keine Reaktion. Die Sängerin tauchte wohl mit ihrem Instrument in andere Sphären ab. Ella schaute die CDs durch. Es gab zwei verschiedene, offensichtlich selbst gebrannte, mit Margaretas Gesicht auf dem Cover. Ella nahm beide, legte zweihundert Kronen in die Schachtel und zog sich in den Kreis zurück, der sich langsam um Margareta bildete.

Sie sah sich um. Hinter ihr war in einem der vielen Straßencafés ein kleiner Tisch frei. Da sie sich auf längeres Warten einrichtete, war das jedenfalls gemütlicher.

Ella hatte nach ihrem Cappuccino gerade ein Wasser bestellt, als zwei junge Männer mit Gitarrenkoffer durch die Menschenmenge auf Margareta zugingen. Jetzt sah Margareta auf. Ah, jetzt kommt wohl die Ablösung, dachte Ella, schließlich will hier jeder mal spielen und Geld verdienen. Bloß nichts verpassen. Sie wartete ungeduldig auf ihr Wasser und hielt schon den passenden Betrag bereit, aber die Begrüßung der Musiker dauerte so lang, dass die Zuschauer längst gegangen waren, bis Margareta ihre Sachen endlich eingesammelt hatte und davonging.

Ella beeilte sich, an ihre Seite zu kommen.

»Hi, sorry, I'm Ella«, stellte sie sich vor.

»Ah?«, sie schaute sie aus wasserblauen Augen an. Was für ein Gesicht, dachte Ella. Fast durchsichtig. So fein und ebenmäßig. Es kam zwischen den vielen Haaren gar nicht richtig zur Geltung.

»Ja, eine Freundin hat Sie gestern wegen mir angesprochen.«

»Ach ja. Sie wollten eine CD kaufen.« Margaretas Mimik veränderte sich kaum. »Haben Sie sich jetzt eine gekauft?«

Ella hielt schnell ihre beiden CDs in die Höhe und zeigte sie ihr. Auch das entlockte der jungen Frau kein Lächeln. War sie zwanzig? Oder fünfundzwanzig? Ella konnte sie schlecht schätzen. Sie wäre auch für siebzehn durchgegangen.

»Ich habe Sie auf einem Portrait gesehen.«

»Ach ja?« Jetzt kam doch etwas Leben in ihr Gesicht.

»Ja, in einer Ausstellung in Frankfurt.«

»In Frankfurt?« Margaretas Blick wurde aufmerksamer. »In Deutschland?«

»Ja, eine Galerie stellt Bilder von Inger Larsson aus. Da ist Ihres dabei.«

»Ich habe es noch nicht gesehen.«

Ella sah sie erstaunt an. »Sie haben das Bild nicht gesehen?«

»Nein.«

»Aber Sie haben doch Modell gesessen …«

»Nein.«

Wie ging das denn?

»Wie geht das denn? Inger Larsson malt sie, und Sie haben das Bild nicht gesehen?«

»Ich kenne auch keine Inger Larsson.«

»Die Malerin, die Sie gemalt hat?«

»Sie hat mich nicht gemalt.«

»Aber Sie müssen doch von ihr gemalt worden sein, woher sollte sonst dieses Portrait kommen?«

Margareta zuckte mit den Achseln, und es war offensichtlich, dass für sie das Thema erledigt war. Dann ließ sie Ella einfach stehen.

Ella sah ihr nach, und in dem grobmaschigen braunen Umhang, den sie fest um sich geschlungen hatte, sah sie von hinten aus wie aus einem anderen Jahrhundert.

Das ist doch nicht zu glauben, dachte Ella und hatte einen plötzlichen Mitteilungsdrang. Aber wem konnte sie das jetzt erzählen? Wie blöd, dass Steffi so weit weg über dem Teich war. Ob sie ihre Mail inzwischen gelesen hatte? Wie spät war es denn gerade in New York? Sie rechnete zurück. Entweder war Steffi noch in einer Disco oder im Tiefschlaf.

Was sollte sie jetzt tun?

Eigentlich unglaublich, dachte sie. Eine Malerin, die niemand kennt und die Leute porträtiert, die niemals Modell gesessen haben. Wie war das möglich?

Und wo kam das Portrait von Moritz her?

Ein Windstoß ließ sie aufblicken. Eine dunkle Wolkenfront schob sich langsam über die hohen Giebel der wunderschön restaurierten Häuser, und mit den Wolken wurde es ungemütlich und kalt. Ella schlüpfte in ihren Pullover und war froh, dass sie vorgesorgt hatte. Ihr Lehrgeld hatte sie gestern bezahlt, das würde ihr heute nicht noch mal passieren. Sie sah sich um. Der Platz hatte sich geleert, die Menschen waren in die umliegenden Cafés oder in das angrenzende Nobel-Museum geflüchtet, ein beeindruckendes Gebäude aus dem 18. Jahrhundert, wie Ella im Reiseführer nachgelesen hatte. Wenn sie noch Zeit finden würde, wollte sie dort unbedingt hinein.

Aber jetzt machte sie sich erst mal auf den Weg zur *Galleri Anna K.*, und sie wunderte sich selbst, wie gut sie sich in der Zwischenzeit in Gamla Stan zurechtfand. Da der hohe Turm der Deutschen Kirche, dort hinten das monumentale bronzene Standbild eines Drachenkämpfers und in einer der kleinen, versteckten Straßen die Galerie von Anna Kjerstidotter.

Was sie wieder dorthin trieb, konnte sie nicht sagen. Wollte sie noch eine unfreundliche Abfuhr kassieren? Aber was blieb ihr anderes übrig? Alle neunundsiebzig Inger Larssons von Stockholm abgrasen und vielleicht auch noch die aus den umliegenden Dörfern und Höfen und weiß Gott noch wo?

Sie wäre fast an der Galerie vorbeigelaufen. Ella blieb erschrocken stehen. Sie wollte nicht unbedingt gesehen werden. Schon gar nicht von Anna Kjerstidotter. Aber die Galerie sah wie ausgestorben aus. Kein Mensch weit und breit.

Ella suchte sich auf der gegenüberliegenden Seite der Straße ein großes Schaufenster und tat so, als würde sie die Auslage des Geschäfts studieren. Im Fensterglas spiegelten sich die Häuser in ihrem Rücken, und auf diese Weise konnte sie die Galerie unauffällig beobachten. Aber wie lange war es überzeugend, interessiert in ein Antiquitätengeschäft hineinzustarren?

Und dann begann sie die Auslage wirklich zu studieren. Viele kleine Kostbarkeiten lagen da, ein Champagnerkühler aus Silber, der so edel und teuer aussah, dass er nicht einmal ein Preisschild trug. Auch die anderen Antiquitäten waren nicht ausgezeichnet. Der schwarze Scherenschnitt einer fauchenden Katze mit bedrohlichem Buckel und ausgefahrenen Krallen fiel ihr auf. Das Motiv schmückte kleine, runde Emailleschilder mit dem Spruch »Varning för Katten«. Ella fand das so witzig, dass sie sofort an ein Mitbringsel für ihre Eltern dachte. Die hatten einen kampferprobten Kater und würden das originelle Warnschild sicherlich direkt über dem Klingelknopf anbringen. Der Gedanke gefiel ihr, bis sie die flache Servierplatte mit dem feinen blauen Muster am Rand und den beiden bunten Paradiesvögeln auf blühenden Zweigen entdeckte.

Sicherlich unbezahlbar. Wenn das richtig alt ist, dann kostete das nicht unter fünfhundert Euro. Zweihundertfünfzig würde sie höchstens geben, dachte sie, während ihre Beine sie schon über die Schwelle trugen.

Ein älterer Herr saß im Dämmerlicht des vollgestellten Raums in einem Lehnstuhl und unterhielt sich mit einer Amerikanerin, die sich gerade wortgewaltig über die Sachen ausließ, die sie wohl bei ihrem letzten Aufenthalt hier gekauft hatte. Ella hörte kurz zu, und da sie nicht beachtet wurde, schaute sie sich suchend im Laden um. Hinter einer Art Tresen stand ein hoch gewachsener Mann und lächelte sie freundlich an. Nach seinem Pullover und der Art zu urteilen, wie er seine Haare gekämmt hatte und ihr nun auch verhalten zunickte, erschien er Ella durch und durch englisch. Er erfüllte Ellas Wunsch und holte die Servierplatte aus dem Fenster. Ella fürchtete, sie könnte ihm aus den Händen fallen. Aber dann stellte er sie auf dem Tresen ab, wischte mit dem Ärmel darüber und schaute Ella an.

»Wunderschön«, sagte Ella und dachte bei sich, wie völlig bescheuert ihre Kaufstrategie war. Nun wusste der Mann, dass sie das Stück unbedingt wollte.

»O ja.« Er klang so verliebt, als ob er sich gar nicht von ihr trennen wollte.

»Was soll sie denn kosten?«

Der alte Mann im Lehnstuhl wurde hellhörig.

Der Jüngere drehte die Schale um. Aber da stand kein Preis.

»Meine Frau ist nicht da«, erklärte er einigermaßen hilflos. »Sie macht eigentlich den Laden.«

»Aha!« War das jetzt eher günstig oder eher ungünstig?

Die Amerikanerin ließ kurz von dem Alten ab, der sich heftig räusperte.

»Weißt du, was die kostet, Vater?«, fragte der Jüngere und hielt dem Alten die Servierplatte hin.

Er wiegte seinen Kopf bedächtig hin und her. »Meine Tochter führt den Laden«, sagte er.

»Aber Sie haben ihn doch früher gemacht«, half die Amerikanerin. »Aus dieser Zeit kenne ich Sie doch noch.«

»Ja, früher«, sagte der Alte und zuckte die Achseln.

»Hm«, Ella nahm die Platte in beide Hände. Sie war schön. Und sie war Liebe auf den ersten Blick. Sie konnte sie nicht hier zurücklassen.

»Kommen Sie morgen wieder«, sagte der Alte.

»Nein, das geht nicht, da bin ich schon fort«, widersprach Ella. Wer weiß, was morgen ist, dachte sie. Vielleicht würde sie dann schon bei Inger Larsson in ihrem Atelier sitzen, irgendwo tief im Wald?

»Eintausenddreihundert Kronen«, sagte der Jüngere kurz entschlossen.

Ella holte tief Luft. Das sind einhundertdreißig Euro, dachte sie. Jetzt nur ganz schnell bezahlen, bevor seine Frau zurückkam und das Dreifache wollte.

Während sie die Geldscheine auf den Tisch zählte, holte der Mann ein paar Bögen Zeitungspapier, um das Kunstwerk bruchsicher einzupacken. In diesem Moment drehte sich Ella um und sah durch das Schaufenster über die Gasse zur Galerie. Durch die Scheiben der großen Eingangstür hindurch erkannte sie zwei Frauen, die offensichtlich miteinander diskutierten. Eine davon war Anna Kjerstidotter. Sie gestikulierte sichtlich aufgebracht, während die andere eher zurückhaltend wirkte. Und plötzlich drehte die sich um, ließ die Galeristin stehen und ging durch die Tür hinaus auf die Straße.

Ella rief: »Sorry, aber ich muss los«, schnappte sich die Servierplatte vom Tisch, klemmte sie sich unter den Arm und verließ mit einem: »Vielen Dank und bis bald mal wieder« den Laden. Sie war sich sicher, dass sie die anderen drei sprachlos zurückließ, aber die Frau vor ihr, so sagte es ihr Gefühl, war Inger Larsson. Woher auch immer der Impuls kam, jetzt galt es, diese Frau nicht mehr aus den Augen zu verlieren. Sie trug einen lockeren blauen Mantel über verwaschenen Jeans und nackenlanges dunkelbraunes Haar. Offensichtlich war auch sie genervt oder erregt, denn sie schüttelte immer mal wieder energisch den Kopf, als führte sie ein Selbstgespräch. Ella bemühte sich, den richtigen Abstand zu halten, nicht zu nah, aber sie wollte Inger Larsson auch nicht aus den Augen verlieren. Und dabei fragte sie sich, ob sie die Frau nicht einfach ansprechen sollte. Aber dann?

Sind Sie Inger Larsson?

Ja.

Kennen Sie Moritz Springer?

Nein, nie gehört, nie gesehen.

Damit wäre das Thema beendet. Nein, sie musste hinterher. Vielleicht brachte Inger sie zu Moritz?

Sie überquerten einen Platz, und Ella hatte die Frau vor sich gut im Blick. Und sie ahnte auch schon, wohin der Weg führte: zur U-Bahn-Station T-Centralen Gamla Stan.

Da klingelte das Smartphone, und Ella drückte blitzschnell die grüne Taste.

»Ben, es ist ganz ungünstig, ich glaube, ich habe eben

Inger Larsson aufgespürt. Ich gehe ihr jetzt nach. Vielleicht führt sie mich zu ihrem Atelier. Und vielleicht hängt dort ja noch ein weiteres Bild von …«

»Du, Ella, ich muss dir was sagen …«

»Lass uns das auf später verschieben, sie geht jetzt in einen Laden. Sieht aus wie ein Lebensmittelgeschäft … ich muss aufpassen, nicht dass sie mir durch die Lappen geht wie gestern Margareta.«

»Aber …«

»Ich melde mich später«, schnitt Ella ihm das Wort ab und fügte versöhnlich ein »Kuss« hinzu, bevor sie ihn wegdrückte.

Durch die Fenster des Geschäfts beobachtete Ella, wie die Frau Gemüse aussuchte, an einer kleinen Theke Käse und schließlich einen Laib Brot kaufte. Zehn Minuten später kam sie mit einer großen Tüte aus braunem Papier wieder heraus. War das nun für eine Person? Für zwei Personen?

Jetzt sah Ella sie zum ersten Mal von vorn, und sie wirkte wie eine erfolgreiche Architektin oder Ingenieurin. Schlank und hochgewachsen, gestreiftes Hemd und blauer Mantel, die Haare nach dem Fünf-Finger-System perfekt geschnitten. Irgendwie passte das nicht zu ihrer Vorstellung von Inger Larsson. Ihrer Vorstellung nach war Inger Larsson die große Schwester von Margareta. Vielleicht nicht gerade Rastalocken, aber doch eher künstlermäßig-alternativ gekleidet. Das hier war das Outfit einer Erfolgsfrau aus einer anderen Branche.

Ella zweifelte an ihrer eigenen Intuition. Aber jetzt nahm die Frau ihr Tempo wieder auf und steuerte mit der Tüte unter dem Arm tatsächlich die U-Bahn an.

Ella hatte sich von der Rezeption eine Travelcard besorgen lassen, die für alle Busse, U-Bahnen und sogar für bestimmte Fährverbindungen galt. Aber hatte es Sinn, wenn sie mitfuhr? Sollte sie sie nicht doch einfach nach ihrem Namen fragen und eine Verwechslung heucheln, wenn sie es nicht war? Aber wenn sie doch Inger war, dann würde sie Ellas Gesicht sehen und eine Portraitmalerin besaß sicher ein gutes Personengedächtnis.

Ella schaute auf die Uhr. Egal, es war ja noch recht früh. Ob sie jetzt auf der Suche nach einem Phantom planlos durch die Altstadt lief oder ein bisschen spazieren fuhr, blieb sich eigentlich gleich. Sie stieg ein und fand einen Sitzplatz, von wo aus sie die Fremde beobachten konnte, die sich an die gläserne Zugtür lehnte, die Einkäufe neben sich auf dem Fußboden. Sie schloss die Augen.

Ella betrachtete sie. Sie war älter, als sie auf den ersten Blick wirkte. Ella schätzte sie auf vierzig, Mitte vierzig vielleicht. Sollte sie ihr wirklich bis zur Haustür hinterherlaufen? Oder gab es vielleicht doch eine andere Möglichkeit?

Um sich ein bisschen abzulenken, betrachtete Ella ihre Servierplatte. Das war wirklich ein Glückskauf, dachte sie. Und dann fiel ihr ein, dass sie vor lauter Schale das Mitbringsel für ihre Eltern vergessen hatte: das Schild mit der Warnung vor der Katze. Also musste sie auf alle Fälle noch mal in den Laden.

Da hielt der Zug, und die Fremde stieg wieder aus. Was war denn das? Ella hatte Mühe, so schnell hinterherzukommen. So viele Gleise und Züge, das musste der Hauptbahnhof sein. Und jetzt?

Zielstrebig ging die Fremde auf ein Gleis zu, offensichtlich kannte sie sich hier aus, sie musste weder auf einen Zugplan schauen, noch zögerte sie erkennbar. Ein einfahrender Zug hielt, und die Frau stieg ein. Ella konnte gerade noch einen Blick auf die nächst angegebene Haltestelle werfen: Södertälje. Keine Ahnung, wo das war. Und wieder stellte sich ihr die Frage, ob das Sinn machte. Aber jetzt war sie einmal hier, der erste Schritt war also getan.

Inger Larsson, wenn sie es denn war, setzte sich an einen Fensterplatz und schaute hinaus. Ella suchte sich einen Sitzplatz in einiger Entfernung und bezweifelte, dass Inger irgendwas von der vorbeigleitenden Gegend sah. Sie schien mit ihren Gedanken weit weg zu sein.

Auch Ellas Gedanken machten sich selbstständig, sie dachte an Roger. Wie konnte ein Fremder so viel Macht über ihre Gedanken erlangen? Es war verrückt. War es das Abenteuer? War es, weil ein anderer Mensch sie gerade entdeckte, erkundete, streichelte? Sie war doch immer noch sie selbst, sie musste doch wissen, was sie tat und warum. Sie wusste es nicht, sie hatte keine Antwort.

Ella lehnte sich zurück und schaute auch hinaus. Und ließ sich verzaubern. Wasser, Wälder, Wiesen, mal erhaschte sie nur einen kurzen Blick auf das Blau eines Sees, dann breitete sich wieder eine verschwenderische Landschaft aus, dazu weiße Wolken, die sich wie Sahnehäubchen auftürmten. Ella schoss mit ihrem Smartphone ein Foto und schickte es Ben als MMS mit einem lieben Gruß.

»Wunderschön. Genieß es!«, kam seine Antwort sofort zurück.

»Schade, dass wir das nicht gemeinsam genießen können«, schob er gleich noch eine SMS nach.

Hatte er vergessen, weshalb sie hier war?

Und vor allem: Weshalb er nicht dabei war?

Södertälje lag längst hinter ihnen, da griff die Frau nach ihrer Tüte, und Ella machte sich bereit. Sicherlich war es die nächste Station. Und was, wenn die andere nun in ein Auto stieg?

Taxi, wie im Krimi? Verfolgungsjagd durch Schweden?

Ella klemmte sich ihre Servierplatte unter den Arm. Diesmal stiegen nur wenige Leute aus. Irgendwann würde Inger auffallen, dass ihr jemand folgte.

Es war der Bahnhof einer kleinen See-Gemeinde, das war klar. Die Häuser waren malerisch bunt, und eigentlich hätte es hier überhaupt keine asphaltierte Straße geben dürfen, dachte Ella, während sie durch die Hauptstraße ging. Hier konnte man sich barfüßig spielende Kinder auf sonnenbeschienenen Sandwegen vorstellen, braune Kinderbeine und helles Lachen. Im Sommer herrschte hier sicherlich die viel beschriebene schwedische Idylle. Jetzt allerdings war der Wind, der um die Häuser strich, frisch, und die Frau ging, wie einige andere Leute auch, zielstrebig zur Anlegestelle, die ein einfacher langer Holzsteg in einer kleinen Naturbucht war. Einige Segeljachten glänzten in der Sonne, und aus der Ferne steuerte eine kleine Fähre auf sie zu.

Ella konnte einige unterschiedlich große Inseln ausmachen, aber nicht genau erkennen, woher das Schiff kam. Dafür schaute sie sich ihre Mitreisenden nun genauer an: ein junges Pärchen mit zwei wuchtigen Rucksäcken, das offensichtlich zum Schmusen aufgelegt war und das einsame Abenteuer suchte. Daneben ein hagerer Mann in einer dunkelvioletten Regenjacke, ebenfalls mit Rucksack. Sein akkurat gestutzter weißer Bart und das exakt gescheitelte, offenbar selbst geschnittene weiße Haar wiesen ihn in Ellas Augen als Ornithologen aus. Oder zumindest als Biologielehrer. Sicherlich hatte er ein Fernglas in seinem Rucksack. Dann war da noch eine ältere Frau, die ihre Einkäufe in einem Cityrollwagen hinter sich her zog, und eben sie beide, Inger und Ella.

Jetzt spreche ich sie an, dachte Ella.

Entschuldigung, aber ich suche die Künstlerin Inger Larsson, sind Sie das zufällig?

Aber die Situation hatte sich ja nicht geändert. Wenn Inger es war, aber so öffentlichkeitsscheu war, wie es den Anschein hatte, dann würde sie die Frage nicht beantworten. Und dann hatte Ella keine Chance mehr, unauffällig zu ihrem Atelier zu gelangen.

Die Fähre legte an, ein längliches, überdachtes Schiff mit Transportmöglichkeiten im vorderen Bereich und Sitzmöglichkeiten weiter hinten. »Inger« brauchte keine Karte zu zeigen, sie war also wohl bekannt, die ältere Dame auch nicht, der Ornithologe zeigte einen Schein und Ella ihre Travelcard, die hier aber nicht mehr galt. Für den Zug wahrscheinlich auch nicht, dachte Ella, während sie das Ticket bezahlte. Da hatte sie nur Glück gehabt, dass kein Schaffner gekommen war.

Zum ersten Mal schaute »Inger« sie nun an. Ihre Augen ruhten kurz auf ihr, musterten sie, als würde sie über etwas nachdenken.

Vielleicht bin ich ihr ja doch schon aufgefallen, dachte Ella und schaute an ihr vorbei aufs Wasser. Dann klappte der Kapitän den schweren Vorhang auf, der den Einstieg

III

vor Wind und Regen schützte, und sie stiegen hinab in den Bauch des Schiffes und verteilten sich auf die wenigen Sitze. Das Pärchen blieb in der Mitte an einer Art eisernem Bullerofen stehen. Wurde hier wirklich auf diese Art geheizt?

Die Überfahrt war schön, vor allem der Blick auf die Küste mit den Felsbuchten, malerischen Sandstränden, den Wäldern und roten Holzhäusern, die zwischen den Bäumen hervorblitzten.

Ben hatte recht. Man musste so etwas gemeinsam genießen. Mit einem Anflug von heftigem Neid schaute sie auf das junge Paar, das schäkernd und küssend in der Mitte des Schiffes stand und offensichtlich die Welt um sich herum vergessen hatte.

Sie legten nach zwanzig Minuten in einer Bucht an. Auch dort gab es einen langen Steg und Fischerboote und einige rote Holzhäuser, die mit ihren weißen Fensterrahmen wie kleine Schmuckkästchen aussahen. Inzwischen war es Ella egal, ob Inger Inger war oder nicht. Der Ausflug hatte sich allemal gelohnt!

Als alle ausstiegen, ging Ella zum Kapitän, der in seinem dicken Pullover und der Wollmütze wie Pippi Langstrumpfs Vater aussah, und erkundigte sich nach den Rückfahrtzeiten. Bis zwanzig Uhr halbstündlich, lautete die Auskunft. Dann erst wieder morgen früh.

So lange wolle sie nicht bleiben, lächelte sie und bedankte sich.

»Warum nicht? Die Insel ist wunderschön!«

»Ja«, Ella nickte. »Das habe ich schon gehört.«

»Was haben Sie denn vor? Wo wollen Sie hin?«

Ella warf einen schnellen Blick zum Steg. Dort lief Inger schon in großen Schritten Richtung Ufer, die pralle Einkaufstüte fest im Arm.

»Nur so ein bisschen herumspazieren«, sagte Ella und wusste selbst, dass sie mit ihrer Servierplatte unter dem Arm für den Kapitän ein seltsames Bild abgeben musste.

»Ah ja«, er lächelte freundlich mit Zähnen, deren Verfärbung reichlichen Tabakgenuss bezeugte.

»Und vielleicht Inger Larsson besuchen«, setzte sie schnell hinzu. Ella hatte gehofft, spontan etwas über Inger zu erfahren, aber der Kapitän zuckte nur mit den Schultern.

»Ja. Dann vielen Dank!« Ella beeilte sich, hinter Inger herzukommen.

Links zog sich eine schroffe Hügellandschaft hin, hinter den Häusern lag ein dichter Wald, und zur Rechten verlor sich eine sanfte Landschaft in der Ferne. Inger schlug einen schmalen, mit Tannennadeln bedeckten Weg ein, der am Waldrand entlangführte.

Jetzt muss ich aufpassen, dachte Ella. Ihr direkt hinterherzugehen war zu auffällig. Sie schaute sich nach dem jungen Pärchen um. Die beiden standen noch immer auf dem Steg. Nicht weit von ihr entfernt stand der Ornithologe, kramte in seinem Rucksack und förderte eine dunkelgrüne Baskenmütze zutage, und die alte Dame war bereits vor ihrem Haus angelangt. Jedenfalls stand sie vor der roten Eingangstür und suchte in ihrer Einkaufstasche nach dem Schlüssel.

Ein schneller Blick auf die Uhr sagte Ella, dass sie noch vier Stunden Zeit bis zum Dinner mit Roger hatte. Das sollte zu schaffen sein, das musste zu schaffen sein, dachte sie, und mit dem Gedanken an das abendliche Treffen spürte sie ein Ziehen im Bauch, das vielleicht aber auch ein Hungergefühl sein konnte.

Der Boden unter ihren Füßen war angenehm weich, und die Luft roch würzig. Ella sog den Duft tief ein und versuchte beim Gehen herauszufinden, wonach genau es eigentlich roch. Nach dem Harz der Laubbäume und dem salzigen Geruch des Meeres? Aber waren das hier nicht Süßwasserseen? Ganz sicher war sie sich nicht, aber es war anregend und auf jeden Fall besonders. Auch die wilden Schreie der Möwen passten hierher und die Rufe anderer Seevögel. Sie dachte an den Ornithologen. Falls er tatsächlich einer war, war das hier sicherlich eine Vogelgoldgrube.

Der Weg verzweigte sich und führte durch dichte Tannen und lichte Laubbäume hindurch. Ella sah kein Wasser, aber nach etwa einer halben Stunde hörte sie rhythmisches Wellenklatschen, offensichtlich näherte sie sich der anderen Seite der Insel. Und tatsächlich, die Bäume gaben die Sicht auf einige nackte Felsen frei, die zerklüftet waren und steil zum Ufer abfielen. Gar nicht ohne, dachte Ella, als sie vom Pfad aus auf das schäumende und gurgelnde Wasser hinuntersah. Nachts würde sie hier nicht gehen wollen. Der Weg führte hinter hohen Felsen entlang, die wie von einem Riesen verloren einfach im Gelände standen. Ella ging langsam und vorsichtig weiter. Inger hatte sie aus den Augen verloren. Hatte sie eine Abzweigung übersehen? Ein besonders großer, moosiger Fels, der mit seinen grünen Farnen und Sträuchern einem kleinen Hügel glich, verdeckte ihr die Sicht nach vorn. Er erinnerte Ella an eine Zeichnung aus ihren Kindertagen. Gleich würde er den Hals strecken und ihr *Guten Tag* sagen. Aber während sie noch darüber lächelte, blieb sie erschrocken stehen. Neben dem Fels öffnete sich der Blick, und Ella stand vor der Rückseite eines Hauses, das eine geniale Lage hatte: Es thronte über der Schärenlandschaft wie ein Vogelnest im Uferfelsen. Hier mussten die Sonnenuntergänge phantastisch sein, dachte sie und sah gerade noch, wie sich die Haustür an der Längsseite hinter Inger schloss.

Wahnsinn, sie hatte es geschafft, sie hatte tatsächlich Ingers geheimnisvolle Adresse aufgespürt.

Und jetzt?

Am Haus stand ein Motorroller, also gab es auch eine bequemere Möglichkeit, um hierherzugelangen. Ella suchte hinter einem Laubbaum Deckung und beobachtete das Haus. Was würde jetzt geschehen?

Nichts.

Wie dumm. Konnte sie noch dichter ran?

Nach einer Weile traute sie sich hervor und schlich näher. Jetzt erkannte sie, dass das Haus zum Wasser hin große Fenster hatte. Und von der Seite aus konnte man gut hineinsehen, denn es gab keine Vorhänge, und es war von Licht durchflutet.

Inger saß an einem Holztisch am Fenster und redete mit jemandem in einer Zimmerecke, die Ella von ihrem Platz aus nicht einsehen konnte. Offensichtlich war die Frau aufgeregt, denn sie gestikulierte heftig, und jetzt stand sie auf und verschwand aus Ellas Blick.

Das brachte sie nicht weiter.

Ella schob sich noch näher an das Haus heran. Nun konnte sie den vorderen, großen Raum gut einsehen. Die

Einrichtung war eher bescheiden, aber gemütlich. Ein Holztisch mit sechs Stühlen, dahinter eine graue Couchecke mit bunten Kissen und ein hüfthohes Büfett aus schwarzem Holz, das wie eine Antiquität aussah.

Aber wo war Inger?

Was, wenn genau in diesem Moment jemand herauskam?

Dann würde ihr etwas einfallen, dachte Ella. Sie musste es wagen, auf die andere Seite des Hauses zu kommen, wer nicht wagt, der nicht gewinnt.

Sie lief möglichst schnell zu den schützenden Bäumen auf der anderen Seite des Weges, ihre Servierplatte fest unter dem Arm.

Nichts rührte sich.

Ella stand vor einem Raum, der wie ein Wintergarten aus dem Holzhaus ragte. Und hier sah sie zwei Frauen inmitten von Bildern, einer Staffelei und einem Gemälde, an dem eine der Frauen offensichtlich gerade arbeitete. Sie trug auch Pluderhosen wie Margareta, ihre schweren Haare hatte sie mit einem dicken Gummi auf dem Hinterkopf aufgezwirbelt, ihr Oberkörper steckte in einem rot-weißen Flanellhemd.

Sie reinigte gerade ihre Pinsel in einer Flüssigkeit und hörte Inger zu, die auf sie einredete.

Aber jetzt kamen ihr Zweifel: War Inger wirklich Inger? Wenn die andere Frau an der Staffelei stand?

Es sah doch eher so aus, als hätte sie sich getäuscht.

Dann war die Frau, die sie verfolgt hatte, vielleicht ihre Agentin? Auch das wäre möglich, dachte Ella. Sie hatte ihr gleich zu sehr nach Geschäftsfrau ausgesehen und weniger nach Künstlerin.

Jetzt steckte die Malerin ihre Pinsel mit den Pinselhaaren nach oben zu einigen anderen in eine offene Dose, hob beschwichtigend beide Hände und verschwand durch eine kleine Tür in das Innere des Hauses. Wieder konnte Ella nichts sehen, aber offensichtlich redeten sie durch die Tür weiter miteinander, bis auch die Besucherin aufstand und der Malerin folgte.

So komme ich irgendwie nicht weiter, dachte Ella, was besprechen die beiden dort?

Schweden, so hatte sie gelesen, brauchten keine Vorhänge, keine Rollläden und schlossen auch ihre Türen nicht ab. Sollte sie sich einfach ins Haus schleichen?

Der Gedanke kam ihr so abwegig vor, dass sie fast aufgelacht hätte. Aber was war schon dabei? Dort diskutierten zwei Frauen. Eine davon war Inger Larsson, da war Ella sich jetzt fast sicher. Und möglicherweise ging es um Ellas Auftauchen in der Galerie und um Moritz.

Oder reimte sie sich das alles nur zusammen? Hatte Roger sie mit seinem Krimidrehbuch angesteckt?

Während sie nachdachte, schlich sie sich noch näher an das Haus heran. Das Grundstück war ziemlich verwildert. Hohe Gräser, Farne und dichte Pflanzenbüschel wuchsen in wilder Harmonie um das Gebäude herum, und Äste und Zweige der hoch gewachsenen Bäume lagen einfach im Gras und rotteten langsam vor sich hin.

Ella war es recht. Alles, was ihr Schutz bot, war ihr recht. Im Notfall konnte sie sich einfach auf den Bauch fallen lassen, dann war sie sicher außer Sichtweite.

Und wenn sie im Haus entdeckt wurde? Das war doch Einbruch.

Nein, dachte sie, höchstens Hausfriedensbruch oder so. Und waren nicht gerade die Schweden für ihre Gastfreundschaft bekannt? Sie konnte ja einfach um ein Glas Wasser bitten. Eine Wanderin, der plötzlich übel geworden war. Schwangerschaft oder so, dafür hatten Frauen Verständnis – und leider hatte man ja ihr Klopfen nicht gehört …

Mit dieser Version fühlte sich Ella gleich besser, und sie beschloss, gar nicht so heimlich zu tun.

Heimlich genug, um nicht gehört zu werden, aber auch wieder so natürlich, dass ihre Lüge als Wahrheit durchging.

Doch dann fiel ihr ein, dass die beiden ja Schwedisch miteinander sprachen. Da konnte sie direkt daneben sitzen und war trotzdem kein bisschen schlauer.

Aber die Zeit lief ihr davon, und hier draußen herumzustehen brachte sie auch nicht weiter.

Unentschlossen ging sie auf das Haus zu.

Vielleicht hatte sie ja noch eine Eingebung, bevor sie an der Haustür angekommen war. Kurz kam ihr der Gedanke, einfach umzukehren, einige Stunden mit Roger zu genießen und dann ganz einfach in ihr altes Leben zurückzukehren. So, als hätte es weder ein Portrait von Moritz noch einen Franzosen namens Roger gegeben.

In diesem Moment ging die Haustür vor ihr auf, und sie blieb wie angewurzelt stehen. Die Frau, die nicht Inger war, kam heraus und blieb ebenfalls stehen, als sie Ella sah. Sie musterten einander, und Ella suchte verzweifelt nach einer guten Ausrede.

»Haben wir uns nicht schon auf der Fähre gesehen?«

Ella zauberte ein verlegenes Lächeln in ihr Gesicht.

»Ja, und ich habe mich total vertan, entschuldigen Sie!«

»Womit haben Sie sich denn vertan?« Die Frau trat einige Schritte auf sie zu.

Ja, womit habe ich mich vertan, fragte sich Ella, aber bevor ihr eine schlüssige Antwort einfiel, zeigte ihre Gesprächspartnerin auf ihre Servierplatte, die Ella noch immer unter dem Arm trug.

»Haben Sie das bei Linda gekauft?«

»Bei Linda?« Einen Moment lang war Ella verwirrt, dann nahm sie die Servierplatte in beide Hände und hielt sie der Frau hin.

»Sie lag in Gamla Stan im Schaufenster eines Ladens. Ich weiß nicht, bei wem.«

»Ich kenne sie. Ein sehr schönes Stück.«

Ella nickte.

»Hat Linda sie Ihnen verkauft?«

Ella schüttelte den Kopf. »Nein, es war ein Mann. Er sagte, seine Frau sei gerade nicht da.«

»Ja, das glaube ich«, die andere lächelte traurig. »Linda hätte sie sicherlich nicht verkauft, sie hängt an dieser Servierplatte.«

Ella drehte das kostbare Stück in ihren Händen. »Ah ja?« Sie schaute auf. »Warum lag sie dann im Schaufenster?«

»Kleines Lockmittel.«

»Hm.« Die andere Frau war etwas näher getreten. Sie standen sich jetzt direkt gegenüber. Sie war größer, schlanker, und ihre Gesichtszüge zeigten eine Zielstrebigkeit, die Ella sehr gut von sich selbst kannte.

»Und warum laufen Sie mit diesem Schmuckstück hier herum?«

Gute Frage.

»Gestern, in einer Kneipe in Södermalm, saß ich zufälligerweise an einem Künstlertisch. Und ich hatte diese Servierplatte schon vorher in der Auslage gesehen, als das Geschäft geschlossen war. Aber das Motiv hat mich verfolgt, und ich habe gefragt, wer mir so ein Bild malen könnte. Und da fiel der Name Inger Larsson. Also habe ich heute die Servierplatte gekauft und bin hierhergefahren.«

»Das heißt, wenn Ihnen meine Schwester ein Bild mit diesem Motiv malen würde, bekäme Linda ihre Platte möglicherweise zurück?«

Ihre Schwester? Und Zugang über diese Servierplatte? Da taten sich ja ungeahnte Möglichkeiten auf.

»Wenn Ihre Schwester überhaupt Interesse an so einem Auftrag hat.«

Die Frau streckte die Hände aus. »Geben Sie mir die Servierplatte, ich werde sie einfach fragen.«

Ella sah ihr nach, wie sie im Hausgang verschwand.

Aber Inger wird nicht so blauäugig sein, dachte sie. Da gab es ja noch die Frage, wie sie die Adresse herausgefunden hatte. In diesem Moment klingelte ihr Smartphone. Ella zog es heraus, eigentlich nur, um es auszuschalten.

Ben.

Er ließ wirklich nicht locker.

»Ben, ich kann jetzt nicht ...«

»Nur kurz. Es wird dich interessieren: Sein Bild hängt nicht mehr da.«

»Sein Bild?«

»Das Portrait von Moritz wurde aus der Ausstellung entfernt.«

»Nein!« Ella holte tief Luft. Jetzt ruhig Blut. »Hast du nachgefragt, warum?«

»Die Lücke zwischen den Portraits ist geschlossen, und keiner weiß was.«

Ella starrte auf die angelehnte Haustür vor sich. »Ben«, flüsterte sie, »ich stehe genau vor dem Haus der Künstlerin und werde sie gleich kennenlernen. Ich ruf dich später an … danke für die Info!«

In diesem Moment kam Ingers Schwester wieder heraus. »Ich bin Malin«, stellte sie sich vor und hielt Ella die Servierplatte wieder hin, »und meiner Schwester kommt es etwas komisch vor, dass Sie hier aufkreuzen, sagt sie.«

»Komisch?« Ella machte einen erstaunten Gesichtsausdruck. »Es ist doch nicht komisch, wenn man zu einem Künstler fährt und ihm einen Auftrag bringt?«

»Ja, und ich erinnere mich auch, dass ich Sie schon auf der Fähre gesehen habe, da wollte ich Sie eigentlich schon wegen der Platte ansprechen … sind Sie mir nachgefahren?«

»Ich Ihnen? Ich kenne Sie doch gar nicht!« Ellas Verwunderung muss so echt geklungen haben, dass Malin den Kopf schüttelte.

»Ja, da haben Sie recht, das ist Blödsinn. Kommen Sie bitte rein.«

Ellas Herz schlug bis zum Hals. Lass dir deine Aufregung bloß nicht anmerken, sagte sie sich, aber es wurde immer schlimmer. Was, wenn sie nun auch gleich noch anderen Portraits von Moritz gegenüberstehen würde? Und was hatte es zu bedeuten, dass sein Portrait in Frankfurt verschwunden war?

Ella trat direkt in eine geräumige Küche mit einem großen Holztisch in der Mitte, auf dem Malins Einkäufe neben zwei großen Teetassen standen und einige Kunstkataloge herumlagen. Die ganze Küche hatte einen gemütlichen Charakter mit ihren zwei einfachen Bauernschränken, einer Bank unter dem Fenster und zwei Herden, einer offenbar elektrisch, der andere ein schöner Holzküchenherd wie aus einer alten Schlossküche.

Den angrenzenden Raum kannte sie bereits, den hatte sie von außen gesehen. Hier stand die Staffelei, und unzählige Bilder lehnten an der Wand. Einige schwermütige, wie Ella sie in Frankfurt gesehen hatte, aber in der überwiegenden Mehrzahl Gemälde mit fröhlichen Motiven, darunter viele lachende Kindergesichter. Mehr konnte sie auf die Schnelle nicht erfassen, denn ihr gegenüber stand jetzt die Frau, hinter der sie seit diesem einen Moment vor acht Tagen her war. Inger stand mit dem Rücken zu ihr und schaute durch die große Fensterfront aufs Wasser. Dann drehte sie sich zu Ella um. Ella wäre fast die Servierplatte aus der Hand gefallen. Sie kannte dieses Gesicht. Es hatte neben dem Portrait von Moritz gehangen, dieser Mund und die blauen Augen hatten sich ihr eingegraben. Die blauen Augen hatten auf dem Portrait nach links geschaut, zu Moritz. Nicht wasserblau wie die von Margareta, sondern violett. Samtig blau, wie Veilchen. Ella musste schlucken und sich beherrschen, sie spürte, dass sie Inger Larsson anstarrte.

»Warum sind Sie gekommen?«, fragte sie in einem so guten Deutsch, dass Ella ein weiteres Mal zusammenzuckte.

»Reiner Zufall«, erklärte Ella und rang um einen unschuldigen Gesichtsausdruck. »Das habe ich Ihrer Schwester auch schon gesagt.«

Ingers Stirn hatte sich über den Augen in tiefe Falten gelegt, jetzt glättete sie sich langsam.

»Ich bin es nicht gewöhnt, dass jemand mit einem Auftrag hierherkommt, verstehen Sie? Das ist ungewöhnlich. Im Normalfall regelt so etwas meine Agentin.«

»Aber ich kenne Ihre Agentin doch gar nicht!«

Zumindest das war nicht gelogen.

Inger nickte. »Jetzt kennen Sie sie«, Inger wies auf Malin. »Und Sie möchten das Muster dieser Servierplatte also als Bild haben? Wieso kommen Sie dann gerade zu mir? Ich male keine Paradiesvögel. Auch keine Blumenornamente. Das ist nicht mein Thema, aber das sehen Sie ja selbst.«

Ella zuckte die Achseln. »Verstehen Sie, ich lerne gern neue Städte kennen. Dieses Mal ist es Stockholm. Und als ich diese Servierplatte sah, dachte ich mir, es wäre schön, von einer schwedischen Künstlerin so ein Bild zu bekommen. Ich kann sie natürlich auch nach Deutschland mitnehmen und dort malen lassen, aber das ist nicht das Gleiche ...«

»Zumal wir ja jetzt einen Deal haben«, mischte sich Malin in gebrochenem Deutsch ein.

Ella drehte sich nach ihr um. »Stimmt«, sagte sie und lächelte ihr zu.

Inger nickte. »Setzen Sie sich«, sagte sie und zeigte auf eine Sesselgruppe, »und lassen Sie mich die Servierplatte mal genauer anschauen.«

»Tee?«, fragte Malin, und Ella beeilte sich: »sehr gern« zu sagen.

»Wie stellen Sie sich ein solches Bild vor?«, wollte Inger wissen. Die Frau hatte eine starke Aura, Ella betrachtete sie unauffällig. Ihre Augen waren schon faszinierend genug,

123

aber ihre ganze Erscheinung hatte eine beeindruckende Präsenz. Von ihr ging etwas aus, das Ella lange nicht gespürt hatte. In Kindertagen war ihre Mutter mit einer Frau befreundet gewesen, die Ella stets etwas unheimlich war. Die magische Maria hatte ihre Mutter sie genannt, und jetzt spürte Ella diese Form der Magie nach langer Zeit zum ersten Mal wieder.

Ella riss sich von diesen Bildern aus der Vergangenheit los.

»Ich habe eine ländlich eingerichtete Küche«, schwindelte sie, »englischer Landhausstil könnte man vielleicht dazu sagen, und über der Küchenbank wäre ein solches Gemälde wundervoll.«

Wie würde sie nur von den Paradiesvögeln auf Moritz umschwenken können, überlegte sie. Aber irgendetwas würde ihr zur rechten Zeit schon einfallen.

»Wollen Sie sich nicht lieber doch nach einem ausgewiesenen Blumen- und Vogelmaler umschauen? Ich weiß nicht, ob das Ergebnis Ihren Vorstellungen entsprechen wird.«

Ella zuckte mit den Schultern.

»Entschuldigen Sie, vielleicht verstehe ich zu wenig von Malerei, aber warum haben Sie Bedenken?«

Malin kam mit einer dampfenden Tasse Tee zurück, stellte sie vor Ella hin und setzte sich zu den beiden Frauen.

»Ich male eher abstrakt. Sehe etwas oder jemanden und setze es um. Ich könnte beispielsweise ein Portrait von Ihnen malen«, sie hielt inne und betrachtete Ella so eingehend, dass es ihr fast unangenehm war. »Aber ich würde wahrscheinlich eher das malen, was ich spüre, als das, was ich sehe.«

Jetzt wurde es Ella wirklich anders. Hatte Inger sie durchschaut?

»Und was spüren Sie?«

»Eine Frau auf der Suche. Ich weiß nicht wirklich, wonach und warum, aber Ihr Leben läuft momentan in keiner geraden Bahn.«

Ella starrte sie an. Einen Moment lang musste sie sich sammeln.

»Das stimmt«, gab sie schließlich zu. »Und es ist erstaunlich, ja, fast beängstigend, was Sie in mir erkennen können.« Sie warf kurz einen Blick zu Malin, die die Botschaft gelassen aufgenommen hatte. Sicherlich war sie schon oft Zeugin der tiefsinnigen Fähigkeiten ihrer Schwester geworden. »Aber meine jetzige Situation hat nichts mit dem Wunsch nach diesem Bild zu tun«, fügte Ella schnell hinzu.

»Wer weiß schon, wie die Dinge zusammenhängen.« Inger nahm die Servierplatte in die Hände und betrachtete die Vögel und Blumengirlanden. »Ich kenne das Muster natürlich. Es ist fast naiv gemalt«, sagte sie zu Malin. »Als Motiv auf Porzellan sehr schön, sehr englisch, sehr ansprechend.« Sie wandte sich Ella zu. »Ich kann nicht garantieren, dass Ihnen mein Bild gefallen wird. Wenn Sie sich jetzt entscheiden, gibt es kein Zurück mehr«, sie lächelte Ella mit offenem Blick an. »Bei mir gibt es kein Rückgaberecht.«

Ella nickte.

»Wie groß soll es denn sein?«

»Zeigen Sie mir doch mal ein Beispiel!«

Vielleicht stand bei den anderen Gemälden ja tatsächlich ein Portrait von Moritz? »Und überhaupt«, fügte Ella hinzu, »würde ich wirklich gern mehr von Ihren Bildern sehen.«

Inger nickte. »Wo kommen Sie denn her?«, fragte sie und stand auf.

»Woher?« Ella brauchte einen kleinen Moment.

»Ja, aus Deutschland, woher? Aus welcher Stadt?«

Das war verfänglich. »Oh, eine kleine Stadt, die werden Sie nicht kennen.«

»Kommt darauf an …«

Oh, verdammt, so schnell fiel ihr keine Stadt ein.

»Rheinfelden.« Da war ihre Mutter geboren, da kannte sie zumindest die Umgebung.

»Ach«, Inger lächelte, »die kenne ich wirklich nicht.«

»Einen Preis hat so ein Exklusivgemälde allerdings auch«, meldete sich da Malin aus ihrem Sessel.

Inger zog einige Gemälde hervor und stellte sie nebeneinander an die Wand. Im Prinzip kannte Ella die Bilder schon. Faszinierend war dieser Stimmungswechsel von leuchtend fröhlich zu düster und schwer. Wie war das mit Ingers Persönlichkeit zu vereinbaren? Und wie konnte Ella nun elegant auf ihr Anliegen kommen, ohne Verdacht zu erwecken?

Ella wies auf die beiden Portraits, die Inger nicht herausgestellt hatte. »Sie sagten vorher, Sie würden mich als Portrait anders sehen, als ich bin.« Ella zeigte auf das Bildnis eines alten Mannes, der nicht sehr wohlwollend gemalt worden war. »Haben Sie ihn deshalb so grimmig gemalt? Und hat der Kunde das Bild dann nicht haben wollen?«

»Das ist mein Vater. Ich habe es ihm gar nicht angeboten.«

»Ah.« Ella holte Luft. Im Moment wusste sie nicht, was sie sagen sollte. »Und wie würden Sie mich malen?«

Inger warf ihr einen prüfenden Blick zu. »Da bin ich mir noch nicht sicher. Ich kenne Sie zu wenig.«

»Wie lange müssen Sie jemanden kennen, bis Sie ihn porträtieren?«

»Überlegen Sie, wie lange Sie in Stockholm bleiben wollen.« Inger lachte kurz auf. »Das funktioniert so nicht. Sie müssen mich dann schon an sich heranlassen. Ich muss Sie erspüren.«

Ella dachte an Moritz. Wie lange hatte Inger gebraucht, um ihn zu »erspüren«?

»Schade. Ich hätte sehr gern mein Portrait von Ihnen«, sagte Ella. »Irgendwie habe ich das Gefühl, dass Sie mich tatsächlich anders sehen können als der Rest der Welt.«

»Könnte sein«, Inger nickte. »Wird trotzdem nicht möglich sein.«

Malin sah demonstrativ auf ihre Armbanduhr. Dann sagte sie schnell etwas auf Schwedisch, und Ella hörte den Namen Anna heraus.

Inger lächelte etwas herablassend, wie es Ella schien.

»Entschuldigung«, sagte Ella schnell. »Ich störe Sie schon viel zu lange.«

»Darum geht es nicht«, wandte sich Malin an sie, »aber vielleicht möchten Sie ja auch noch einen Preis hören?«

Ja, das war eigentlich normal, dass man nach dem Preis fragt, dachte Ella. Sie musste wirklich aufpassen, dass sie nicht völlig unglaubwürdig erschien.

»Ja, haben Sie denn schon über den Preis nachgedacht?« Ella sah Inger fragend an.

»Ein neues Muster, eine andere Technik, eine völlig andere Art von Bild«, antwortete Malin an ihrer Stelle. »Nicht unter zwanzigtausend.«

Ella erschrak, dann fiel ihr die Währung ein. Zwanzigtausend Kronen, das waren in etwa zweitausend Euro. Das war in ihrem Reisebudget zwar nicht vorgesehen, aber jetzt konnte sie nicht mehr zurück.

Sie spürte Ingers Blick auf sich ruhen.

»Meine Schwester macht die Preise«, sagte Inger in leicht entschuldigendem Ton. »Sie ist der Meinung, ich verschenke alles.«

»Tut sie auch!«, sagte Malin nachdrücklich.

Inger lächelte leicht. »Sind zwandzigtausend Kronen für Sie in Ordnung?«

Und dann setzte Malin noch hinzu:

»Und bekommt meine Freundin die Platte zurück, wenn meine Schwester das Bild für Sie malt?«

Ella nickte. Es war eine Chance, wenn auch eine teure. Aber so viel war es ihr wert.

Der Rückweg in die Stadt erschien Ella um einiges schneller als der Hinweg. Im Stillen hatte sie darauf gehofft, dass Malin ebenfalls zurückfahren würde, dann hätte sie noch die eine oder andere Frage stellen können. Aber Malin schien nicht aufbrechen zu wollen, und Ella wollte nicht fragen. Also erkundigte sie sich nur nach der nächsten Fähre und machte sich alleine auf den Weg. Immerhin hatte sie nun Ingers Telefonnummer in ihrem Geldbeutel. Sie übertrug die Nummer von dem kleinen Notizblatt, das Inger für sie abgerissen hatte, in ihr Smartphone. Dann steckte sie den Zettel in ihren Geldbeutel zurück. Sicher ist sicher.

Roger hatte ihr an der Rezeption eine kleine Nachricht hinterlassen. Er schien sich einen Spaß daraus zu machen. Dann dämmerte Ella, dass sie ja keine andere Übermittlungsmöglichkeit hatten – bisher schliefen sie zwar miteinander, hatten aber noch keine Telefonnummern ausgetauscht.

Er hole sie um acht Uhr in ihrem Zimmer ab, las sie, und er freue sich unbändig darauf. Unter seiner Unterschrift noch ein kleines PS: Sie könne ruhig High Heels anziehen, sie würden keinen Marathon über die Pflastersteine der Altstadt machen, sondern ein Taxi nehmen.

High Heels? Ella ließ die Notiz sinken. Sie hatte überhaupt keine High Heels dabei. Wozu auch? Aber trotzdem war es erstaunlich, dass er sich solche Gedanken machte. Welcher Mann dachte schon über die Gefahren von Pflastersteinen nach?

Ella sah auf die Uhr. Der Nachmittag war wie im Flug vergangen, sie hatte genau noch eine halbe Stunde Zeit.

Was sollte sie anziehen, überlegte sie sich im Fahrstuhl. Wenn Siri an der Rezeption gewesen wäre, hätte sie sie nach dem nächsten Schuhgeschäft gefragt. Andererseits war es besser so. Sie hatte heute schon genug Geld ausgegeben.

Roger trug ein dunkelblaues Kaschmirjackett zur Jeans und dazu ein blassrosa Hemd ohne Krawatte. Er sah gut aus, das musste Ella ihm lassen. Sie hatte auf ihr Notfalloutfit zurückgegriffen, das sie bei jeder Reise dabeihatte: eine schwarze, schmal geschnittene Jacke, weiße Bluse, enge schwarze Hose zu schwarzen Stiefeletten. Das war ihre Uniform für überraschende Einladungen.

Roger musterte sie kurz, dann lächelte er.

»Warum lächelst du?«, wollte Ella wissen.

»Weil mir gefällt, was ich sehe.«

»Danke!« Ob es stimmte oder nicht, ob er einfach nur charmant schwindelte, was interessierte sie das? Es tat gut, das war die Hauptsache.

Das Restaurant war winzig und erschien nur durch eine Spiegelwand geräumiger. Roger hatte einen Platz am Fenster reserviert. Dort saß man wie in einer erhöhten Nische, schaute über den kompletten Raum hinweg und nach draußen über den ganzen Platz. Das Denkmal vor ihrem Fenster kannte sie bereits. An der großen Bronzestatue des Drachentöters war sie schon einmal vorbeigelaufen.

Roger gab sich weltmännisch, bestellte zwei Gläser Champagner zum Aperitif, fachsimpelte mit dem Kellner über den zu dekantierenden Rotwein und ging dann mit Ella die Speisekarte durch. Zum Schluss bat er um eine Platte mit den verschiedenen Spezialitäten des Landes. Das stand zwar nicht auf der Karte, aber der Kellner signalisierte nach Absprache mit dem Koch grünes Licht, und Ella gab es auf, bei all den teuren Vorschlägen und Möglichkeiten abwehren zu wollen. Sie ließ es einfach zu und beschloss, diesen Abend zu genießen. Roger war in seinem Element, das spürte Ella, und sie überlegte, ob es wohl an seiner Nationalität lag, dass ihm auch die Details eines perfekten Dinners so wichtig waren? Jedenfalls überließ er nichts dem Zufall, sondern fragte genau nach, wenn ihm bei den Erklärungen des Kellners etwas unklar war. Zweimal lief der Kellner sogar zurück in die Küche, weil er Rogers Fragen nicht genau genug beantworten konnte.

Für Ella war das neu.

Wenn sie mit Ben essen ging, bestellten sie, und damit war es gut. Woher das Fleisch nun genau stammte, welche

Kartoffelsorten verwendet wurden oder ob das Gemüse aus ökologischem Anbau stammte, hat sie dabei noch nie interessiert.

»Man könnte fast meinen, du wärst selbst Gastronom«, sagte sie schließlich. »Oder ein Tester für Gault-Millau. Die müssen in der Küche ja richtig Angst bekommen.«

Roger lachte auf. »Mag sein. Aber da ich nur einen Körper habe, möchte ich ihm das Beste geben.«

Roger schaute sie mit einem leisen Lächeln an. »Seinem Auto gibt man das teuerste Öl und erkundigt sich nach dem besten Benzin, und für den eigenen Körper gibt man sich mit minderwertigen Produkten zufrieden, das kann es doch nicht sein.«

Ella musste lachen. »Ja«, sagte sie. »Stimmt! Das ist wohl so!« Sie stießen mit dem eben eingeschenkten Rotwein an, und der erste Schluck schmeckte nach Ellas Eindruck wenig geschmeidig, eher kantig und ein bisschen nach Holz. »Hast du darüber schon mal einen Film gemacht?«

»Das gäbe wohl eher ein Filmchen.«

»Und was macht dein Drehbuch?«

Er fasste über den kleinen Tisch nach ihrer Hand. »Eigentlich interessiert mich das gar nicht mehr, seitdem du in mein Leben geschneit bist, aber vielleicht bin ich ja gerade dadurch auf einen Fall gestoßen, weil ich so locker unterwegs bin.«

»Aha? Ist ja interessant.« Ella schaute an ihm vorbei zu einem Pärchen, das gerade eine gut belegte Fleischplatte serviert bekam. Hoffentlich ist unsere etwas kleiner, dachte sie. So viel kann ja kein Mensch essen.

»Ja, ist wirklich interessant. Ein Mann, der sich quasi in

Luft auflöst, aber immer mal wieder Spuren hinterlässt. Und die Frauen, die ihn kennen, schweigen.«

»Warum sollten sie nicht schweigen?«

»Weil es sich auch um ein Verbrechen handeln könnte.«

Interessant, dachte Ella. Hier in Schweden scheinen sich ständig Männer in Luft aufzulösen.

»Und wie bist du auf den Fall gestoßen?« Ella nippte erneut an ihrem Glas. Vielleicht schmeckte er ihr beim zweiten Schluck ja besser.

»Ich habe heute beim Mittagessen einen Kripobeamten kennengelernt. Wir sind über seinen Hund, einen Briard, ins Gespräch gekommen.«

»Briard?« Ella stellte ihr Glas wieder ab. Offensichtlich hatte sie keinen richtigen Weingaumen, ihr schmeckte das gute Tröpfchen noch immer nicht.

»Ja, eine alte französische Hunderasse. Ich war erstaunt, hier in Schweden einen zu sehen, und deshalb habe ich ihn angesprochen.«

»Und wer war jetzt interessanter? Der Hund oder das Herrchen?«

Roger schüttelte den Kopf. »Du nimmst mich nicht ernst«, sagte er.

»Klar nehme ich dich ernst. Oder vielleicht nehme ich heute nicht alles so ernst, mag sein, dass du recht hast.« Ella prostete ihm zu und hatte das Gefühl, dass ihr der Rotwein nach dem Glas Champagner recht schnell zu Kopf stieg.

»Und was hast du heute den Tag über so gemacht?«, wollte Roger wissen.

Ella überlegte kurz. »Ich habe eine Erfolgsmeldung.« Sie lächelte.

Roger lächelte zurück. Seine Augen suchten ihre, und Ella fand es faszinierend, wie sich sein Gesicht mit diesem eindringlichen Blick veränderte. Wenn er sie so ansah, öffnete er sich, und es war ihr, als könnte sie durch diese Augen hindurch direkt nach seinem Herzen greifen. Gleichzeitig spürte sie, wie auch sie freier wurde.

Der Kellner kam mit einer kleinen Vorspeise, und Ella war froh über die Unterbrechung. Das kann doch nicht sein, dachte sie. Was passiert da mit mir? An welchen Fäden zieht Roger, dass ich mich so sehr auf ihn einlasse?

»Und welche Erfolgsmeldung ist es?«, fragte Roger, während er die Gabel in die Hand nahm, ohne den Blick von ihr zu nehmen.

»Ich habe die Künstlerin gefunden, nach der ich gesucht habe.«

»Perfekt!« Roger lächelte ihr zu. »Und konnte sie etwas zu dem Bild sagen, das du suchst?«

»Nein, nicht wirklich, aber sie malt jetzt eins für mich.«

»Und was für eine Art von Bild? Landschaft? Portrait? Abstrakt?«

»Ich habe mich in eine Servierplatte mit alten Mustern verliebt, und daraus macht sie ein Gemälde.«

Roger nickte. »Hört sich interessant an. Dann hast du eine entsprechende Wohnung für ein solches Gemälde?«

Ella schüttelte langsam den Kopf. »Eigentlich nicht. Eigentlich wollte ich etwas völlig anderes.«

»Ja«, sagte Roger. »Wenn das Wort eigentlich nicht wäre …« Er zeigte auf ihren Vorspeisenteller. »Guten Appetit, mon amour, es wäre schade, wenn die schöne Elchterrine kalt würde, denn *eigentlich* sollten wir sie warm genießen.«

133

Ella nahm ihre Gabel auf.

Er hatte recht. Und was interessierten ihn Inger, Malin und Moritz? Seine Welt war das Reich der Phantasie. Und vielleicht noch die Welt der Liebe.

Bei diesem Gedanken lächelte sie und freute sich auf die kommende Nacht.

Mittwoch

»Ben, ich muss dir etwas sagen.«

Am anderen Ende der Leitung war es still.

»Ben? Bist du noch da?«

»Ich bin da.« Seine Stimme klang sonderbar. Anders als sonst, tiefer. Er räusperte sich. »Ist es so weit?«

»Was ist so weit?«

»Willst du dich von mir trennen?«

Die Frage war so direkt, so treffend, dass Ella einen Moment sprachlos war. Eine schwerwiegende Frage. Wollte sie das wirklich? Wollte sie sich wirklich von Ben trennen, nur wegen einer Bekanntschaft? Einer Affäre? War es das überhaupt, eine Affäre? Ihre Gedanken gingen zurück. Es war eine wunderschöne Nacht gewesen, prickelnd bis in die Zehenspitzen, aber sollte sie deshalb ihre Liebe zu Ben aufkündigen?

»Es ist etwas vorgefallen«, sagte sie.

»Ich habe mir das schon gedacht.«

»Warum?«

»Du hast dich nie gemeldet, und wenn, dann hast du anders geklungen.«

So gut kannten sie sich also. Konnte man eine solche Beziehung aufgeben? Würde es Roger seiner Frau erzählen? Oder seiner Freundin oder wem auch immer?

»Es ist einfach passiert.«

»Was genau ist passiert?« Er klang traurig, hoffnungslos.

»Ich habe einen anderen Mann kennengelernt.«

Es war kurz still.

»Liebst du ihn?«, wollte Ben wissen.

Ella wollte es nicht, aber sie musste lachen.

»Wie kann man jemanden lieben, den man eben erst kennengelernt hat?«

»Aber du warst mit ihm im Bett.«

»Ja, das war ich.«

»Das ging schnell.«

Ella sagte nichts. Ja, das war wirklich schnell gegangen.

»Es tut mir leid.«

Wieder war es still.

Es tut mir leid, hatte sie gesagt. Ja, es tat ihr wirklich leid. Alles tat ihr leid. Dass es mit Ben so gekommen war, dass sie ihn nicht mehr wie früher lieben konnte, dass sich ihre Gefühle so verändert hatten – auch ohne Roger wäre es zu Ende gegangen. So war es eben nur schneller passiert.

»Wenn du dich in unserer Beziehung noch wohlgefühlt hättest, wäre es nicht passiert?«

»Dann wäre es sicher nicht passiert.«

»Warum?«

Warum? Eine Handydiskussion zwischen Deutschland und Schweden, dachte sie. Woran scheiterten Beziehungen? Dass sich einer zu wenig geliebt fühlt, die kleinen Erwartungen nicht erfüllt werden, die großen auf die lange Bank geschoben, dass man sich selbst belügt, indem man sich Dinge an dem anderen schönredet. Und wenn eine verliebte Frau in ihrem Partner den Traummann sehen will, dann tut sie das bedingungslos, bis sie plötzlich ernüchtert feststellt, dass sie ihn idealisiert hat.

In den letzten Monaten hatte sie ihn idealisiert. Sie wollte ihn nicht so sehen, wie er wirklich war.

»Es hat sich eingeschlichen, Ben. Und ich kann meine Gefühle nicht ordnen, aber ich will dir und mir nichts vormachen.«

»Wird das eine längere Geschichte … mit ihm?«

Sie sah ihn vor sich, sein treues Gesicht und die traurigen Augen. Aber sie durfte jetzt nicht einknicken. Mitleid war eine schlechte Basis für eine Beziehung.

»Es hat mit ihm nichts zu tun, Ben, er war nur gerade zum richtigen Zeitpunkt am richtigen Ort.«

»Was kann ich tun?«

»Lass uns darüber reden, wenn ich zurück bin. Und mach dir keine Sorgen um mich. Ich bleibe die Alte, und du bleibst so oder so in meinem Herzen.«

Sie meinte, was sie sagte. Ben war tief in ihr verankert. Aber eben nicht ihr Mann für die Zukunft.

»Es tut weh«, sagte er.

»Mir auch«, entgegnete sie.

Als Ella das Smartphone weglegte, war es ihr regelrecht übel, und sie wusste, dass es Ben ähnlich ging. Sie hatte die Nacht bei Roger verbracht, wenig geschlafen, viel geliebt und erstaunlich viel geredet. So empfand sie es wenigstens. Er war ein Romantiker, das hatte sie nun verstanden. Seine Welt war irgendwie zweigeteilt. Auf der einen Seite blutrünstige Krimis, auf der anderen Seite die heile Welt der Liebe, der Freunde, der Familie. Einer, der abends die Kerzen anzündet und seine Liebste bei Vollmond in den Arm nimmt.

Jetzt stand sie in ihrem Zimmer und drehte sich langsam um die eigene Achse. Dort lockte ihr aufgedecktes, unberührtes Bett. Es war acht Uhr morgens, Roger wollte sich einige Schauplätze anschauen, das brauche er für seine Handlung, hatte er ihr erklärt. Ella war sich nicht sicher, was sie wollte. Doch, eigentlich wusste sie es: Sie hätte große Lust, Inger anzurufen und nach Moritz zu fragen. Das brannte ihr unter den Nägeln.

Dann hätte sie sicherlich nie mehr ein Wort erfahren.

Warum aber eigentlich nicht, fragte sie sich plötzlich. Sie wusste ja nicht, unter welchen Umständen Inger ihr Modell kennengelernt hatte.

Ella zog sich aus, hängte Jacke und Hose auf, streifte den Rest ab und ließ sich dann einfach rücklings aufs Bett fallen. Ein paar Minuten konnte sie sich noch gönnen. Sogar noch fast zwei Stunden, dann würde es mit dem Frühstück knapp werden. Sie zog sich die Decke bis zu den Ohren. Das Portrait war aus der Ausstellung verschwunden. Sicher nicht ohne Grund.

Sie griff nach dem Smartphone und wählte Maxis Nummer.

Eine reichlich verschlafene Kinderstimme meldete sich.

»Maxi? Hier ist Ella.«

»Ella?«

Ella sah vor sich, wie Maxi sich schlaftrunken sammelte.

»Ist was passiert? Bist du nicht in Schweden?«

»Schläfst du noch?«

»Jetzt nicht mehr.«

Ella lächelte und richtete sich im Bett auf. »Maxi, kannst du mir heute einen Gefallen tun?«

»Ja … was ist denn … Nein, Jimmy, Jiiiimmy, nein, komm her, lass!!! Wir gehen gleich … ahhh«, sagte sie leicht genervt in den Hörer, »jetzt hast du ihn aufgeweckt, und ich war so froh, dass er endlich eingeschlafen war.«

»Jimmy ist doch kein Baby!«

»Nein, er ist schlimmer! Ich kenne kein Baby, das so an seiner Mutter hängt wie Jimmy an mir. Kaum rege ich mich, muss er mich beschützen … Jiiimmy, alles ist gut …«

»Ja, also unabhängig von Jimmy, Maxi, hörst du mir zu?«

»Ja, unabhängig von Jimmy …«

»Geh doch bitte mal in die Galerie und frag nach, warum das Portrait von Moritz nicht mehr da ist. Ich schicke es dir als Foto aufs Handy, falls sich die Galeristin nicht mehr erinnern kann.«

»Aber für Detektivarbeit ist doch eher meine Mutter zuständig.«

»Das wäre mir zu förmlich.«

»Ja, okay, Ella, du weißt ja, eine Hand wäscht die andere.«

»Eben«, sagte Ella. »Ich habe deine ja schon gewaschen!« Den leicht augenzwinkernden Unterton musste sie verstehen, dachte Ella. Und als nur noch ein: »Na ja, stimmt ja«, zurückkam, kuschelte sich Ella in ihr Kissen und spürte, dass die Dinge nun endlich voranschritten.

Zwei Stunden später klingelte ihr Smartphone. Ella fuhr aus dem Tiefschlaf hoch.

»Die Galerie hat noch zu«, berichtete Maxi, »aber die Putzfrau war schon da, und sie hat mir gesagt, dass es wohl einige Aufregung wegen des Portraits gegeben hat. Eine Kundin hat es gekauft, obwohl es gar nicht ausgezeichnet war. Die Galeristin hat einfach den Preis der anderen Portraits angesetzt, aber dann kam der Anruf aus Schweden.«

»Ach du lieber Himmel«, sagte Ella. »Und wo ist das Bild?«

»Weg.«

»Weg?«

»Ja. Verschwunden. Angeblich weiß keiner, wo es ist.«

»Und diese … ominöse Frau hat schon bezahlt? Wer ist sie?«

»Das konnte mir die Putzfrau natürlich nicht sagen. Sie ist schließlich zum Putzen da.«

»Aber offensichtlich hat sie auch noch gute Ohren.«

Maxi lachte. »Ja. Das Bild wurde bar bezahlt und ist weg. Schon komisch.« Sie machte eine Pause. »Und warum interessiert dich das so brennend? Was ist mit dem Bild?«

»Das erzähle ich dir, wenn ich zurück bin.«

»Und könnten wir dann … ich meine, der Allergiebruder ist noch da … und Jimmy würde gern mal wieder bei dir übernachten.«

Ella lachte. »Klar«, sagte sie, »Jimmy ist halt auch nur ein Mann.«

Halb elf, das Frühstück hatte sie nun eindeutig verpasst. Macht nichts, irgendwo würde sie sicherlich noch einen Kaffee und ein Croissant bekommen. Aber was konnte sie heute erreichen? Wie würde sie näher an die Geschichte rund um Moritz herankommen?

Als sie an die Rezeption kam, winkte ihr Siri zu. Ella begrüßte sie, aber Siri hatte mehr für sie.

»Schon interessant«, sagte sie, »meine Mutter hat nun doch eine Inger Larsson gefunden, die wohl Malerin ist.«

Ella nickte. »Ja, ich auch.«

»Ach?« Siri schaute sie erstaunt an. »Auf einer der kleinen Schäreninseln bei … ?«

»Ja, ich war gestern bei ihr.«

Siri nickte anerkennend. »Du bist ja die reinste Detektivin.«

Ella wehrte ab. »Ein bisschen Zufall war auch dabei.«

»Und hast du dort einen Mann gesehen?«

»Einen Mann?« Ella legte die Stirn in Falten. »Was für einen Mann?«

»Es war dort zeitweise ein Mann mit angemeldet. Hätte ja sein können …«

Ella überlegte. Konnte es möglich sein? »Nein«, sagte sie gedehnt. »Es war nur ihre Schwester dort.«

»Ihre Schwester?« Jetzt sah Siri überrascht aus. »In den Daten, die meine Mutter gefunden hat, steht nichts über eine Schwester.«

»Dann ist es eine andere Inger Larsson.«

Sie schauten sich an. Siri zuckte mit den Schultern. »Wie viele malende Inger Larssons kann es geben?«

»Also keine Schwester, aber ein Mann.«

Ellas Smartphone meldete eine SMS. »Hab dir eine Mail geschrieben«, las sie. Ihr erster Gedanke war, Ben wolle noch für eine Weiterführung der Beziehung kämpfen. Aber dann sah sie, dass Steffi gesimst hatte. Das tut gut, dachte sie, endlich ein vernünftiger Mensch, der die Dinge neutral sieht.

»Meine Freundin aus Amerika hat geschrieben«, sagte sie zu Siri, »dann gehe ich noch mal rasch an mein Netbook.«

»Soll ich dir ein Frühstück hochschicken lassen?«

Das hörte sich verlockend an. »Cappuccino und Croissant?«

Siri nickte grinsend. »Klar doch.«

Steffi äußerte sich in ihrer Mail bestürzt über Ellas Forscherdrang. Ob es nicht besser sei, Geister ruhen zu lassen, und es könne doch auch gefährlich werden – so alleine in einer fremden Stadt.

Ella musste kurz überlegen, was sie ihrer Freundin von zu Hause aus geschrieben hatte. Soweit sie sich erinnerte, hatte sie sich nur über das Portrait ausgelassen, in dem sie Moritz zu erkennen glaubte, und dass sie die Malerin in Stockholm aufsuchen würde. So richtig gefährlich konnte das ja nicht sein.

»Mach dir keine Gedanken«, schrieb sie zurück. »Es lässt sich alles eher gemütlich an. Bisher habe ich noch keine Gefahr erkannt, und dass du mich vor einer Großstadt warnst, ist ja lustig. Du bist in New York, da dürften tausendmal mehr Gefahren lauern als in Stockholm.«

Steffi schrieb sofort zurück: »Ella, Moritz ist doch tot. Du jagst einem Phantom nach und stürzt dich ins Unglück! Wenn ich jetzt nur bei dir sein und dich abhalten könnte, wer weiß, was noch passiert.«

Ella schüttelte verwundert den Kopf und tippte:

»Sei nicht so ängstlich. So kenne ich dich ja gar nicht. Mir passiert schon nichts, und wenn Moritz ein Phantom ist, dann werde ich das schon früh genug merken.« Ella dachte kurz über ihre Freundin nach. Vielleicht machte die Entfernung ja wirklich ängstlich. Sie beschloss, ihr nur noch die Dinge mitzuteilen, die schon feststanden, dann musste sie sich keine unnötigen Gedanken machen. Wie Ben, dachte sie, und bei dem Gedanken verkrampfte sich ihr Magen. Hatte sie nicht gerade noch: »Ich liebe dich«, zu ihm gesagt? Wie konnte er damit umgehen? Kein Mensch konnte mit so was umgehen. Für ihn war sie doch der Schatz, der gehütet werden musste. Würde er noch einen klaren Gedanken fassen können? War er möglicherweise schon auf dem Weg zu ihr?

Ella starrte auf den Bildschirm. Hoffentlich tat er sich nichts an.

Sie nahm spontan ihr Smartphone und rief ihn an.

»Ben?«

»Ella?« Seine Stimme lag zwischen tiefer Trauer und aufflammender Hoffnung.

»Ben, ich wollte dir nicht wehtun. Unsere Liebe ist etwas Einmaliges, und du bist ein wunderbarer Mensch.«

»Ja …« Es klang abwartend, verhalten.

»Und du hast eine solche Geschichte«, sie stockte kurz, aber es war ihr kein besseres Wort eingefallen, »nicht verdient. Aber ich kann es auch nicht ändern, es ist über mich hereingebrochen. Vielleicht ist es sogar ganz und gar ohne Bedeutung, aber das weiß ich nicht.« Wieder hielt sie kurz inne. »Trotzdem möchte ich nicht, dass du dich quälst, verstehst du?«

Ach Gott, sie hätte ihm gar nichts sagen sollen, natürlich quälte er sich.

»Ich versuche, mit der Situation klarzukommen.«

»Besprich dich mit Andreas.« Andreas war sein bester Freund. Vielleicht tat ein Männergespräch gut.

»Da gibt es nichts mit Andreas zu besprechen. *Wir* besprechen das, wenn du zurück bist.«

»Gut. Das machen wir.«

Mit flauem Gefühl beendete sie das Gespräch. Es war, als hätte sie mit einem fremden Menschen telefoniert. Wo war die Vertrautheit hin, die Harmonie?

Es klopfte, und der Cappuccino und das Croissant kamen. Eigentlich war ihr der Appetit restlos vergangen, aber sie nahm das kleine Tablett in Empfang und setzte sich ans Fenster.

So, dachte sie, Pause. Jetzt kannst du deine Gedanken sortieren. Bei Inger war zeitweise ein Mann gemeldet. Gut, dass konnte jeder sein. Ihr Bruder, ein Liebhaber, ein Cousin, wer auch immer. Aber eine Schwester, die keine Schwester war?

Ella aß ihr Croissant, trank den Cappuccino, schaute dabei auf die belebte Straße und versuchte, alle Gedanken abzuschütteln. Vielleicht war es ja wie mit einer vollgeschriebenen Tafel. Wenn sie abgewischt wurde, konnten neue Buchstaben und Formeln Platz finden, konnten neue Gedanken und neue Ideen entstehen. Aber Ella spürte nur, dass ein Gefühl in ihr immer stärker wurde: Sie musste noch einmal zu der Galerie. Warum, das hätte sie nicht beantworten können. Das Gefühl war einfach da, ein unbestimmter Drang, dort noch einmal hinzugehen. Und zwar gleich.

Sie stand auf und wollte ihr Netbook herunterfahren. Aber es war noch eine Mail eingegangen. »Mach keinen Blödsinn«, las sie und: »Halt mich auf dem Laufenden.« Ella grinste. Das war ihre alte Steffi. »Sure«, schrieb sie zurück. Sicher. Das war ihr Losungswort für jeden Unfug ihrer Jugendjahre gewesen. Bei Gelegenheit würde sie ihr auch über Inger und Malin schreiben, aber erst wenn sie mehr wusste.

Siri winkte ihr zu, als sie aus dem Hotel ging, und Ella fand es interessant, wie schnell sie sich an einen neuen Ort und an neue Menschen gewöhnte. Bisher hatte sie sich als sehr bodenständig eingestuft, und jetzt stellte sie fest, dass sie direkt wechseln könnte. Ein Jahr in Schweden, warum nicht?

Diesmal fand sie die Galerie schnell. Der kleine Spaziergang tat ihr gut, sie fühlte sich frischer und wacher. Vielleicht würde sie heute ja einen Schritt weiterkommen?

Ella blieb auf der anderen Straßenseite stehen, in dem Hauseingang, den sie schon einmal benutzt hatte. In der Galerie brannte Licht, aber trotzdem sah sie verlassen aus. Erstaunlich, dachte Ella, wie konnte man mit so einem Geschäft nur einen Gewinn machen? Oder lag das Geld im Transfer der Künstler? Verdiente man mit einer Inger Larsson in Deutschland mehr?

Ella wagte sich aus ihrem Versteck heraus und ging an den Schaufenstern vorbei. Vor dem Antiquitätengeschäft an der Ecke blieb sie stehen. Ihre Servierplatte war bereits wieder ausgestellt, also hatte Malin sie heute Morgen schon vorbeigebracht. Und jetzt hatte sie ein Gemälde bestellt, dachte sie, so ein Blödsinn für so viel Geld. Aber die Ereignisse hatten sich überschlagen, und dieser Auftrag war die einzig gute Ausrede. Was soll's also, sagte Ella sich, dann hast du jetzt eben ein Blumenmustergemälde, eine kleine Erinnerung an Schweden.

Aber die Servierplatte hätte sie trotzdem gern behalten.

Kurz entschlossen ging sie erneut in das Antiquitätengeschäft. Der Stuhl, in dem der alte Mann gesessen hatte, war leer, und auch sonst war niemand in dem Geschäft zu sehen.

»Hallo?«, rief Ella und sah sich ein bisschen um. Es war gar nicht so leicht, einen Überblick zu bekommen, so viele Dinge, die erst bei genauer Betrachtung zu wirken begannen. Eine kleine weibliche Bronzefigur mit Pfeil und Bogen. Ella nahm sie in die Hand, sie war wunderschön gearbeitet, eine kleine Amazone. Sie suchte nach einem Preis, fand aber wieder keinen.

»Eintausenddreihundert«, sagte da eine Stimme hinter ihr. »Ein sehr schönes Stück aus England, Entstehungszeit etwa 1890.«

Ella drehte sich um. Hinter ihr stand eine untersetzte Frau mittleren Alters und lächelte sie freundlich an.

»Kostet bei Ihnen alles eintausenddreihundert Kronen?«

Das runde Gesicht der Frau erinnerte Ella an das Porzellangesicht einer alten Puppe, so war es auch geschminkt, leichtes Rouge und blauer Lidschatten. Jetzt lag ein fragender Ausdruck darin.

»Ja, ich habe gestern die Servierplatte mit dem Blumenmuster gekauft, die kostete auch eintausenddreihundert Kronen.«

»Ach, Sie waren das?« Jetzt sah die Frau nur noch neugierig aus.

»Ja, ich.«

Sie drehte sich schnell zum Fenster hin. »Die war ja auch viel zu billig hergegeben. Mein Mann hat leider nicht viel Ahnung.«

Ella nickte. »Das hat er auch gar nicht behauptet …«

»Und war mein Vater auch da?«

»Ja, aber er wollte sich nicht einmischen, glaube ich.«

Die Frau stöhnte kurz, dann sah sie Ella direkt in die Augen.

»Ich bin Linda Hölgerson«, sagte sie kurz. »Malin hat heute Morgen die Servierplatte zurückgebracht. Sie sagt, Sie

146

hätten bei ihrer Schwester ein ganzes Blumengemälde danach bestellt?«

»Ja, das habe ich«, bestätigte Ella. »Ich wundere mich nur, wie Inger das Gemälde ohne Vorlage malen will …«

»Sie hat die Servierplatte abfotografiert, das macht sie manchmal.«

Ella dachte an Margareta. Sie hatte behauptet, nie von Inger porträtiert worden zu sein. Vielleicht war das Gemälde ja wirklich so entstanden? Auf dem Marktplatz beim Singen abfotografiert, mit einem Teleobjektiv aufgenommen? Dann brauchte sie das Modell nicht zu bezahlen, und in ausländischen Galerien konnten diese Portraits verkauft werden, ohne dass der Porträtierte je darauf kam.

Ihr wurde heiß. Das würde bedeuten, dass Inger Moritz vielleicht gar nicht kannte? War Inger die falsche Spur?

Hatte sie ihn ebenfalls irgendwo beobachtet und einfach fotografiert? Aber er war so gut getroffen, es war nicht nur sein Äußeres, das sich in diesem Portrait spiegelte, es war sein ganzes Ich.

»Oder wollen Sie sie nicht?«

Ella fasste sich. Lindas Blick war erwartungsvoll.

»Entschuldigen Sie, was möchte ich nicht?«

»Die Figur.«

»Die Figur?«

Linda wies auf die Bronzefigur, die Ella noch immer in den Händen hielt.

»Ach ja, die Figur.« Ella hielt sie hoch, um sie noch einmal genau zu betrachten, aber sie konnte sich nicht konzentrieren. »Sagen Sie, Linda, ich habe bei Inger ein sehr gutes Portrait gesehen. Sie hat ihren Vater gemalt, sagt sie.

Das Portrait war nicht schön, aber hatte eine starke Ausstrahlung. Es hat mich berührt.«

Lindas Puppengesicht bekam einen nachdenklichen Ausdruck. »Ja, ich denke, das ist ihre Stärke. Die Dinge nicht zu malen, wie sie sind, sondern wie sie sie sieht.« Sie lächelte kurz, und trotz des schummrigen Lichts des kleinen Ladens glitzerten ihre Augen. »Sie hat eine Begabung, das Verborgene aufzuspüren. Würde sie schreiben, wäre sie die Mystery-Queen.«

»Die Mystery-Queen?« Ella war wirklich überrascht. »Warum denn das? Mystisch sah es bei ihr ganz und gar nicht aus, eher nordisch gemütlich.«

»So wie man sich das in Deutschland vorstellt?«

War das ein Angriff? Ella war sich nicht sicher. Sie zuckte die Schulter. »Warum nicht?«

Lindas Lächeln schien maliziös.

»Inger ist die Geheimnisvolle auf der Insel. Man munkelt, dort an ihrem Haus habe sich ein Mann zu Tode gestürzt. Über die Felsen ins Wasser. Um Mitternacht. Aber es hat keine Untersuchung gegeben, weil niemand vermisst gemeldet wurde. Verstehen Sie?«

Ellas Gedanken überschlugen sich.

»Malin ist ihr Schlüssel zur Welt. Malin ist wie eine Schwester.«

Ella hakte nach: »Ach, ich dachte, Malin ist ihre Schwester.«

»Vielleicht ist sie auch eine, eine Halbschwester dann. Aber das weiß nur der Vater.«

»Der Vater? Doch eher die Mutter?«

»Es wird nicht darüber gesprochen.«

Ella drehte die Figur in ihrer Hand. »Das hört sich in der Tat mystisch an«, sagte sie schließlich. »Und ein Mann soll sich dort zu Tode gestürzt haben? Wegen ihr? Eine Liebesgeschichte?«

»Niemand weiß, ob es dort je einen Mann gegeben hat.«

Gemeldet war einer, dachte Ella sofort. »So etwas bleibt doch nicht verborgen ...«

»In den Schären bleibt vieles verborgen.«

Ella glaubte ihr kein Wort. Sie war mit Malin befreundet, also wusste sie auch, was bei Inger vor sich ging. Sie spielte ein Spiel mit ihr.

Ella streckte ihr die Figur entgegen. »Ich möchte sie haben«, sagte sie, um nicht nur Fragen zu stellen. »Sie gefällt mir!«

Linda nickte. »Sie scheinen ein sicheres Gespür für meine Lieblingsstücke zu haben.«

»Oh«, Ella zog sie wieder zurück, um sie nochmals zu betrachten. »Geben Sie die auch nicht her? Soll ich sie von Inger malen lassen?« Gute Überleitung, dachte sie.

Linda nahm ihr die Figur ab. »Nein, schon gut, von irgendetwas müssen wir ja leben.«

»Gibt es außer dem Vater denn noch mehr Portraits von Inger?«

»Das weiß ich nicht. Ich habe ja ein Antiquitätengeschäft und keine Galerie.«

Ella deutete über die Straße. »Sind Sie hier alle miteinander befreundet?«

Linda ließ sich Zeit mit einer Antwort. Sie schaute kurz zur Straße, als ob sie jemanden erwarten würde, dann zur halb offenen Tür, dann wieder zu Ella.

»Sie stellen ganz schön viele Fragen. Warum interessiert Sie das alles so?«

Ja, warum?

»Vielleicht habe ich als Kind zu viele Märchen gelesen«, fand Ella schließlich eine Antwort. Und sie hatte das Gefühl, dass sie das noch ein bisschen ausführen musste. »Ich dachte nämlich immer, dass ich zwei sei. Zwei Mädchen statt einem. Oder zwei in einem Körper. Und vielleicht hat das meinen Sinn für Geschichten angeregt.«

»Interessant«, sagte Linda. »Ein Zwilling.«

»Ja, vielleicht.«

»Ja, dann eintausenddreihundert Kronen bitte, und behandeln Sie sie gut.«

»Aber ganz sicher!«

An der Kasse sah Ella die runden Emailleschilder mit der fauchenden Scherenschnittkatze liegen.

Sie waren ein guter Grund, noch einmal zurückzukommen.

Vor der Galerie blieb Ella stehen. Ob Anna sie wiedererkennen würde? Im Moment waren einige Leute in der Galerie, Ella sah durch die Scheibe, wie ein eng umschlungenes Paar von einem Bild zum anderen schlenderte. Und drei Frauen fachsimpelten vor einem mannshohen Gemälde, das nach Ellas Kunstverstand nur aus roten, grünen und blauen Strichen bestand. Sie schaute eine Weile von der anderen Straßenseite aus zu, dann schweiften ihre Gedanken ab.

Inka, dachte sie. Inka, wenn du jetzt irgendwie bei mir bist, dann gib mir einen Anhaltspunkt, zeig mir einen Weg zu Moritz. Im Moment weiß ich nicht mehr weiter. Hat Inger ihn gekannt oder nur durch Zufall fotografiert? Oder war er bei ihr und ist tot? Über die Felsen ins Wasser … Welche Ironie des Schicksals.

Oder denke ich zu kompliziert? Baue ich Umwege, wo ich geradeaus könnte? Hätte ich Inger ganz einfach nach Moritz fragen können? Der Gedanke ließ Ella nicht los.

Kurz entschlossen nahm sie ihr Smartphone und rief Inger an. Sie musste es lange läuten lassen, bis jemand abnahm.

»Med Inger.«

»Hier ist Ella. Ich war gestern bei Ihnen.«

»Ja, ich weiß, wer Sie sind.« Kurze Pause. Dann mit einem verhaltenen Lachen in der Stimme: »Ihr Bild ist noch nicht fertig.«

Ella lachte auch. Und legte los: »Heute Morgen hat mich eine ehemalige Schulfreundin angerufen, die nun in Frankfurt wohnt. Sie ist sehr kunstinteressiert und war bei einer Ausstellung, und sie schwärmte mir vor.« Sie hielt kurz inne. »Von Ihnen!«

Inger lachte nun wirklich. »Ja«, sagte sie, »das soll es geben.«

»Aber so ein Zufall!«

»Es gibt keine Zufälle.«

»Ein Bild hat sie besonders elektrisiert, ein Portrait.«

Ingers Stimme klang eine Nuance dunkler. »Es hängen einige Portraits dort.«

»Das Portrait eines gemeinsamen Klassenkameraden. Sein Name ist Moritz. Moritz Springer.«

Es war kurz still.

»Moritz Springer? Das sagt mir nichts.«

»Komisch.«

151

»Sie muss sich wohl getäuscht haben. Ich habe keinen Moritz gemalt.«

Sollte sie ihr letztes As aus dem Ärmel schütteln und von dem Foto erzählen? Aber von dem Foto wusste Inger ja schon. Anna hatte das doch wohl vor ihren Augen in der Galerie mit Malin diskutiert und Malin anschließend mit Inger.

Es war vielleicht doch keine gute Idee gewesen, so mit der Tür ins Haus zu fallen.

»Gut«, lenkte sie ein und bemühte sich, einen heiteren Ton anzuschlagen, »unser Abitur ist ja auch schon länger her, und seitdem haben wir ihn nicht mehr gesehen. Da hat sie wahrscheinlich was verwechselt.«

»Wahrscheinlich hat sie das.«

Ella überlegte, was sie nun sagen könnte.

»Aber wenn Sie beim Entstehen Ihres Bildes zuschauen wollen, können Sie gern auf eine Tasse Tee vorbeikommen.«

Ella traute ihren Ohren nicht.

»Ist das Ihr Ernst?«

»Natürlich ist es mein Ernst.«

»Und was kann ich mitbringen?«

»Vielleicht eine Flasche Rotwein?«

Ella steckte ihr Smartphone ein und sah sich um. Rotwein. Den bekam man hier doch nur in besonderen Läden. Aber das würde sie auch noch hinkriegen. Kaum zu glauben, dachte sie, jetzt musste sie Steffi wirklich mal an die Strippe bekommen. Skypen, heute Abend, das wäre eine Option. Mittagszeit in New York, das müsste passen. Steffi, dachte sie, das wäre mega, wenn du jetzt hier wärst. Wir beide zusammen würden das Kind schon schaukeln.

Sie schickte ihr schnell eine SMS. »Vermiss dich!«

»Miss you too«, kam zurück. Anscheinend war sie schon voll amerikanisiert.

»Vielleicht bin ich Moritz schon ganz nah.« Ella hatte es schon getippt, als ihr Steffis letzte Mail einfiel, ihr Satz, man solle Gespenster ruhen lassen. Sie wollte sie nicht ängstigen und löschte den Satz. Inka, dachte sie dabei, warst du das? Die Zeile war so spontan aus ihr herausgeflossen, so ohne eigenes Zutun, dass es ihr selbst unheimlich wurde.

Es ist helllichter Tag, sagte sie sich, du stehst in einer gewöhnlichen Altstadtgasse in Stockholm, um dich herum sind Menschen, du bist du, und du isst jetzt keine Salami, nur weil Inka sie mag.

Bei diesem Gedanken lief sie los. Vielleicht werde ich langsam verrückt, dachte sie, während sie den Weg zur U-Bahn einschlug. Vielleicht fängt so was ja mit vierunddreißig an, eine besondere Form von Schizophrenie, eine Zwillingsschizophrenie?

Ella kannte sich mit Rotwein nicht besonders gut aus, deshalb orientierte sie sich am Preis. Der war sowieso schon recht hoch, also kaufte sie eine Flasche für hundertfünfzig Kronen. Fünfzehn Euro, dachte sie, aber dafür ist es ja hoffentlich ein guter. Außerdem lockerte Rotwein sicher die Zunge.

Sie staunte über sich selbst, wie traumwandlerisch sicher sie den Weg fand. Zwei Stationen mit der U-Bahn, dann in den Zug, und bei dem markanten Bahnwärterhäuschen stieg sie über eine Stunde später wieder aus, die Hauptstraße entlang zur Fähre, und schließlich kam sie sich wie ein alter Hase vor, als der Kapitän sie begrüßte. Er trug denselben Pullover wie am Vortag und hatte gerade angelegt, als Ella kam.

»Hat es Ihnen so gut gefallen?«, wollte er freundlich wissen, während er Kautabak zwischen seinen Wangen hin und her schob. Ella beschloss, die Situation auszunutzen. »Ich war tatsächlich bei Inger Larsson«, verkündete sie.

»Aha.« Der Mann schaute sie an und schwieg.

»Der Malerin«, setzte Ella nach.

»Ich weiß, wer Inger Larsson ist.«

»Dachte ich mir.«

Er schwieg, und ihr Blick folgte seinem. Er schaute in den Himmel. »Es wird Regen geben.«

Das war Ella egal. Sie hatte vorgesorgt, in der Zwischenzeit kannte sie sich aus.

»Wollen Sie?« Er hielt ihr den Vorhang zur Passagierkabine im Schiffsrumpf auf.

»Was ist mit Inger Larsson?« Jetzt setze ich alles auf eine Karte, dachte Ella. Jetzt oder nie.

»Was soll mit ihr sein?« Er kratzte sich durch seine Wollmütze am Kopf und schaute die Straße hinunter. Wahrscheinlich wäre es ihm lieber, wenn jetzt noch ein paar Fahrgäste kämen, dachte Ella, dann muss er nicht mit mir reden.

»Sie ist doch eine berühmte Malerin.«

»Ist sie das?«

»Natürlich. Gerade hat sie eine Ausstellung in Frankfurt.«

»Ah, deshalb.«

Jetzt schien er etwas aufzutauen.

»Wie, deshalb?«

Er schien beschlossen zu haben, dass niemand mehr kommen würde, löste die Leinen vom Steg, stieß sein Schiff ab und ging die wenigen Schritte nach vorn ins Steuerhäuschen.

Ella lief ihm hinterher.

»Was meinen Sie mit *ah, deshalb*?«

Er wendete und ließ sein Boot gemächlich in Richtung der vielen kleinen Inseln tuckern.

»Deshalb war heute Morgen schon ein Herr hier und hat nach ihr gefragt.«

»Ein Herr?«

Er nickte. Ella glaubte nicht recht zu hören. »Und was genau hat er gewollt, der Herr?«

»Er wollte wissen, wo sie wohnt.«

»Und haben Sie es ihm gesagt?«

»Weiß ich, was er will? Wenn er ein Bild kaufen will, kann er das über Malin tun, sie organisiert das alles. Weiß ich, was so ein Mann will?«

Ella verbiss sich ein Grinsen. »Dann haben Sie es ihm nicht gesagt?«

»Nein.«

»Aber gefragt, warum er es wissen will?«

»Nein.«

»Nein?« Das wäre ihr nicht passiert. »Wie sah er denn aus?«

»Was habt ihr bloß plötzlich alle mit Inger Larsson?«

»Wieso alle?«

»Ja, Sie sind doch auch da.«

Stimmt, dachte Ella, dann wären wir schon zwei.

Inger öffnete ihr die Tür. Ihre samtblauen Augen glänzten, und ihr voller Mund hatte sich zu einem fröhlichen Begrüßungslächeln geöffnet.

»Sie machen mir richtig Freude«, sagte sie, kaum dass sie Ella die Hand zur Begrüßung gereicht hatte.

»Ich mache Ihnen Freude?«

Ella war erstaunt, freute sich aber über die unbeschwerte Stimmung.

»Ja, die Vögel inspirieren mich, und die ganze Arbeit mit ihnen und den Blüten und Girlanden macht mir Spaß!« Inger trat zur Seite. »Kommen Sie herein!«

Ella folgte ihr durch die Küche direkt ins Atelier. Tatsächlich, dort auf der Staffelei prangten auf einer großen Leinwand blaue Girlanden, bunte Früchte und Blüten, und die Ansätze eines Vogels waren auch schon zu erkennen.

»Vielleicht entdecke ich ein ganz neues Talent in mir«, sagte sie lachend und zeigte auf Ellas Rotweinflasche, die sie eben aus der Tüte gezogen hatte. »Wollen wir die aufmachen, und Sie erzählen mir etwas über Ihr Leben?«

»Über mein Leben?«

»Ja, über Ihr Leben.«

Ella war verunsichert. Was konnte Inger von ihr wollen?

»Wollten Sie nicht ein Portrait von sich?«

Ella nickte.

»Dann müssen wir eine Flasche Wein miteinander trinken, und Sie erzählen mir etwas aus Ihrem Leben. Von Ihrem jetzigen Leben, von Ihrem vergangenen Leben, Ihrer Jugendzeit, Ihren Ängsten, Ihren Nöten, Ihren Freuden, ihren Hoffnungen.«

Ella schluckte. »Ist das nicht ein bisschen viel auf einmal?«

»Das Leben ist so.« Ingers Blick ging Ella unter die Haut. »Entweder bringt es alles oder nichts.«

Ella rührte sich nicht.

»Wer war beispielsweise Ihre erste große Liebe?«

»Meine erste große Liebe?«

Noch immer standen sie im Atelier, und Ella hielt die Flasche in der Hand. Inger ging voraus ins Wohnzimmer und zeigte auf den Tisch. Zwei Rotweingläser standen da, ein Korkenzieher lag griffbereit, und verschiedene Backwaren in einem Korb deuteten an, dass sich Inger auf eine längere Besuchszeit eingerichtet hatte. Ella wurde immer mulmiger. Im Notfall wusste wenigstens der Fährmann, wo sie abgeblieben war. Aber ob der Fremden gegenüber jemals etwas sagen würde?

»Setzen Sie sich doch!«

Ella setzte sich und sah zu, wie Inger mit wenigen geschickten Handgriffen die Flasche entkorkte. Sie schenkte ein und ließ sich ihr gegenüber nieder.

»Dieser Platz inspiriert mich täglich aufs Neue«, sagte sie. Ja, stimmt, Ella musste zugeben, dass die Aussicht über das Wasser und die kleinen Inseln spektakulär war. Vor allem aus dieser Höhe. Sie hatte den Eindruck, auf gleicher Höhe mit dem Himmel zu sein, der heute ein filmreifes Wolkenspiel lieferte. In drei Schichten bewegten sich die Wolken auf sie zu, oben die langsam dahinziehenden, fast dunkelgrauen Wolken, darunter schnellere, helle Wölkchen und schließlich die Schleierwolken, die sich auffächerten und so tief daherkamen, als wollten sie die Baumspitzen einhüllen.

»Ein bisschen gespenstisch«, sagte Ella.

»O ja, es gibt gespenstische Tage und Nächte hier«, Inger hob das Glas, »aber dieser gehört definitiv nicht dazu.«

Sie stießen an, und Ella dachte, dass sie sich das noch vor wenigen Tagen nicht hätte träumen lassen. Hier saß sie mit Inger Larsson an einem Tisch, in ihrem Haus, mitten in Schweden.

»Und welche Gespenster bewegen Sie?«

Inger hatte ihre samtblauen Augen auf sie gerichtet, und Ella spürte, wie sie sich mit all ihren Gedanken auf sie konzentrierte.

»Meine Gespenster?«, wiederholte sie langsam und senkte den Blick. Ja, in ihrer Vergangenheit gab es Gespenster.

»Meine Zwillingsschwester ist mein Gespenst«, hörte sie sich sagen. »Sie ist während unserer Abifeier ertrunken. Seitdem begleitet sie mich. Manchmal mehr, manchmal weniger. Zeitweise gar nicht. Aber dann weiß ich plötzlich nicht mehr, ob ich sie bin oder sie ich.« Sie stockte und musterte die gehäkelte Decke vor sich. Irgendwie schien sich ihr Gehirn mit dem komplizierten Häkelmuster ablenken zu wollen. Zwei rechts, zwei links und wie dann weiter?

Es war still.

Schließlich sah sie auf.

»Ja, das Leben kann unberechenbar sein.« Inger wandte den Kopf und schaute aus dem Fenster hinaus in die Weite.

»Aber Sie hier«, Ella hob beide Hände, »Sie haben doch die Idylle pur. Sie brauchen ja nichts an sich heranzulassen, das Ihnen irgendwie zusetzt.«

»Sie können die Dinge nicht kontrollieren. Wenn man jung ist, glaubt man das. Später weiß man, dass man sich mit dem Leben arrangieren muss. Keiner konnte es je bezwingen.«

Inger drehte sich zu ihr zurück.

»Sie haben Ihre Zwillingsschwester verloren. Ich habe einen geliebten Menschen verloren. Beide sind ertrunken.«

Sie schob ihr Glas in die andere Hand und sah Ella in die Augen. »Haben Sie Angst vor Wasser?«

Ella zuckte zusammen. Komisch, dachte sie, weshalb erschreckte sie die Frage?

»Nein, eigentlich nicht.« Sie dachte nach. Nein, vor Wasser hatte sie sich nie gefürchtet.

»Dann ist Ihre Schwester in einem glücklichen Moment gestorben?«

»Kann man glücklich sterben, wenn man so jung ist?«

»Vielleicht war der Moment glücklich?«

Ella dachte an Moritz. Hatte Inka ihn geliebt? Sie hatte ihn gemocht, das wusste sie. Aber viele andere Mädchen hatten ihn auch gemocht. War da mehr, als ihre Schwester ihr je eingestanden hatte?

»Sie ist unter Wasser gedrückt worden, die Male am Hals haben es bewiesen. Ich glaube nicht, dass sie dabei glücklich war.«

»Also Mord.«

Es war ein Wort, mit dem sie noch immer nicht umgehen konnte. Nicht in Bezug auf ihre Schwester.

»Und warum wollen Sie das alles so genau wissen? Ich dachte, ich schaue Ihnen beim Malen zu, und da ging es eigentlich um ein fröhliches Motiv.«

»Sie sprachen von einem Portrait. Und wenn ich Sie malen soll, muss ich wissen, woher dieser traurige Ausdruck in Ihren Augen kommt.«

»Meine Augen sind traurig?« Seltsamerweise fiel ihr sofort Roger ein. Der hatte nichts dergleichen gesagt.

»Vielleicht ist es das falsche Wort. Melancholisch. Oder auch nur ein bisschen verhangen.«

159

Inger musterte sie.

»Und Ihre Stirn zeigt, dass Sie schon viel nachgedacht haben.«

»Ich bin vierunddreißig Jahre alt, da hat man die ersten Linien.«

Inger schüttelte nur andeutungsweise den Kopf, langsam, bedächtig, wie sie überhaupt alles mit großem Bedacht tat.

»Das meine ich nicht. Ich meine das, was sich hinter dieser Stirn verbirgt, was arbeitet, was sich bewegt.«

»Haben Sie sich schon einmal selbst porträtiert?«

Ella sah das Bild gut vor sich, diese Augen, dieser Mund, dieser seitliche Blick zu Moritz.

»Ja, aber es ist schwierig. Man hat zu sich selbst ein anderes Verhältnis. Sieht sich anders, als andere das tun, und empfindet sich anders.«

»Und dieser Mann, den meine Freundin in Ihrer Ausstellung gesehen hat, wer ist er?« Wenn er schon nicht unser Schulkamerad sein soll, hätte Ella gern angefügt, aber sie verkniff es sich.

Inger nahm einen tiefen Schluck aus ihrem Glas, dann fuhr sie sich mit fünf gespreizten Fingern durch ihr schweres kastanienbraunes Haar.

»Er ist *mein* Gespenst«, sagte sie schließlich leise.

Ella hielt kurz die Luft an.

»Und wer ist er?« Und sie hörte selbst, dass ihre Stimme anders klang, gepresst, angstvoll und in ihren eigenen Ohren fremd.

Inger gab sich einen Ruck, setzte sich gerade hin, und augenblicklich war die Stimmung eine andere. Jetzt war sie wieder die Starke, die Frau mit der faszinierenden Ausstrahlung, die anderen ein Gesicht gab.

»Er ist Vergangenheit, und wir befinden uns in der Gegenwart. So, jetzt lassen Sie uns an die Staffelei gehen, die Vögel und Blüten und Girlanden warten auf uns.«

Zwei Stunden später fuhr Ella zurück in die Stadt. Sie hatte es nicht herausgefunden, und sie hatte sich, nachdem sie ihre beiden Weingläser mit ins Atelier genommen und Inger schwungvoll nach dem Pinsel gegriffen hatte, auch nicht mehr getraut, nach diesem Mann zu fragen. Sie konnte Inger ja nicht ihr eigenes Portrait zeigen, sie bräuchte ein Foto von damals, aus ihrer Schulzeit. Vielleicht hatte Inger Moritz unter einem anderen Namen kennengelernt? Das war gut möglich. Alles war möglich, und mit jeder Stunde, so hatte sie das Gefühl, gab es mehr Möglichkeiten.

Der Kapitän nickte ihr freundlich zu, suchte aber kein Gespräch, und Ella setzte sich nach unten, weil der Wind ordentlich aufgefrischt hatte und durch ihre Jacke zog. Sie sollte sich einen Strickpullover mit eingebautem Windstopper kaufen, dachte sie, während sie die Arme schützend vor ihrer Brust verschränkte. Sie streckte die Beine aus und betrachtete den Bullerofen vor sich. Ab welcher Temperatur heizte der Kapitän wohl ein? Und ob die Schären im Winter so ohne Weiteres zu befahren waren? Wie aber kamen die Inselbewohner ohne Fährverkehr zu ihren Nahrungsmitteln, ihrer Post und dem anderen täglichen Kram? Sie hätte Lust gehabt, den Kapitän danach zu fragen, aber dann ließ sie es doch. Möglicherweise hätte er daraus geschlossen, dass sie im Winter auch noch hin und her fahren würde. Noch lieber hätte sie ihn gefragt, ob man mit so einer Fähre seinen Lebensunterhalt verdienen konnte. Sie war schon wieder die einzige Passagierin.

Als sie am Bahnhof ausstieg, fror sie wirklich. Nicht weit von ihrem Hotel entfernt hatte sie eine Einkaufsstraße mit einigen großen Läden entdeckt. Das wäre jetzt die Gelegenheit, sich das richtige Schweden-Outfit zu kaufen. Im selben Augenblick fielen ihr die zweitausend Euro für das Blumengemälde ein, für das sie eigentlich keine Verwendung hatte. Sie würde es in der Frankfurter Galerie einfach für dreitausend Euro weiterverkaufen. Der Gedanke heiterte sie etwas auf, wenn es ihr auch nicht sehr realistisch schien.

Komisch, wieso nur hatte sie zur Zeit solche Stimmungsschwankungen? Mal rauf, mal runter, sie kannte sich selbst nicht mehr. War sie vielleicht schwanger? Der Gedanke verursachte ihr weiche Knie. Aber das konnte nicht sein. Sie nahm die Pille, da müsste schon etwas dramatisch schieflaufen. Obwohl, gehört hatte sie von solchen Fällen schon.

Ihr Hotel kam in Sichtweite, Ella beschleunigte ihren Schritt. Es wurde immer dunkler, dichte Wolken kamen wie eine Wand auf sie zu. Sie flüchtete in den Hoteleingang, und gleich darauf prasselte ein sintflutartiger Regen nieder.

»Hej, da hast du ja richtig Glück gehabt!« Siri winkte ihr von der Rezeption aus zu.

Ella winkte ebenfalls und drehte sich um. Draußen war es jetzt wirklich Nacht geworden, und der Regen peitschte in Böen die Straße entlang und prasselte gegen die großen Fenster. Einige Passanten retteten sich ins Hotel, und Ella ging zu Siri.

»Hej, lange nicht gesehen.« Siri hatte ihre blonde Haarpracht zu einem strammen Pferdeschwanz gebunden und sah damit blutjung aus. »Läuft alles gut, bist du zufrieden? Kommst du weiter?« Siri schaute sie neugierig und aufgeräumt an.

Ella überlegte, was sie ihr bisher erzählt hatte. Die Ereignisse überschlugen sich so, dass sie selbst kaum hinterherkam.

»Ich war noch mal bei Inger Larsson«, berichtete sie.

»Oh, wirklich?« Siri zog die Stirn kraus.

Ella nickte. »Ja. Aber schlauer bin ich trotzdem nicht.«

»Nein?« Siris Telefon klingelte, sie warf Ella einen bedauernden Blick zu und nahm ein Gespräch entgegen. Ella hörte zu, verstand aber rein gar nichts.

»Eigentlich klingt es in meinen Ohren wie eine Mischung aus Schweizerisch, Deutsch und Österreichisch«, sagte sie, als Siri endlich aufgelegt hatte.

»Was hört sich so an?«

»Schwedisch!«

Siri lachte. »Ich habe keine Ahnung, wie sich Schweizerisch anhört.«

»Na, ähnlich wie Schwedisch.«

Siri lehnte sich etwas vor. »Aber konnte sie über den jungen Mann, den du suchst, etwas sagen? War er es auf dem Portrait?«

Was wusste Siri bisher über Moritz? Ja nur, dass er ein Schulfreund war und sie ihn aus den Augen verloren hatte.

»Sie kannte den Namen nicht. Aber sie hat auch Margareta porträtiert, und Margareta behauptet, sie wisse von nichts. Offensichtlich fotografiert Inger ihre Modelle bisweilen einfach ab.«

163

»Na«, lachte Siri, »dann schau in der Ausstellung doch mal nach mir. Ich suche noch ein passendes Weihnachtsgeschenk für Liam.«

Ella musste ebenfalls lachen. »Keine schlechte Idee. Du kannst ihr aber auch einfach einen Auftrag geben, ihre Adresse kennen wir ja jetzt ...«

»Ist wahrscheinlich zu teuer.«

»Käme auf einen Versuch an.« Ella legte ihre Hand auf Siris Unterarm. »Aber sag mal, Siri, wenn deine Mutter herausgefunden hat, dass dort zeitweise ein Mann gemeldet war, kennt sie damit auch seinen Namen?«

Siri zuckte mit den Achseln.

»Oder fällt so was in Schweden unter Datenschutz?«

Siri zuckte wieder mit den Achseln. »Mutti sitzt ja an der Quelle. Sie hat allerdings nur von einem Mann gesprochen.«

»Aber du hast auch nicht weiter gefragt?«

»Schien mir nicht wichtig.«

»Aber kannst du es herausfinden?«

»Frau Detektivin fährt ihre Antennen aus?«

Ella zwinkerte ihr zu. »Dann geht die nächste Einladung auf mich!«

»Wolltest du nicht morgen abreisen?«

»Morgen schon?«

»Du hast vier Tage gebucht.«

»Das geht ja gar nicht!«

Siri lachte. »Also verlängern?«

Ella dachte an ihren Flug und ihre Arbeit, aber konnte sie hier alles stehen und liegen lassen? Jetzt, wo sie so nah dran war? Sie zog ihre Hand zurück und fischte ihr Smartphone aus der Tasche.

»Ich muss mein Reisebüro anrufen.«

Siri warf einen kurzen Blick auf den Bildschirm ihres Computers. »Dein Zimmer wäre noch frei.«

»Na, das ist doch schon mal ein Wort!«

»Und hier habe ich noch eine Nachricht für dich!« Sie schob ihr ein weißes Briefkuvert hin.

»Ach ja?«

Umzubuchen sei der Flug nicht, so die Auskunft des Reisebüros, weil es ein Billigflug war.

»Billig? Für sechshundertfünfzig Euro?«

Sie könne aber erneut buchen.

»Wieder für sechshundertfünfzig Euro?«

Ella hatte sich an den Kamin gesetzt und einen Cappuccino bestellt. Draußen regnete es noch immer, und die Flammen des Kamins wärmten sie, selbst wenn es nur ein Gasofen war und das Holz bei genauerem Hinsehen aus Keramik. Schön war es trotzdem, und es wurde ihr tatsächlich immer wärmer. Vor allem wegen der Preise.

Tausenddreihundert Euro für die Flüge, rechnete sie, zweitausend Euro für ein Bild, das Hotel mit hundertzwanzig Euro am Tag, die Bronzestatue für hundertzwanzig Euro und die Kleinigkeiten nebenher – bis sie wieder nach Hause kommen würde, war sie pleite.

Zu Hause, das war das Stichwort. Sie rief Maxi an.

»Pssst, ich bin mitten in einer Vorlesung«, hörte sie Maxi flüstern. »Was gibt's?«

Unwillkürlich flüsterte Ella auch, dann besann sie sich. »Ich schreibe dir eine Mail«, sagte sie. Und darauf: »Und schalte dein Handy aus!«

Kurze Zeit später, Ellas Cappuccino war gerade gekom-

165

men, und sie hatte sich gemütlich in ihrem Sessel zurückgelehnt, um das Kuvert in aller Ruhe zu öffnen, klingelte ihr Smartphone.

»Maxi« las sie im Display.

Ah, das ging ja schnell.

»Bist du jetzt rausgeflitzt?«, wollte Ella wissen.

»Ist sowieso ein dusseliger Stoff. Und der Professor ist es auch.«

Ella wollte nicht nähr darauf eingehen, sicherlich kosteten die Telefonate zwischen Deutschland und Schweden ein Vermögen.

»Also, Maxi, ich habe eine Bitte.«

»Ach ja?« Es klang, als würde Maxi breit grinsen.

»Ja, und du hast damit auch einen Wunsch frei!«

»Hört sich gut an. Was ist es?«

»In meiner Wohnung gibt es einen Schrank im Wohnzimmer, weißt du, welchen?«

»Es gibt ja nur einen.«

Wie sinnig, dachte Ella. »Genau. Unten rechts sind alte Fotoalben gestapelt. Das blaue mit der Jahreszahl 1998 ziehst du raus. Und auf den ersten Seiten kommt irgendwann ein Foto von Moritz.«

»Ah.« Wieder dieses Grinsen in der Stimme. »Und wie soll ich diesen Herrn erkennen?«

»Damals habe ich die Fotos noch beschriftet.«

»Darf ich mir alle ansehen?«

»Untersteh dich!«

Es war kurz still, und Ella wusste genau, dass Maxi nicht nur alle Fotos in diesem Album, sondern überhaupt alle Alben ansehen würde.

166

»Und wie komme ich überhaupt hinein?«

»Der Schlüssel für Frau Blum liegt unter dem Fußabstreifer. Sie gießt mir die Blumen.«

»Wie sinnig.«

Hatte sie das nicht gerade selbst gedacht? »Aber praktisch!«

»Gut, dass meine Mutter das nicht hört, sie würde einen Anfall bekommen.«

»Ist ja auch ihr Job – als Polizistin.« Ella musste lachen. »Okay, und dann fotografierst du das Bild ab und schickst es mir.«

»Aufs Handy.«

»Exakt.«

»Gut, dann kann ich ja jetzt wieder in die stinklangweilige Vorlesung.«

»Viel Spaß!«

»Jetzt werd bloß nicht witzig …«

Na, dachte Ella, als sie das Smartphone weglegte, war ihr das sechshundertfünfzig Euro wert? Ja. Sie konnte jetzt nicht aufgeben. Wenn sie Inger das Foto zeigte, bewegte sich vielleicht etwas. Und Siris Mutter war ja auch noch eine Option.

Lauter Frauen, dachte Ella. Was machen eigentlich die Männer?

Sie nahm das Kuvert wieder an sich und riss es mit dem Zeigefinger auf.

»Ma chère«, las sie. »Ich habe meine Zeit hier verlängert. Solltest du auch bleiben wollen, kannst du ganz einfach bei mir einziehen und dir das Hotelzimmer sparen. Ich rieche dich so gern, außerdem fühlst du dich wunderbar an. Und ich würde meine Zahnbürste im Badezimmer ein bisschen zur Seite rücken. Und eine Flasche Champagner in die Minibar schmuggeln. Und dich heute Abend ins *Erik's Gondolen* entführen, und wenn du bisher noch nicht in mich verliebt bist, werde ich dich dort überzeugen.«

Ella war schon jetzt überzeugt. Sie hatte keine Ahnung, was er vorhatte und was an diesem Restaurant so toll sein sollte, aber schon die Art des Briefs beflügelte ihre Phantasie. Sie legte den Brief neben sich, lehnte sich in ihrem Sessel zurück und streckte die Beine aus.

Ella, sagte sie sich, du hast schon für dümmere Geschichten viel Geld ausgegeben. Wenn sie nur an den Wintermantel vom letzten Jahr dachte, den sie kein einziges Mal angehabt hatte, weil er farblich einfach zu nichts passte.

Und außerdem gibst du es für zwei aus, du musst das alles durch zwei teilen.

Da war sie wieder. Ella zog die Beine an. Inka, dachte sie, oder sagte sie es sogar? Sie war sich nicht sicher. Inka, wiederholte sie, halt dich da raus.

Ben war von Anfang an viel zu behäbig für dich. Du hättest dir Tom angeln sollen.

Ella stieß die Luft aus. Was dachte sie da nur wieder für ein Zeugs? Es war mir nach deinem Tod ganz bestimmt nicht nach irgendeinem Kerl!

Wenn es nach mir gegangen wäre, hättest du Moritz nehmen sollen.

Moritz hat dich umgebracht! Glaubst du, ich schlaf mit einem Mörder? Außerdem ist er verschwunden! Was glaubst du, was ich hier tue?

Ella griff nach ihrer Cappuccinotasse. Ganz ruhig, sagte

sie sich. Ganz ruhig, lass dich nicht verrückt machen. Ich bin ich, und sie ist sie.

Aber ich bin auch du.

Ella stellte die Tasse zurück, steckte den Brief ein und stand auf. Meistens kam sie mit sich und ihrer zweigeteilten Gedankenwelt klar. Aber im Moment war es ihr zu viel. Sie wollte nicht zu Inka hinüberdriften.

Ella sah auf die Uhr. Schon nach sechs. Und da war Maxi noch an der Uni? Hatte sie plötzlich der Ehrgeiz gepackt?

Und wann wollte Roger sie überhaupt abholen? Sie zog den Brief nochmals hervor. »536« stand unter seiner Unterschrift. Das hatte sie vorhin überlesen. Also war er bereits in seinem Zimmer.

Ella unterschrieb ihren Getränkebeleg und ging noch einmal an die Rezeption. Siri war im Gespräch und hatte noch zwei weitere Gäste in der Schlange. Sie unterbrach kurz mit einer Entschuldigung und wandte sich Ella zu.

»Weiterbuchen?«

»Ich verlängere, aber ich zieh in Zimmer 536 um.«

Siri schien kurz irritiert und warf einen Blick auf ihren Computer. »Aber das ist doch gar nicht frei!«

»Eben drum ...« Ella grinste, winkte ihr zu und ging zum Lift. Schade, dachte sie, jetzt hätte sie zu gern in Siris hübsches Köpfchen gesehen.

Roger saß in Jeans und einem lockeren Pullover am Computer.

»Na, war dein Tag gut?«, fragte er, als er ihr nach ihrem Klopfen geöffnet hatte, und schloss sie in die Arme. Seine Nase schnupperte in ihren Haaren und an ihrem Hals, und Ella bekam eine Gänsehaut. Der Mann sandte pausenlos erotische Signale aus, fand sie und trat etwas zurück.

»Ist das hier das *Erik's Gondolen*?«, fragte sie, denn man konnte ja nie wissen.

Er lachte. »Nein, das wäre dann doch zu einfach. Und ich liebe es geheimnisvoll.«

Ella zeigte auf seinen Computer. »Bist du schon an deinem Drehbuch?«

»Ich schreibe so ein paar Facts auf und ein paar Dinge, die mir dazu einfallen, etwas Wahrheit, etwas Phantasie, aber das Leben schreibt stets die besseren Geschichten. Was wahr ist, glaubt kein Mensch. Immer wenn wir eine wahre Geschichte umsetzen, sagen nachher alle, es sei total unglaubwürdig. Viel zu viele Zufälle, viel zu viele Rädchen, die plötzlich ineinandergreifen. Dabei war es tatsächlich so. Doch wenn ich etwas zusammendichte, kennt das wahre Leben jedes Mal eine Steigerung.«

»So wie uns beide jetzt?«

»Genau so!« Er hatte sie noch immer im Arm, und seine braunen Augen blickte tief in ihre.

»Das nennt man: tief in die Augen schauen«, versuchte Ella einen lockeren Spruch, um ihre Erregung zu überspielen.

»Ich muss tief schauen. Ich muss dich erkunden, erforschen, aus dir schlau werden.«

»Aus mir schlau werden?«

Einen Moment lang sagte er nichts, sondern betrachtete sie nur.

»Ja, irgendetwas umgibt dich, das mich vom ersten Moment an angezogen hat.« Seine Augen verengten sich. »Du bist schön. Wunderschön.« Wieder zögerte er, als ob er in sich hineinhorchte. »Aber das ist es nicht«, sagte er schließlich. »Es ist etwas, das ich nicht benennen kann. Etwas, das in dir schlummert. Etwas, das du zähmst. Auch beim Sex.«

»Beim Sex?«

Ella runzelte die Stirn und suchte seinen Blick.

»Wie meinst du das?«

»Et voilà«, er überlegte. »Du verlierst nie die Kontrolle über dich. Es ist, als müsstest du wachsam sein.«

Ella schwieg.

»Das ist nichts gegen dich«, sagte Roger schnell. »Es ist wunderbar mit dir, alles passt, alles stimmt, aber da ist eine kleine Ella, die auf die große Ella aufpasst.«

Ella schloss kurz die Augen. Er hatte recht. Was wäre, wenn sie einfach mal beide wäre? Beide loslassen würde, Ella *und* Inka?

»War das jetzt falsch?«, wollte er wissen.

»Was?«

»Dass ich das gesagt habe?«

Ella schüttelte den Kopf. »Nein, es zeigt nur, dass du sehr sensibel bist.« Sie lächelte. »Fast unglaublich für einen Mann.«

»Für einen Mann«, wiederholte er bedächtig und schob seine Hand in ihren Nacken. »Wie du das sagst ...«

»So, wie ich es meine.«

»Was hattest du für Männer?«

Ja, was hatte sie für Männer? Tom und Ben und Moritz ...

»Ist dir nicht gut? Du siehst plötzlich blass aus.« Er betrachtete sie besorgt, dann führte er sie zum Bett. »Leg dich hin, ich hole dir ein Wasser.«

171

Mit einem Kissen, das er ihr unter die Beine legte, und einem Glas Wasser kam er zurück.

Moritz, dachte Ella, verdammt noch mal, jetzt muss ich langsam aufpassen. Mit Moritz hat mich nur eine Kameradschaft verbunden. Er hatte das geschätzt, denn die meisten Mädchen waren hinter ihm her gewesen. Er sah gut aus, war sportlich, schlau und ein warmherziger Mensch. Zudem kam er aus einem angesehenen Elternhaus. Ella schüttelte den Kopf. Wie nur hatte das passieren können? Weshalb war er so ausgeflippt, dass er zugedrückt hat?

Roger fuhr gerade seinen Computer herunter. »Geht es besser?«, fragte er über die Schulter.

»Ja, danke«, antwortete Ella und setzte sich etwas auf, um trinken zu können.

Moritz war *dein* Liebhaber, dachte sie dann, schieb ihn jetzt bloß nicht mir zu. Ich will ihn nicht!

Roger hatte ein Taxi bestellt, und als sie zu zweit durch die Hotelhalle gingen, winkte Siri ihnen zu.

»Schönen Abend«, rief sie mit einem breiten Lächeln im Gesicht. »Geht in Ordnung!«

»Geht in Ordnung?« Roger schaute zu Ella. »Was meint sie?«

»Dass ich morgen zu dir umziehe.«

Er lächelte und zog sie im Gehen an sich. »Geht in Ordnung!«

Erik's Gondolen war spektakulär. Schon als sie im Taxi darauf zufuhren, fand Ella den Begriff passend. Es war wirklich eine Art Gondel oder besser noch ein schwebender Ausleger, der an seinem einen Ende durch einen Turm gehalten wurde und an seinem anderen in ein Bergrestaurant mündete.

»Irre«, sagte sie.

»Warte erst, bis wir oben sind. Die Aussicht in der Bar ist spektakulär, und es macht Spaß, den Kellnern beim Mixen der Cocktails zuzuschauen.«

»Schmecken sie dann auch?«

Roger grinste. »Bien sûr«, sagte er, und er sollte recht behalten. »Du kannst sie alle durchprobieren.«

Innen erinnerte die Bar mit ihren Holzplanken und der langen Holzbar an ein Schiff mit riesigen Fenstern. Der Eindruck einer schwebenden Bar verstärkte sich.

»Das wird meine Lieblingsbar«, erklärte Ella. Roger lachte und küsste sie auf die Stirn. »Wie viele hast du denn schon besucht, dass du das so genau sagen kannst?«

»In Stockholm?« Ella grinste. »Zwei.«

»Gut, die Eisbar fehlt dir noch. Ist übrigens nicht weit von unserem Hotel entfernt, die solltest du auch noch erleben, damit deine Rangliste Sinn macht.«

»Und wie sieht deine Rangliste aus? Deine persönliche?«

Es kam völlig unüberlegt. Ella wollte das eigentlich gar nicht wissen, trotzdem hatte sie es gesagt.

Sie hatten sich gerade auf zwei frei gewordene Barhocker gesetzt, und Roger hatte nach der Getränkekarte gegriffen. Jetzt ließ er sie sinken und sah Ella an.

»Ist das wichtig für dich?«

»Für welchen Menschen ist so etwas nicht wichtig?«

»Für mich …«

Er lächelte ihr zu und vertiefte sich in die Karte.

War ja auch blöd, dachte Ella. Genauso gut hätte er mich

nach meiner Rangliste fragen können. Da gab es ja auch noch einen anderen Mann. Sie vertiefte sich ebenfalls in die Karte. Und musste lachen.

»Ich nehme den *Kiss The Boys Goodbye*.«

»Aha?«, Roger blickte auf. »Okay, dann nehme ich den *Colorado Bulldog* oder den *Knochen bocker Special*.«

»*Leather Neck* hätte ich da auch noch. Den Ledernacken mit Scotch, Curaçao, Orangensaft und Lemon.«

»Wir nehmen es hintereinander.« Roger klappte die Karte zu. »Und dazwischen genießen wir den Blick auf Gamla Stan, Skeppsholmen und Djurgarden.«

»Und du erzählst mir, was du den ganzen Tag so getrieben hast.«

»Dass Frauen immer alles wissen müssen.«

»Darum wissen sie alles.«

Roger gab die Bestellung auf, *Kiss The Boys Goodbye* und *Knochen bocker Special,* und erzählte nebenher von seiner Arbeit am Nachmittag. »Jetzt, da ich meine Ideen, Begebenheiten und Schauplätze fein sortiert in den Computer eingegeben habe, kann ich mit der Geschichte anfangen.«

»Da musst du wohl ganz schön viel recherchieren?«

»Meine Geschichten brauchen ein Skelett. Dann kommt das Fleisch.«

»Im Tod ist es genau andersherum. Zuerst geht das Fleisch, dann bleibt das Skelett.«

»Nanu«, er legte seine Hand auf ihre. »Sind wir heute morbide?«

»Ein Teil von mir ist immer morbide.«

»Erzähl mal von dir.«

»Von meinem Tag?«

»Nein, überhaupt.«

Ella überlegte. Sie konnte ihm ihr Leben nicht erzählen. Es war zu abenteuerlich, wer wusste schon, was er aus Inkas Tod machen würde? Und deren Liebhaber, dem mutmaßlichen Mörder? Sie wollte nicht urplötzlich in einem Krimi auftauchen.

»Alles ganz normal«, sagte sie. »Schule, Abitur, gutes Elternhaus, Ausbildung, nicht das, was ich eigentlich wollte, aber doch immerhin, es trägt und finanziert mich. Erste Liebe, zweite Liebe …« An dieser Stelle unterbrach sie.

»Und warum glaube ich dir nicht?« Er sagte es so nebensächlich, dass Ella es beinahe überhört hätte.

»Wie, du glaubst mir nicht?« Sie war froh, dass in diesem Moment die Cocktails vor ihnen hingestellt wurden. Das brachte ihn vielleicht auf ein anderes Thema.

»Ich werde das Gefühl nicht los«, fuhr er fort, »dass du auf der Suche nach etwas bist, aber nicht wirklich auf der Suche nach einem neuen Gemälde.«

»Ich bin auf der Suche nach dem Leben«, sagte Ella schnell. »Mein Leben drohte in Mittelmäßigkeit abzudriften. Da musste ich mal raus.«

Er stupste ihr mit dem Zeigefinger auf die Nase. »Und, Chérie, bist du dieser Mittelmäßigkeit jetzt entkommen?«

Sie schnappte spielerisch nach seinem Finger. »Jedenfalls hat mein Leben eine Wendung genommen.«

»Wie sieht der Weg nach der Wendung aus?«

Die Frage überraschte sie. »Warum?«

»Gibt es einen Weg, oder bleibt es bei der Wendung?«

Ella fuhr sich durch ihr langes Haar. Das machte sie immer, wenn sie keine Antwort wusste, diese hilflose Geste hatten schon ihre Lehrer gekannt – trotzdem hatte sie es sich nie abgewöhnen können.

»Denkst *du* tatsächlich über einen Weg nach?«, wollte sie zögernd wissen.

»Wenn ich zurück in Paris bin und du in Frankfurt, treffen wir uns dann das nächste Mal in Madrid?«

»Madrid? Warum nicht New York?«, sagte sie und dachte, ah, er meint den Fremdgängerweg. Keinen gemeinsamen. »Oder Rom?«

»Madrid wäre ein guter Platz für ein Verbrechen. Ich könnte unser Treffen mit Arbeit verbinden, und du könntest einem weiteren Bild nachspüren. In Madrid gibt es ebenfalls interessante Kunst.«

Nahm er sie auf den Arm? Ella war sich nicht sicher.

»Cheers«, sagte sie und hob ihr Glas. »Auf alle Unwägbarkeiten des Lebens!«

»Auf die Liebe!«

»Das ist auch eine Unwägbarkeit.«

»Das Wort gefällt mir aber nicht.« Er erhob sein Glas. »Die Liebe ist ein Abenteuer, keine Unwägbarkeit.«

»Ein unwägbares Abenteuer!« Sie stieß mit ihm an, und er schüttelte lachend den Kopf.

»Ella, du bist speziell!«

»Roger, du auch!«

Donnerstag

Als Ella am nächsten Tag aufwachte, dehnte und streckte sie sich und freute sich über den geschenkten Tag. Sie würde hier in Stockholm bleiben, sie hatte sich über alles hinweggesetzt, sie würde ihr Ziel noch erreichen. Roger drehte sich nach ihr um. Er saß bereits am Laptop und schrieb. »Ich bin jetzt hinter dein Geheimnis gekommen«, sagte er, während er aufstand und an der eingebauten Teeküche die kleine Espressomaschine bediente. »Kaffee? Einen Morgenkaffee für dich?«

»Mein Geheimnis?«

»Du redest im Schlaf, ma chérie, hat dir das schon mal jemand gesagt?«

Ella schüttelte stumm den Kopf.

»Und du gibst auch Antwort, wenn man dich fragt.«

»Was habe ich denn gesagt?« Ella richtete sich auf.

»Schwer zu beschreiben. Zwei Personen in einem Theaterstück, würde ich sagen.«

»Wirklich?« Ella zog die Beine an.

»Sogar mit unterschiedlichen Stimmen. Eine höhere, eine tiefere.«

Inka hatte die tiefere, dachte Ella.

»Wenn man kein ausgewachsener Mann wäre, könnte es einem direkt unheimlich werden.«

Ella dachte an Ben. Hatte er das je mitgekriegt?

»Und was reden die beiden so?«, fragte sie betont munter.

»Über die neue Frühjahrsmode? Geht es ums Shoppen in Paris?«

»Ich konnte leider nicht alles verstehen.«

Die kleine Maschine fauchte und entließ einen Schwall heißen Kaffees in die Tasse darunter. »Die eine möchte etwas tun, die andere möchte es lieber ruhen lassen. Kleiner Streit unter Schwestern, würde ich mal sagen«, er überlegte. »Oder unter Freundinnen.« Er rührte Milch und Zucker in den Kaffee und brachte ihr die Tasse ans Bett.

Freundinnen?, dachte Ella, das könnte auch Steffi gewesen sein. Sicherlich würde Steffi in Ohnmacht fallen, wenn sie wüsste, was sie hier in Stockholm alles trieb.

»Hast du denn eine Schwester?«, wollte er wissen.

Ella schüttelte stumm den Kopf. »Aber eine tyrannische Freundin.« Sie lachte. »Und du? Hast du Geschwister?«

»Einen älteren Bruder. Ziemlich langweiliger Mensch. Ist Vollblutkaufmann.«

»Deswegen muss er ja nicht langweilig sein.«

»Ist er aber. Entsetzlich langweilig. Interessiert sich nur für das Geschäft, für Fußball, seine Stammkneipe und den Grillabend mit Freunden.«

»Hört sich furchtbar langweilig an.«

Sie lachten beide.

»Was machst du heute?«, fragte Roger.

Ella hoffte, dass Maxi das Foto gefunden hatte und es bald auf ihr Handy schicken würde. Damit würde sie postwendend zu Inger gehen.

»Vielleicht schaue ich noch mal nach meinem Bild?«

»Dürfte ich da mit? Ich bin mit meinen Recherchen durch,

mehr bekomme ich sowieso nicht raus und werde die Lücken durch Phantasie ersetzen.«

Ella trank einen Schluck. Sie hasste Zucker im Kaffee, aber sicherlich trank er ihn so oder seine Frau. Der Mensch war ein Gewohnheitstier.

Er wollte mit.

Sie wollte das nicht, aber wie konnte sie das verhindern? Wie konnte sie Inger in seinem Beisein das Foto von Moritz zeigen? Damit lag doch die ganze Geschichte auf dem Tisch, das war unmöglich. Damit würde sie seine Lücken womöglich füllen.

»Oder wir schauen uns die Sehenswürdigkeiten von Stockholm an. Die versunkene Wasa hätte ich beispielsweise gern gesehen«, schlug Ella vor und dachte, nein, eigentlich will ich überhaupt nichts anderes, als mich alleine auf den Weg machen. Und in ein Museum will ich schon mal überhaupt nicht.

»Ja, die Wasa ist beeindruckend«, bestätigte er. »Noch beeindruckender aber ist, wie du mich ablenken willst. Was ist denn an diesem Bild so Geheimnisvolles, dass du mich unbedingt loshaben willst?«

»Nichts«, entgegnete sie lahm.

»Wie heißt denn die Malerin überhaupt?«

»Inger Larsson.«

»Inger Larsson?« Sein Gesichtsausdruck veränderte sich. Über der Nase zeigten sich zwei steile Falten, und seine braunen Augen verdunkelten sich.

»Stimmt was nicht?« Ella starrte ihn an und ärgerte sich im selben Moment, dass sie nicht einen Phantasienamen gewählt hatte.

»Du lässt bei Inger Larsson ein Bild malen?« Auch seine Stimme hatte sich verändert, sie war rauer geworden.

»Ja, das sagte ich doch.«

Er schüttelte den Kopf. »Dann weißt du auch, wo sie wohnt?«

Jetzt war sie in der Zwickmühle.

»Warum interessiert dich das denn?«

Er drehte sich um und ging zur Teeküche, um sich ebenfalls einen Kaffee zu machen. Ella sah ihm nach und betrachtete seinen Rücken. Was er jetzt wohl dachte? Und was seine Reaktion zu bedeuten hatte?

»Warum interessiert dich das?«, wiederholte sie ihre Frage.

Er drehte sich nach ihr um. »Wir sind hinter derselben Person her«, sagte er, während die Kaffeemaschine hinter ihm zischte.

»Hinter derselben Person?«

»Ja, wie auch immer das passieren konnte, aber du hast die Malerin gefunden, deren Liebhaber vor Kurzem spurlos verschwand.«

Ella rutschte der Magen in die Kniekehle. »Deren … was?«

»Ich denke, das weißt du.«

Ella sah plötzlich den Kapitän vor sich und seine Aussage, ein Mann habe nach Inger gefragt.

»Und was willst du von ihr?«

»Ein paar Informationen zu dem Fall. Das ist der zentrale Punkt in meinem Krimi, und es ist noch genau das Stück Fleisch, das an meinem Skelett fehlt.«

Ben, hilf, dachte Ella. Das alles war ihr jetzt zu beängstigend.

»Das ist wirklich ein Zufall.« Wie komme ich jetzt aus dieser Nummer wieder raus?

»Dann, hopp, zieh dich an, das gibt einen schönen Ausflug in die schwedische Inselwelt.«

»Aber vielleicht will Inger ja gar nicht besucht werden? Ich rufe sie erst mal an.«

»Keine gute Idee. Dich kennt sie schon, ich komme mit, dann werden wir sehen.«

Täuschte sie sich, oder war da ein drohender Unterton in der Stimme? Nein, sie täuschte sich bestimmt. Er lächelte ihr zu, dann ging er zu dem Sessel, auf dem nachts ihre Kleider gelandet waren, und ließ ihren hauchdünnen Slip um seinen Zeigefinger kreisen.

»Willst du hiermit anfangen?«

»Ich nehme einen frischen.«

Er zog ihn sich langsam unter der Nase entlang. »Schade«, sagte er. »Riecht gut.«

Ella schwang die Beine aus dem Bett und setzte die nackten Füße nebeneinander. Sie betrachtete ihre Zehennägel. Der rote Nagellack blätterte etwas ab. Sah nicht gerade erotisch aus. Konzentrier dich, Ella, sagte sie sich.

Wie sollte sie jetzt bloß reagieren?

»Darf ich dir einen aussuchen, oder machst du das lieber selbst?« Er stand an ihrem Koffer, den sie letzte Nacht geholt hatten, um ihr Zimmer nicht frühmorgens räumen zu müssen.

Auf so eine Idee wäre Ben nie gekommen, dachte sie und wusste im Moment nicht, ob sie das als charmant oder unangenehm empfand. Schließlich war nicht mehr alles frisch, was nun in ihrem Koffer lag.

»Wenn du willst … Ich gehe unter die Dusche.« Im selben Augenblick fiel ihr ein, dass sie ja nun auch alle Unterlagen hier in seinem Zimmer hatte. Ihre Ausdrucke und handschriftlichen Vermerke zu der *Galleri Anna K.* – und Ingers Telefonnummer und Adresse in ihrem Smartphone. Wenn er nun schnüffelte, während sie duschte? War ihm zuzutrauen, dass er an ihre Sachen ging?

Roger war offensichtlich fündig geworden. Mit einem begeisterten »Oh, là, là« zog er ihren Lieblingsslip, einen hauchzarten String mit durchsichtigem Blumenmuster, aus dem Koffer.

»Wie wäre der für den heutigen Tag?«, fragte er, während er zum Bett ging. »Und für die kommende Nacht?«

Ella schaute zu ihm hoch und nickte.

»Mache ich dir Angst?«

Sie stand auf. »Wieso?«

»Weil du im Moment aussiehst wie das berühmte Kaninchen vor der Schlange.«

»Die Schlange ist aber weiblich, das müsste in dem Fall ich sein«, konterte sie und nahm ihm den Slip aus der Hand. »Nein, ich weiß nur nicht, ob das richtig ist.«

»Ob *was* richtig ist?«

»Dass wir zu zweit bei ihr auftauchen. Kommt mir ein bisschen wie Verrat vor.«

»Aber du hast sie doch auch aufgespürt«, sagte er. »Dafür übrigens *chapeau*! Hut ab! Mir ist es nicht gelungen.«

Ella zuckte mit den Schultern. »Mir ging es auch um ein Bild und nicht um einen Krimi. Und schon gar nicht um einen verschwundenen Mann.«

Roger nahm sie in den Arm. »Komm, entspann dich. Ich

bin nur ein Bewunderer ihrer Kunst. Wir werden sehen, ob sie darüber reden will oder nicht.«

Der Kapitän nickte Ella zu wie einer alten Bekannten. »Na, wieder da?«, sagte er und reichte ihr seine Hand zum Einsteigen. Sie fühlte sich rau und rissig an, aber auch fest und vertrauenswürdig. Dann musterte er Roger, und Ella spürte, dass er sich an ihn erinnerte. Sein Blick wanderte von ihm zu Ella und zurück.

Ella überlegte, ob sie etwas erklären sollte.

»Du bist ja wohl ein häufiger Gast.« Roger lächelte ihr zu.

»Der Herr ist auch an einem Bild interessiert, ist völlig in Ordnung«, sagte Ella schnell zum Kapitän.

»Ist das so?«, fragte er leise, als Ella an ihm vorbei hinunterstieg. Warum sagte er das? Sah es hier nach Zwang aus? Roger wirkte doch in seiner aufgeräumten Stimmung nicht wie ein Entführer.

»Alles in Ordnung«, beruhigte sie den Kapitän und fand es trotzdem schön, dass er sich offensichtlich Sorgen um sie machte. So einem Raubein hätte sie das gar nicht zugetraut.

»Na, alles in Ordnung?«, fragte Roger, als sie sich neben ihn setzte.

»Irgendwie bist du ihm wohl nicht geheuer«, erklärte Ella leise und sah ihn an.

Roger grinste. »Nun, wir sind uns ja auch schon mal begegnet«, sagte er.

»Hast du gedroht, ihn über Bord zu werfen, wenn er dir die Adresse nicht verrät?«

»So ähnlich.«

Drei weitere Fahrgäste kamen an Bord, und Ella erkannte

183

die alte Dame vom ersten Mal. Auch sie schien Ella wiederzuerkennen, denn sie nickte ihr freundlich zu und sagte etwas auf Schwedisch, das Ella nicht verstand. Sie antwortete auf Englisch, aber das hatte nur ein weiteres freundliches Nicken zur Folge.

»Sie freut sich, dass dir die Insel so gut gefällt«, sagte Roger neben ihr.

Erstaunt sah Ella ihn an. »Du sprichst Schwedisch?«

»Nur bruchstückhaft. Aber das habe ich verstanden.«

»Kannst du ihr antworten?«

»Glaube ich nicht. Ist auch nicht nötig.«

Ella überlegte. Roger hatte in all den Tagen noch überhaupt nie ein schwedisches Wort benutzt. Er wurde ihr immer unheimlicher.

Der Kapitän legte ab, und der Dieselmotor schien sich heute besonders anstrengen zu müssen, so laut hatte ihn Ella nicht in Erinnerung. Er röhrte und schluckte, und Ella bemerkte sogar kleine Aussetzer. Oder kam das durch die hohen Wellen, dämpften sie zeitweise das Motorengeräusch? Jedenfalls schaukelte das Schiff ordentlich hin und her. Ella drehte sich um und spähte durch die beschlagenen, fast blinden Fenster hinaus. Das Wasser war aufgewühlt, es schien, als strömten die Wellen von überallher, und sie klatschten mit heftigem Schwall gegen das Glas.

»Ganz schön unruhig heute.« Roger legte den Arm um sie. »Ertrinken wollte ich eigentlich nicht.«

»Wer will das schon.« Ihr Ton war heftiger, als sie wollte.

»Und trotzdem kommt es immer wieder vor.«

Ella holte tief Luft.

Da hat er doch recht!

Verdammt, Inka, dachte sie. Halt dich da raus.

»Ist was?«, wollte Roger wissen.

»Wieso? Nein.«

»Du bist zusammengezuckt.«

»Heftiges Wasser macht mir Angst. Und außerdem wird mir dann leicht übel.« Sie sah zur Treppe. »Ich überlege gerade, ob ich nicht besser hoch an die frische Luft gehe.«

»Das lass mal lieber bei dem Seegang, sonst gehst du noch über Bord.«

Am Ende der Treppe fügte sich oben rechts die gläserne Brücke des Kapitäns an. Ella betrachtete seinen breiten Rücken in der alten Regenjacke und fragte sich, ob ihm eine solche Fahrt wohl Spaß machte? Dann bemerkte sie, dass er sie über seinen Rückspiegel beobachtete. Ella kreuzte die Arme über der Brust und blickte aufs Wasser.

»Ist dir kalt?«, wollte Roger sofort wissen und drückte sie noch ein wenig enger an sich.

»Ja, sterbenskalt«, sagte sie und dachte, wie schön wäre es, jetzt zu Hause neben Ben im Bett zu liegen und seine warme, breite Hand zu spüren.

»Ja, es hat ganz schön aufgefrischt.« Roger zog ihre Jacke an der Schulter etwas hoch. »Du bist auch ziemlich dünn angezogen.«

»Es ist das Wärmste, was ich mithabe. Ich wollte mir schon die ganze Zeit einen Norwegerpullover mit Windstopper kaufen oder so was in der Art.«

»Dann sollten wir das ganz schnell nachholen.« Roger rubbelte ihren Oberarm wärmend mit seiner Hand, und Ella dachte, dass die Kälte vor allem von innen kam. Nicht mehr lang, und sie würde mit den Zähnen klappern. Die alte Dame nickte ihr lächelnd zu und deutete auf den eisernen Bullerofen in der Schiffsmitte.

Ella lächelte zurück und zuckte bedauernd mit den Schultern.

»Siehst du, es geht auch ohne Worte«, sagte sie zu Roger.

»Für manche Gefühle gibt es keine Worte.« Er roch spielerisch in ihrem Haar. Ella spürte eine Gänsehaut über den Rücken ziehen. Was war es? Die Kälte? Sicher nicht. Angst? Nein, bestimmt nicht. Erregung? Sie dachte darüber nach. Er hatte recht. Für manches gab es keine Worte.

»Für den Geruch deines Haares, beispielsweise, und was es in mir auslöst«, fuhr er fort.

»Was löst es denn in dir aus?«

»Ein Gefühl, das ich nicht beschreiben kann. Ich weiß auch nicht, woher es kommt. Ist es eine Erinnerung? Hat schon mal jemand wie du gerochen? War es meine Mutter? War es meine erste große Liebe? Ich weiß es nicht. Ich weiß nur, dass es etwas in mir auslöst.«

Ella lächelte. Mein Gott, er war ein ganz normaler Mann. Einer mit Gefühlen. Kein Grund, vor ihm Angst zu haben.

Die alte Dame stand auf, und Ella schaute hinaus. Tatsächlich, sie würden gleich am Steg anlegen. Heute hatte sie die Überfahrt nicht genießen können. Ella dachte an die erste Fahrt und den schönen Blick auf die Buchten und die kleinen Sandstrände zurück, aber heute sahen sogar die roten Holzhäuschen grau aus.

»Na denn«, sagte Roger und stand ebenfalls auf. »Je suis très curieux!«

»Curieux?«, wiederholte Ella, während ihr Roger seine Hand anbot. »Kurios? Du bist sehr kurios?«

»Nein.« Roger lachte. »Curieux heißt neugierig. Ich bin sehr neugierig.« Er lachte noch immer. »Zwischendurch bin ich vielleicht auch kurios. Aber im Moment eher neugierig.«

Ella musste auch lachen. »Okay. Da habe ich wohl seit der Schulzeit was verlernt.«

Oben an der Treppe stand der Kapitän und wartete auf sie.

»Wollen Sie heute noch zurück?«, fragte er und schob seine Wollmütze etwas nach hinten.

»Das haben wir vor.« Roger furchte die Stirn. »Warum?«

Der Kapitän deutete nach oben, wo sich die Wolken immer dunkler zusammenbrauten.

»Wenn Sturm kommt, muss ich den Fährbetrieb einstellen.«

Roger sah kurz zum Himmel, dann wieder zum Kapitän. »Und wann ist das Ihrer Meinung nach?«

Der Mann zuckte mit den Achseln und wischte sich mit dem Handrücken kurz über den Mund. »Kann in einer Stunde sein, kann in einer halben Stunde sein.«

»Dreißig Minuten?« Ella schüttelte den Kopf. »Roger, das schaffen wir nicht. Und er hat recht, es frischt gewaltig auf. Schau dir nur mal die Bäume an.« Selbst vom Steg aus war gut zu erkennen, dass die Wipfel der Bäume heftig schwankten.

»Jetzt sind wir hier, jetzt gehen wir auch hin.« Rogers Stimme klang fast ein bisschen aggressiv.

»Zu Inger Larsson?« Der Kapitän verschränkte die Arme.

»Und wenn?«, gab Roger zu Antwort.

Sie sahen sich kurz an. Feindselig, wie Ella fand.

»Sie ist nicht da.«

»Sie ist nicht da?«, entfuhr es Ella. Das wäre überhaupt die beste Lösung, dachte sie.

»Davon überzeuge ich mich lieber selbst«, beharrte Roger und wandte sich zum Gehen.

»Selbst auf die Gefahr hin, dass wir nachher nicht mehr zurückkommen?« Ella zog ihn am Ärmel. »Da mache ich nicht mit, du hörst doch, dass sie nicht da ist.«

Roger warf ihr einen kurzen Blick von der Seite zu. Ein heftiger Windstoß fuhr durch seine Haare. Er strich mit der flachen Hand glättend darüber, dann drehte er sich zu Ella um. »Ich glaube ihm das nicht. Weder, dass er den Fährbetrieb einstellt, noch, dass Inger Larsson nicht da ist.«

»Warum sollte er uns denn anlügen?« Sie warf an ihm vorbei einen Blick auf den Kapitän. Der kaute auf seinem Kautabak herum und gab ihren Blick düster zurück.

»Lass uns gehen!« Roger griff nach ihrer Hand.

»Und wenn ich nicht mitkomme?«

»Dann klappere ich hier auf dieser gottverdammten Insel jedes einzelne Haus ab, bis ich sie gefunden habe.«

Ella starrte ihn an. »Und das tust du alles nur für einen Film?«

»Ganz genau! Für einen Film!«

»Ich fahr zurück!« Ella ging ein paar Schritte rückwärts, auf die Fähre zu.

»Und warum das jetzt?«

»Weil ich das sichere Gefühl habe, dass da etwas nicht stimmt!«

»Und was soll das deiner Meinung nach sein?«

Ella sah sich nach dem Kapitän um. Er stand mit verschränkten Armen breitbeinig auf der Mole.

188

»Ich kann es nicht sagen. Du bist mir … zu fanatisch … für einen Film.«

»Beim Film arbeiten nur Fanatiker. Das ist ganz normal.«

»Für mich nicht. Für mich ist das nicht normal. Für mich ist das erschreckend. Wer weiß, nachher stürzt du Inger noch über die Klippen, nur damit dein Film spannend wird.«

»Jetzt übertreibst du aber maßlos!« Sein erheitertes Lachen klang echt, und Ella wusste einfach nicht mehr, was sie von ihm halten sollte.

»Also, ich fahre in einer halben Stunde zurück«, warf der Fährmann ein. »Und pendle alle weiteren dreißig Minuten. Allerdings nur bei gefahrloser Überfahrt. Wenn es zu riskant wird, bleibt das Schiff am Ufer.« Er nickte Ella kurz zu und ging auf sein Boot zurück.

»Und jetzt?«, wollte Roger wissen.

»Und jetzt was?«

»Jetzt lass uns endlich gehen!«

Den Weg kannte Ella inzwischen gut. Nur heute sah es wirklich nach einem Unwetter aus. Sie gingen über den weichen Waldboden zwischen den Laubbäumen hindurch, aber selbst hier pfiff der Wind durch ihre Jacke, und Ella hielt sich den Kragen zu.

»Du siehst bezaubernd aus!« Roger ging mit großen Schritten neben ihr her und betrachtete sie im Gehen.

»So? Findest du?«

»Bien sûr! Wie dein langes Haar im Wind weht und wie du dich gegen die Böen stemmst, das ist wunderbar!«

Ella schüttelte den Kopf.

»Weshalb schüttelst du den Kopf?«

»Weil ich offensichtlich überhaupt keine Erfahrung mit Franzosen habe.«

»Aber du machst sie doch gerade!«

Ella musste lachen, obwohl es ihr nach wie vor nicht nach Lachen zumute war. Zu ungewiss war die Situation, und sie hoffte mit allen Fasern, dass der Kapitän die Wahrheit gesagt hatte.

»Und was ist an Franzosen so schlimm?«, fragte Roger.

»Schlimm nicht«, entgegnete Ella. Sie überlegte. »Anders! Du hast eine emotionale Bandbreite, da komme ja selbst ich als Frau kaum mit!«

»Als deutsche Frau!«

»Na gut!«

Jetzt kamen sie zu den nackten Felsen, um die der Weg herumführte und die steil zum Wasser abfielen. Ella und Roger blieben stehen und sahen hinab. »Gewaltig!« Roger trat noch einen Schritt vor. Das Wasser schäumte und gurgelte unter ihnen, und die Gischt spritzte fast bis zu ihnen hoch.

»Das ist perfekt!«, murmelte er.

»Was?«, fragte Ella nach, die glaubte, ihn nicht richtig verstanden zu haben.

»Das ist perfekt!«, wiederholte er laut.

»Wofür?«

»Für meinen Mord!«

»Für deinen Mord?« Sie trat einen Schritt zurück.

»In meinem Buch! Bleib da!« Roger griff nach ihrer Hand. »Es ist eine phantastische Location, verstehst du nicht, ein genialer Drehort! Das hat nichts mit der Realität zu tun!«

»Ich weiß nicht. Ich lebe aber nun halt mal in der Realität!«

»Das ist nicht schlimm«, tröstete er sie. »Komm, lass uns

weitergehen!« Er ließ ihre Hand nicht mehr los, und Ella ließ es geschehen. Vor allem, weil ihr sein Gesichtsausdruck gefiel. Ein versonnenes Lächeln erhellte seine Züge, er sah glücklich aus. So gefiel er ihr, das war der Roger, den sie kennengelernt und in den sie sich verliebt hatte.

Verliebt?, fragte sie sich selbst. War das das Wort, das sie suchte?

Und dann verlangsamte sie den Schritt, denn sie wusste, nach dem großen bemoosten Felsen würden sie vor dem Haus stehen. Roger legte den Arm um sie und blieb stehen, als das Haus in Sicht kam.

»Da sind wir also«, sagte er.

»Ja, da sind wir«, bestätigte Ella.

»Ganz schön versteckt.«

»Ein Künstlernest.«

»Auf alle Fälle ein Nest.«

Er ging ein paar Schritte vor, dann blieb er wieder stehen. Der Wind jaulte um das Haus. Von hier aus konnte man die schwarze Wetterfront genau sehen, die über das Wasser auf sie zukam.

»Der Kapitän wird seinen Betrieb einstellen«, sagte Ella. »Gleich wird es hier hageln und stürmen und blitzen und sonst noch was alles.«

»Dann schauen wir doch mal, ob Inger uns beherbergt.« Er sagte das in einem Ton, als ginge er zu einer guten Bekannten.

Ella rührte sich nicht. »Kennst du sie?«, kam es ihr plötzlich. »Suchst du sie aus einem ganz anderen Grund?«

»Mein Grund ist immer der Gleiche«, sagte er. »Komm, sonst wird der Tee kalt!«

Ella drückte mehrfach die Klingel, aber es tat sich nichts im Haus.

»Sie ist doch nicht da«, stellte sie erleichtert fest.

»Sie wird uns bei dem Getöse nicht hören! Lass uns einmal ums Haus gehen.«

Tatsächlich waren das Rauschen des Wassers, des Windes und der Bäume stärker geworden. Die Äste ächzten, Fensterläden klapperten, und der Sturm zog an allem, was nicht fest war. Es heulte in den höchsten Tönen.

»Nachts sollte man sich hier nicht verirren!« Roger deutete zum Abgrund vor dem Haus. »Dann ist man wirklich schnell abgestürzt.«

»Ich habe jetzt schon das Gefühl, dass es mich gleich wegweht.«

»Du isst auch zu wenig!«

Ach, wie schön, dachte sie, das hat Ben auch immer gesagt. Der Freibrief für die Pfunde.

Sie hatten das Haus einmal umrundet und standen wieder vor der Tür. Roger drückte auf die Klinke. Ella hielt die Luft an. Was, wenn die Tür offen war?

Sie öffnete sich nicht.

»Alle guten Holztüren in Schweden klemmen«, sagte er und drückte leicht mit der Schulter dagegen. Sie gab knarrend nach.

»Das kannst du nicht machen«, sagte Ella schnell. »Das ist Einbruch. Oder Hausfriedensbruch.«

»Gibt es dafür in Schweden ein Wort?«

Ella hielt ihn am Arm fest. »Ich meine es ernst. Wir gehen da nicht einfach rein!«

»Diese Tür ist offen, damit man reinkann. Sonst wäre

sie doch abgeschlossen. Ruf einfach mal, dass wir da sind!«

Ella blieb zurück und sah zu, wie Roger die Tür öffnete und das Haus betrat. Jetzt steht er in der Küche, dachte sie, und sah die Einrichtung aus der Erinnerung vor sich.

»Was ist?«, fragte Roger über die Schulter. »Komm rein, und ruf mal kräftig nach Inger. Bei dem Sturm war die Klingel wohl einfach nicht zu hören.«

Ella biss sich auf die Lippen. Was sollte sie tun? Draußen stehen bleiben und ihn allein durchs Haus gehen lassen? Die Vorstellung war ihr unangenehm, schließlich hatte sie ihn mitgebracht. Sie gab sich einen Ruck und ging durch die Tür.

Auf dem großen Holztisch stand ein üppiger Wiesenblumenstrauß in einer wunderschönen Vase. Obwohl Ella nervös war, fiel ihr doch das Muster auf, es ähnelte dem Motiv auf ihrer Servierplatte. Waren diese blauen Blüten und Vögel vielleicht doch begehrte Sammlerstücke, und sie hatte mit der Rückgabe einen Fehler gemacht?

Die Küche war aufgeräumt und wirkte irgendwie verlassen, nur ein großer Teebecher, der umgedreht auf der Spüle stand, war ein Zeichen dafür, dass hier in den letzten Stunden jemand gewesen war. Die Tür zu Ingers Atelier stand weit offen, und Roger klopfte gegen das Türblatt, während er laut: »Hallo, Inger, sind Sie da?« rief.

Ella lief ihm schnell nach und rief nun ebenfalls nach Inger, aber auch sie erhielt keine Antwort, nur der tosende Sturm pfiff in allen Tonlagen um das Haus.

»Man versteht ja sein eigenes Wort kaum«, rief Roger. »Wie kann man so etwas auf die Dauer nur aushalten?«

»Wahrscheinlich stürmt es nicht jeden Tag«, gab Ella zurück. Sie gingen nebeneinander durch den Raum zum Wohnzimmer, das durch die große Fensterfront einen beängstigenden Blick auf das Unwetter bot. Jetzt konnte man nicht einmal mehr bis zur Klippe sehen, alles war grau, der Regen klatschte gegen die Scheiben und lief in Strömen daran herab, und bei jedem Sturmstoß schienen sich die großen Scheiben bedrohlich nach innen zu biegen.

»Hoffentlich halten die Dinger.« Roger zeigte auf den Holztisch mit den sechs Stühlen. »Hier kann man sich jetzt gut eine Henkersmahlzeit vorstellen. So im Angesicht mit den Naturgewalten würde man einen Genickschuss wahrscheinlich vorziehen.«

»Was redest du denn da?« Ella stieß ihn unsanft an.

»Ich denke nur laut vor mich hin«, gab Roger zur Antwort und drehte sich um. »Aber von Inger Larsson fehlt trotzdem jede Spur.«

»Vielleicht oben? Im ersten Stock? Dort sind doch sicherlich die Schlafzimmer.«

»Gut«, Roger nickte ihr zu. »Dann gehst du dort nachsehen. Ich kann ja schlecht in das Schlafzimmer einer fremden Frau eindringen.«

»Ach …« Jetzt musste Ella doch lächeln, wenn sie an ihr Abenteuer mit ihm dachte.

»Nein, nein.« Er winkte ab. »Keine falschen Schlüsse. Bei uns beiden war es umgekehrt …!«

Ella verzog das Gesicht. Stimmt, dachte sie. Gleichzeitig kam ihr ein furchtbarer Gedanke. »Und wenn ihr etwas zugestoßen ist? Wenn sie … dort oben liegt?«

Roger zwickte sie leicht in die Wange. »Du denkst ja

schon mehr im Krimigenre als ich. Was soll ihr zugestoßen sein? Meinst du, der Mörder lauert noch auf uns?«

Sie stieß seine Hand weg. »Ach, hör auf!«

Er grinste. »Soll ich nach oben gehen?«

»Nein, ich gehe schon!« Ella fuhr sich mit allen fünf Fingern durchs Haar. »Wobei, vielleicht macht sie auch nur einen Mittagsschlaf und erschrickt zu Tode, wenn ich plötzlich in der Tür stehe. Und überhaupt … ein Schlafzimmer ist doch etwas sehr Persönliches, da kann ich doch nicht einfach eindringen.« Sie schüttelte den Kopf. »Nein, das mache ich nicht, das wäre nicht in Ordnung.«

»Gut, dann gehe ich hoch und rufe nur mal ordentlich. Vielleicht nützt es ja was.« Roger drehte sich um. »Das wird ja wohl die Tür sein, die zur Treppe führt.«

In der hinteren Ecke des Ateliers, dort, wo der Wintergarten angebaut worden war, stand eine blau gestrichene Holztür leicht offen.

Ella nickte. »Aber pass auf. Vielleicht denkt Inger, du seist ein Einbrecher, und schießt auf dich, also ruf besser richtig laut!«

»Du willst mich wohl nicht verlieren, was?« Roger warf ihr eine Kusshand zu. »Das freut mich, ma chérie.«

Ella wartete, bis er hinter der blauen Holztür verschwunden war, ging zu den Bildern, die stapelweise an der Wand lehnten, und begann sie langsam durchzusehen.

»Was tust du da?«

Sie fuhr hoch.

Es war keine Frauenstimme!

Roger stand hinter ihr und beobachtete sie.

»Ich schaue, was sie so malt, wenn es nicht gerade meine

Girlanden sind.« Sie wies zur Staffelei, wo ihr Gemälde schon prächtig gediehen war.

»Und? Was malt sie?«

»Alles Mögliche.«

»Hast du mir nicht am ersten Tag erzählt, du suchst nach einer Malerin, weil sie ein Bild gemalt hat, das dich interessiert?«

Ella richtete sich auf. »Du hast ein gutes Gedächtnis.«

»Hoffst du, es hier zu finden?« Er zeigte auf die vielen bemalten Leinwände.

»Vielleicht.«

»Was ist auf dem Bild zu sehen?«

Fast hoffte sie, Inger würde zur Tür hereinkommen.

»Ein Portrait. Das Portrait eines Schulkameraden, der nach Schweden umgezogen ist und von dem ich lange nichts gehört habe.«

Roger sah sie an, seine braunen Augen verdunkelten sich.

»Aha, du reist wegen des Bildes eines Schulkameraden, der nach Schweden umgezogen ist, für mehrere Tage nach Stockholm, um dich auf die Suche nach der Malerin zu machen. Klingt ziemlich glaubwürdig, was?«

»Und wenn«, sagte sie trotzig. »Was geht es dich an?«

»Nichts«, sagte er und zog sich das Dreibein der Malerin heran.

»Nur ist es so, dass auch mir ein Freund und Kollege abgeht, der zuletzt mit einer Malerin in Stockholm in Verbindung gebracht wurde. Sein Verschwinden gab den Anstoß zu meinem Krimi, aber es könnte auch sein, dass er aus anderen Gründen verschwunden ist. Vielleicht hatte er Probleme, die ich nicht kenne. Finanzamt, Familie, was weiß ich.

Der Kommissar, mit dem ich kürzlich beim Mittagessen sprach, brachte mich auf die Spur von Inger Larsson.«

Ella stand breitbeinig da und betrachtete ihn. Konnte das sein? Konnten zwei Männer auf einmal bei Inger Larsson verschwunden sein?

»Ich habe Inger allerdings nicht gefunden. Vielleicht kam ich zu forsch rüber, der Kapitän der Fähre traute mir nicht.«

Ella grinste schräg. »Das tut er noch immer nicht.«

Roger nickte.

»Und nun zu dir«, Roger zog den Reißverschluss seines Rollkragens auf. »Wieso treibst du dich hier herum?« Sein Blick hielt ihrem stand. »Und komm mir jetzt nicht wieder mit deiner alten Platte.«

Ella zuckte die Achseln. »Dazu gibt es keine Variante.«

Er verzog das Gesicht.

»Wovor hast du Angst? Dass ich dir deine Geschichte klaue? Einen Roman aus deiner Suche nach der verlorenen großen Liebe mache?«

»Es war keine verlorene große Liebe«, begann sie. Doch in diesem Moment meldete ihr Smartphone mit einem »pling« den Eingang einer neuen Bildnachricht. Ella stutzte. Maxi, dachte sie sofort. Maxi hatte ihr das Foto von Moritz gesendet. Jetzt hatte sie es, jetzt konnte sie Inger damit konfrontieren. »Einer unserer Schulkameraden ist bei der Abifete verschwunden. Wir wussten nie, ob er nach Amsterdam abgehauen, oder ob er in dem See, an dem wir gefeiert haben, ertrunken ist. Gefunden wurde er nie. Und dann sah ich sein Portrait in einer Ausstellung. Und Inger Larsson war die Malerin. Also hat mich die Neugierde gepackt, und ich bin los.«

»Und deine anderen Schulkameraden?« Rogers Blick hatte sie noch immer nicht losgelassen. »Die hat das nicht interessiert?«

»Ich habe sie gar nicht verständigt. Ich wusste ja nicht, ob er es wirklich ist, oder nicht. Es war ein abstraktes Portrait, ich war mir nicht sicher – und das alles ist vierzehn Jahre her.«

Roger nickte. »Also suchen wir nach *zwei* verschwundenen Männern.«

»Aber warum suchst du ausgerechnet bei Inger Larsson? Gab es da Hinweise?«

Roger stand von seinem Hocker auf. »Nein«, sagte er. »Es war reiner Zufall, dass mich der Kommissar darauf brachte. Er sprach im Zusammenhang mit der Malerin Inger Larsson von einem verschwundenen Mann. Also – was sollte ich denken? Was hättest du gedacht?«

Ella zuckte die Achseln. Der Fall wurde immer komplizierter. »Keine Ahnung. Beruhigend, dass du noch nicht verschwunden bist.«

Rogers Gesichtszüge hellten sich auf, und Ella fand ihn in dem diffusen Tageslicht besonders anziehend. Komisch, dachte sie, gerade hat er mir noch Angst eingejagt. Habe ich irgendwelche seltsamen Neigungen, die mir bisher verborgen waren?

»Das müsste doch *mich* beruhigen«, er lächelte. »Schließlich bin ich hier in Gefahr und nicht du.«

»Ach?« Ella sah ihn an und hatte plötzlich unbändige Lust auf ihn. »Wäre schade …« Ellas Blick glitt über seinen Körper. Schon seltsam, dachte sie erneut, vor wenigen Tagen kannte ich ihn überhaupt noch nicht, und jetzt wirbelt er mein Leben durcheinander. In jeder Hinsicht.

Roger schenkte ihr ein wissendes Lächeln. »Sind wir wieder in einem Boot?«

»In einem Boot?«

»Ja, rudern wir wieder gemeinsam in eine Richtung?«

Ella zuckte die Achseln. So genau wusste sie das noch nicht, und das eine hatte mit dem anderen nichts zu tun.

»Also gut, okay!« Roger ging zu den Bildern an der Wand. »Wollen wir jetzt mal nach unseren Vermissten schauen?« Er deutete auf einen Stapel abseits der anderen Bilder. »Fangen wir dort an!«

»Und wenn Inger plötzlich zur Tür hereinkommt?«

»Dann hat sie hoffentlich einen von beiden dabei.«

Ella versuchte sich das vorzustellen, ließ es aber lieber.

Roger begann, ein Bild nach dem anderen umzuklappen. Sommerbilder, Landschaftsbilder, offensichtlich vor dem Haus gemalt, dann junge Mädchengesichter, glücklich nach einem Tanz, leicht erhitzt, sommersprossig und sonnenverbrannt. »Schön«, sagte Roger. »Sind schon mindestens fünf dabei, die ich gerne kaufen würde.«

»Du stehst auf schwedische Mädchen. Nicht wahr?«

»Nein, eher auf deutsche Mädchen. Solche mit einem Hang fürs Abenteuer.«

Ella verzog den Mund. Dazu gehörte sie nicht wirklich. Sie war eher eine, die gern alles geordnet und in ruhigen Bahnen wusste. Aber davon war jetzt natürlich nichts zu spüren, das war ihr klar.

»Und du?«

»Ich stehe auf liebeshungrige Italiener«, sagte sie, und als sie seinen Blick sah, musste sie lachen. »Na, zur Not tut es auch ein Franzose!«

»Komm du mir nach Hause«, murmelte er. »A casa!«

»Aber das war jetzt eindeutig italienisch!« Sie fasste ihm lachend ins Haar – dann sah sie ihn! Und wieder durchfuhr es sie wie ein Blitzschlag. Alle Härchen stellten sich auf, sie spürte ihr Blut pochen und hatte gleichzeitig Angst, ihr Herz könnte stehen bleiben. Diesmal war es sein nackter Oberkörper.

Roger drehte sich zu ihr um. Ihm genügte ein Blick. »Das ist er, stimmt's?«

»Ja, das ist er!«

Es war, als wäre er zum Leben erwacht, als würde er ihr leibhaftig gegenüberstehen, sie anschauen, sein wissendes Lächeln, die herausfordernden Augen, seine schmale, aber durchtrainierte Gestalt, seine kräftigen Brustmuskeln, ein Langstreckenläufer, ein Mensch, der lange durchhielt und der ihr jetzt ins Gesicht sagte: »Hi, Ella, hier bin ich. Was nun?«

Sie schluckte. Und spürte in sich etwas, das herauswollte. Wie ein Schrei, ein unkontrollierbares Aufbegehren, das sie schließlich nicht mehr verhindern konnte. »*Moritz!*«, sagte sie.

Es war kurz still.

»Da war sie wieder«, erklärte Roger völlig sachlich.

»Wer?« Ella versuchte gerade, ihre Beherrschung wiederzufinden.

»Die andere Stimme.«

»Die … was?« Sie konnte die Augen nicht von dem Bild lassen. Da war er. *Wo* war er??

»Die tiefere Stimme, mit der du schon heute Nacht gesprochen hast.«

»Hör auf«, sagte sie, »du machst mir Angst.«

»Ist es nicht vielmehr so, dass du *mir* Angst machst?«

Er fasste nach Ellas Nacken, aber Ella schüttelte seine Hand ab und sprang auf. »Entschuldige«, presste sie heraus, ging hektisch auf und ab und versuchte sich zu beruhigen.

»Ein Schulfreund«, sagte Roger leise, während er sie beobachtete. »Nur ein Schulfreund.«

Ella zog das Bild aus dem Stapel und lehnte es mit seiner Vorderseite gegen ein freies Stück Wand.

»Gibt es da noch mehr?«

»Wir werden sehen.«

Roger blätterte weiter, und es folgten Moritz-Bilder in allen Posen.

»Er war ein gutes Aktmodell«, sagte Roger irgendwann anerkennend. »Kein Gramm Fett, durchtrainiert, sehr gut erhalten, dabei dürfte der Bursche doch auch schon über dreißig sein.«

»Was heißt das schon.« Ella war es übel. Speiübel.

Roger nahm sie in den Arm. »Beruhig dich. Was auch immer mit ihm ist, hier kann er dir nichts tun.«

»Ha!« Ella lachte auf. »Was weiß ich, wo er ist? Vielleicht kommt er gleich zur Tür hereingeschneit, schließlich wohnt er hier. Offensichtlich. Und *wir* sind die Einbrecher!« Sie spürte, dass sie sich überhaupt nicht mehr im Griff hatte. »Ich fotografiere die Bilder, und dann gehen wir!« Jetzt wurde sie hysterisch, das spürte sie. Und irgendwie war auch plötzlich Steffi da, die ihr sagte: *Siehst du, hättest du die Finger davongelassen, Gespenster lässt man ruhen. Habe ich dir das nicht gleich gesagt?*

»Langsam!« Roger ging vor einem Bilderstapel in die Hocke. »Jetzt schau ich trotzdem die restlichen Stapel noch schnell nach meinem Bekannten durch. Man kann ja nie wissen. Vielleicht haben wir es hier mit einer Massenmörderin zu tun.«

Ella konnte darüber nicht lachen. Wenn das so war, dann war Moritz seiner Meisterin begegnet.

Sie ging zu dem einzelnen Bild von ihm, drehte es um und setzte sich im Schneidersitz davor.

»So«, sagte sie leise. »Hier sind wir. Moritz, siehst du uns? Wir sind beide hier. Die Schwester, die du ertränkt hast, und die Schwester, die dich vernichten wird. Siehst du uns? Schau uns genau an. Es ist vielleicht das Letzte, was du sehen wirst.«

Wenig später kam Roger zu ihr.

»Ich habe alles durchgeschaut, mein Freund ist nicht dabei. War wohl eine andere Malerin, oder er war nicht malenswert.« Roger streichelte Ella übers Haar. »Der Sturm hat nachgelassen, möglicherweise hat der Kapitän den Motor wieder angeworfen, komm, wir stellen die Bilder zurück und gehen.«

Ella stand langsam auf.

»Hast du die Bilder fotografiert?«, fragte Roger.

Sie nickte. Aber es stimmte nicht. Sie hatte keines davon fotografiert. Sie trug schon an dem einen Portrait in ihrem Smartphone schwer.

»Dann komm, lass uns gehen.« Er reichte ihr die Hand zum Aufstehen. »Oder möchtest du noch bleiben?«

Ella schüttelte stumm den Kopf. Sie schaute hinaus. Tatsächlich, sogar die Sonne versuchte ein leises Comeback durch die aufreißende Wolkendecke. Und der Regen sprühte nur noch eine feine Gischt an die Fenster. Sie konnte den Blick nicht abwenden. Die Bäume, die Klippe, das weite Wasser, die Wiese mit den niedrigen Büschen, die Farne, die bemoosten Baumstümpfe, das alles hatte er auch gesehen.

Er lebte, und Inka war gegangen.

Als sie aufstand, fühlte sie sich um Jahre gealtert. Sie hatte es geahnt, sie hatte es herausgefordert, aber die Wahrheit war furchtbar. Moritz lebte. Er hatte sich damals davongestohlen in jener Nacht, er hatte sie alle in der Ungewissheit zurückgelassen, er hatte den leichtesten Weg gewählt, während die Zurückgelassenen mit ihrer Trauer um Inka allein geblieben waren.

»Geht es dir gut?« Roger stand neben ihr und betrachtete sie besorgt.

»Es geht«, sagte sie. »Danke, es geht.«

Er bot ihr wieder die Hand, und diesmal stand sie auf.

Es blies noch ordentlich, aber es war kein Vergleich mehr zu vorher, und auch der Regen hatte aufgehört. Die frische Luft tat gut. Roger zog die Haustür hinter ihnen zu, dann legte er den Arm um Ella.

»Komm«, sagte er. »Lass uns ein paar Schritte gehen, das bringt Abstand zwischen uns und das Haus. Und neue Gedanken ins Hirn.«

»Ich kann nicht mehr denken!«

»Was ist so schlimm daran, wenn dein alter Schulkamerad wieder auftaucht? Er war euch doch keine Rechenschaft schuldig? Bei mir sind alle Schulkameraden verschwunden, wenn ich es recht bedenke.« Rogers Plauderton konnte sie nicht täuschen. Er brannte vor Neugierde.

»Ich werde dir das erzählen«, sagte sie, um ihm zuvorzukommen. »Aber nicht jetzt. Jetzt muss ich mir erst einmal über alles klar werden.«

Er warf ihr einen Blick von der Seite zu und schwieg. Sein Arm hielt sie noch immer fest, und gemeinsam blieben sie an den großen Felsen stehen, die steil in die Tiefe abfielen. Unten gurgelte das Wasser. Ella schaute hinunter. »Wenn ich hier wohnen würde, hätte ich längst ein Geländer anbringen lassen«, sagte sie. »Wie schnell ist man ausgerutscht, oder stell dir vor, im Dunkeln genügen ein paar Schritte zu viel, und du machst einen Abgang.«

»Ich nicht«, erklärte Roger. »Ich bestimmt nicht.«

Ella verharrte.

»Wer dann?«

»Keine Ahnung, aber ich nicht! Ich zitiere nur deinen letzten Satz: Im Dunkeln genügen ein paar Schritte zu viel, und du machst einen Abgang. Und ich habe dir nur geantwortet, dass ich nicht im Entferntesten daran denke, hier einen Abgang zu machen. Weder im Hellen noch im Dunkeln.«

Sie warf ihm einen verständnislosen Blick zu. »Ein klassisches Missverständnis. Ich habe nicht von dir gesprochen.«

»Hast du doch!«

»Aber ich habe nicht dich gemeint!«

»Frauen meinen nie, was sie sagen.«

»Das stimmt nun wieder gar nicht!«

»In Frankreich schon.«

»In Deutschland nicht!«

»Ach so!«

Sie mussten beide lachen, und Ella spürte, wie ihr leichter ums Herz wurde.

»Lass uns lieber gehen!« Ella nahm ihn bei der Hand, und sie gingen den schmalen Weg weiter, um die Felsen herum.

»Bei dem Wetter könnten wir uns eigentlich einen heißen Tee gönnen«, sagte Roger gerade, als Ella erschrocken seine Finger presste und stehen blieb. Vor ihnen war wie aus dem Nichts Inger aufgetaucht. Auch sie blieb stehen.

»Hej«, grüßte sie freundlich. »Wolltet ihr zu mir?« Dann erst schien sie Ella zu erkennen. »Ach, du bist es. Hast du einen Freund mitgebracht?«

Ella nickte. Im Moment fehlten ihr die Worte.

»Hi«, sagte Roger. »Ich bin Roger. Ja, sie hat mir so von Ihnen vorgeschwärmt, da wollte ich Sie unbedingt kennenlernen.«

Inger lächelte ihm zu. »Da hat Sie das Unwetter ja wohl voll erwischt?« Ihre Augen suchten seine Kleidung nach Regenspuren ab.

»Wir haben auf der Rückseite Ihres Hauses Schutz gesucht«, sagte er beiläufig.

Inger überlegte.

»Das Gemälde ist noch nicht fertig«, sagte sie schließlich.

»Das habe ich auch nicht erwartet.« Ella musste schlucken. Sie befürchtete, dass Inger ihr genau ansah, dass etwas nicht stimmte. »Eigentlich müssten Sie sich selbst malen«, sagte Roger da.

»Wie?« Inger hatte sich noch nicht von der Stelle gerührt.

»Ja, wie Sie jetzt so dastehen, in diesem diffusen Licht. Mit dem wehenden Umhang, den offenen Haaren und Ihren unergründlichen Augen. Es hat etwas Unwirkliches, könnte ein märchenhaftes Bild werden. Sehr faszinierend!«

Inger sagte nichts.

»Er hat recht.« Ella riss sich zusammen. »Sie sind wirklich eine Erscheinung!«

»Vielleicht bin ich ja auch eine!« Ingers Lächeln war hintersinnig. »So nah an den Klippen kann einiges passieren. Es soll hier schon Erscheinungen gegeben haben, darum heißt das Stück Land hier auch *Klippe der Nebelfrauen.*«

Roger nickte. »Wie passend! Dann gab es doch sicherlich schon Fälle, die diesem Land seinen Namen gegeben haben?«

»In früheren Zeiten sollen die Klippen zum Todesstoß gedient haben. Eine Art Hinrichtungsstätte.«

»Brrr«, machte Ella. »Wie gruslig!«

»Und gibt es nachts hier Geister?«, wollte Roger wissen.

»Nur die, die ich kenne.«

»Hört auf«, fuhr Ella dazwischen. »Es wird ja immer schlimmer.«

»Geister sind nicht schlimm«, klärte Inger sie auf und kam einige Schritte näher. »Geister sind immer mit uns. Bei uns. Sie sind frei. Man spürt sie. Aber man sieht sie nicht.«

Ella starrte sie an.

»Mach ich dir Angst?« Inger war noch näher gekommen, jetzt trennten sie nur noch zwei Schritte. Ja, tatsächlich, sie machte Ella Angst. Sie rechnete sich aus, wie viele Meter hinter ihr die Tiefe lag. Ein kräftiger Stoß würde wahrscheinlich ausreichen.

»Ihre Theorie ist sehr spannend«, erklärte Roger. »Könnten wir das Gespräch nicht bei einer Tasse Tee weiterführen? Wir sind ziemlich durchgefroren.«

»Sie kommen mir zuvor. Ich wollte Sie gerade einladen.« Inger ging seelenruhig an ihnen vorbei, und Ella zwang sich, nicht tief Luft zu holen.

»Wir haben aber leider kein Gastgeschenk«, erklärte Roger. »Das ist mir ein bisschen peinlich.«

Inger lächelte ihm zu, und Ella spürte plötzlich einen Stich. War sie eifersüchtig?

»Kommt einfach mit!« Inger machte eine einladende Geste in Richtung Haus. »Alle beide.«

Inger öffnete die Tür mit einem Schulterdrücken, ganz genauso, wie es Roger zuvor gemacht hatte. Schon erstaunlich, dachte Ella, irgendwie wirkten sie wie ein altes eingespieltes Ehepaar. Aber das konnte ja nicht sein, hatten sie dieselben Geister? Bei dem Gedanken musste sie lächeln. War sie mit einem Esoteriker zusammen?

Inger zeigte einladend zum Küchentisch.

»Wunderschöne Wiesenblumen«, lobte Roger den Strauß auf dem Tisch. Was für ein Schauspieler, dachte Ella und sagte dann: »Und die Vase …?« Das hatte sie tatsächlich vorhin schon interessiert.

Inger zwirbelte ihr langes Haar zusammen, was nichts nützte, weil es sofort wieder auseinanderfiel. »Ja«, sagte sie gedehnt, »die ist Ihnen natürlich gleich aufgefallen.« Sie ging zum Herd und griff nach dem Teekessel. Während sie Wasser einfüllte, streichelte Ella mit dem Zeigefinger über das Muster. Sie hätte die Platte nicht hergeben sollen, dachte sie zum wiederholten Male. »Sie war ein Geschenk.« Inger drehte das Gas an, setzte den Kessel auf und stellte drei Becher auf den Tisch. »Davon gibt es eine ganze Familie«, sagte sie. »Es sind besondere Stücke.«

»Ja, das sind sie.«

»Wohnen Sie hier ganz alleine?« Roger stand neben einem der Bauernschränke. »Zucker?«

Inger nickte, und Roger öffnete den Schrank. Ella beobachtete ihn, wie er gezielt nach der Zuckerdose griff. Er musste starke esoterische Fähigkeiten haben, dachte sie.

Inger nahm eine Teedose aus dem Hängeschrank über dem Herd und drei Löffel aus einer Schublade, dann wartete sie neben dem Teekessel ab.

»Weshalb interessiert es Sie?«

»Nun, kein Hund, kein Gewehr neben dem Eingang, und nicht einmal die Haustür abgeschlossen, das ist doch ganz schön gewagt.«

»Und ein Mann würde das ändern?« Ingers Stimme klang herausfordernd. Machte sie ihn an? Ella war sich nicht sicher. Unter dem warmen Umhang hatte sich eben eine andere Inger herausgeschält als die, die sie kannte. Wenn ihre Figur bisher in ihren Pluderhosen und weiten Malerhemden untergegangen war, so konnte man das heute nicht behaupten. Ihre Jeans saßen knackig am Po, und ihr tief ausgeschnittener schwarzer Pullover betonte ihren Busen. Heute sah sie überhaupt nicht nach der scheuen Malerin aus, von der alle Welt sprach.

»Ich brauche keinen Mann«, erklärte da Inger mit entschiedener Stimme. »Alles, was man hat, bringt Unglück.«

»Unglück?« Ella furchte die Stirn. »Wieso denn Unglück?«

»Weil alles vergänglich ist. Nur die Gespenster bleiben. Die Gespenster der Vergangenheit.«

Ella erinnerte sich plötzlich an Lindas Spruch. »Die Dame vom Antiquitätengeschäft sagte, Sie hätten eine Begabung für das Rätselhafte und Verborgene.« Sie überlegte. »Ja, und sie nannte Sie die Mystery-Queen.«

»Ah?« Ingers helles Lachen war echt. »Sagt sie das?« Sie

208

nahm die Teekanne aus dem Schrank. »Linda dichtet gern in alles etwas hinein. Was soll sie auch sonst tun, es kann ja recht langweilig sein, wenn die Saison vorbei ist und die Touristen ausbleiben.«

»Aber Mystery-Queen, das gefällt mir gut!« Roger hatte sich rittlings auf einen Stuhl gesetzt und schenkte Ella einen beipflichenden Blick.

»Gibt das jetzt eine Fernsehserie?«, wollte Inger wissen.

»Nein, warum?«

»Es klang so.«

Ella betrachtete Roger, und es war offensichtlich, dass er nachdachte. »Obwohl«, sagte er dann, »der Gedanke ist gar nicht so übel. Hätten Sie denn ein paar konkrete Fälle, die ich verwerten könnte?«

Der Teekessel pfiff, und Inger schwenkte die Teekanne mit heißem Wasser aus.

»Wieso, was meinen Sie?«

»Nun«, Roger machte eine weite Handbewegung, »die *Klippe der Nebelfrauen* klingt ja schon mystisch genug, und die blutige Vergangenheit tut ein Übriges. Aber gab es vielleicht etwas in jüngster Zeit …?«

Inger stellte die Teekanne hart ab und drehte sich nach ihm um. Die Arme hinter sich auf die Arbeitsplatte gestützt, richtete sie ihren Blick auf ihn.

»Wer sind Sie?«

Ella war sich nicht sicher, ob Rogers Überraschung gespielt war.

Er zuckte mit den Achseln.

»Wer soll ich sein? Roger.«

»Sind Sie ein Journalist? Kommen Sie deshalb? Wollen

Sie Geld verdienen mit einer schmutzigen, einer traurigen Geschichte?«

Ella hielt den Atem an. Roger schüttelte entschieden den Kopf. »Ich bin kein Journalist, wie kommen Sie denn auf diese Idee? Und warum sollte ich mit einer Geschichte Geld verdienen wollen? Mit welcher Geschichte?«

Inger sagte nichts mehr, sondern drehte sich zur Arbeitsplatte zurück. Ella betrachte ihren Rücken. Zitterte sie? Lachte sie? Weinte sie?

Schließlich stand Ella auf und ging zu ihr hin. Inger sah sie von der Seite an.

»Wer ist er?«, wollte sie reglos wissen. »Weshalb haben Sie ihn mitgebracht?«

»Inger«, Ella klopfte das Herz bis zum Hals und unbewusst ging sie zum *Du* über. »Inger, ich habe dir doch von Moritz erzählt. Die Klassenkameradin, die ihn in deinem Portrait in Frankfurt wiedererkannt hat.«

»Und ich habe dir gesagt, dass ich keinen Moritz kenne.« Ihr Blick wanderte von Ella zu Roger und wieder zurück. »Was soll das also?«

»Darf ich dir mal kurz ein Foto zeigen?«

Inger rührte sich nicht, als Ella ihr Handy herauszog und die Mitteilung aufdrückte. Maxi hatte das Foto gut aufgenommen. Spiegelfrei und in optimaler Größe füllte es nun das Display aus. Moritz lächelte ihnen vergnügt entgegen, achtzehn Jahre alt, ein blutjunger, gut aussehender Bursche.

Inger erstarrte.

»Gib das her!« Sie riss Ella das Smartphone aus der Hand und betrachtete das Foto. »Wie soll der heißen? Moritz?«

»Ja. Moritz Springer.«

Inger hielt das Smartphone etwas von sich fort, dann ganz dicht vor die Augen. Schließlich reichte sie es Ella zurück. Ihr Gesicht war blass, die samtigblauen Augen stechend.

»Hat er etwas mit dem Tod deiner Zwillingsschwester zu tun?«

Ella hörte, wie Roger aufstand.

»Kennst du ihn?«, wollte Ella eindringlich wissen.

Inger schloss die Augen. Eine Weile war es still, nur die Zweige einer Kletterrose kratzten am Fenster. Ella sah aus dem Augenwinkel, wie Roger abwartend hinter seinem Stuhl stand.

»Er heißt Nils Andersson.« Noch immer hielt Inger ihre Augen geschlossen. »Und er ist vor drei Monaten verschwunden.«

Ella wurde es schwindelig. Sie stützte sich an der Anrichte ab.

»Als wir den Wein miteinander getrunken haben, da hast du mir erzählt, ein geliebter Mensch sei ertrunken.« Sie machte eine kurze Pause, um sich zu sammeln. »War er das?«

Inger wandte sich ab und ging zum Tisch hinüber. Vor Roger blieb sie stehen. »Das ist keine Sensationsgeschichte«, sagte sie in veränderter Tonlage zu ihm. »Das ist nichts als die bittere Wahrheit. Ein Mensch verschwindet. Wo ist er hin? Warum? Ist er ertrunken? Abgestürzt, über die Felsen gerutscht?«

Sie drehte sich zu Ella um.

»Und du? War das von Anfang an dein Ziel, deinen …«, sie hielt kurz inne, »… deinen Moritz hier zu finden? Kamst du deshalb mit dieser Servierplatte an?«

Ihr Ton war hart geworden, und einen Moment lang befürchtete Ella, sie könnte die Vase nehmen und nach ihr werfen.

»Das war Zufall«, beteuerte sie. »Das habe ich dir schon mal erklärt. Ich konnte das ja alles nicht wissen. Aber jetzt weiß ich auch, dass dein Selbstportrait in der Ausstellung neben dem von Moritz gehangen hat.«

Inger ließ sich auf den nächsten Stuhl sinken.

»Soll ich uns den Tee machen?«, fragte Roger und ging, ohne eine Zustimmung abzuwarten, zur Anrichte.

»Wenn es nicht auch um dich ginge, hätte ich euch vorhin rausgeschmissen«, begann Inger langsam, »denn mein Leben geht keinen etwas an.«

»Meins auch nicht«, sagte Ella.

»Eben!« Inger strich sich die schweren Haare aus dem Gesicht. Wie alt war sie? Schwer zu schätzen. Jedenfalls einige Jahre älter als sie und Moritz. Waren die beiden tatsächlich ein Liebespaar gewesen?

»Wir haben uns vor vier Jahren beim Mittsommerfest kennengelernt. Nicht weit von hier. Es war Liebe auf den ersten Blick. Wir haben uns gesehen und waren füreinander bestimmt.« Inger schwieg, und Ella sah, wie sehr sie um ihre Fassung rang. Sie legte die Hand auf ihre. »Anfangs sahen wir uns nur ab und zu. Es war leicht, Nils ist Bootsbauer und hat am Festland seine kleine Werft«, sie zeigte unbestimmt in eine Richtung, »er kam einfach mit dem Boot herüber.«

Ausgerechnet Bootsbauer, dachte Ella. Wie perfide konnte das Leben sein?

»Vor einem Jahr ist er dann hergezogen. Und ich habe gedacht, jetzt ist das Leben vollkommen!« Ella dachte an die Bilder von Moritz, seinen Körper, seine Ausstrahlung. Optisch waren sie sicherlich ein schönes Paar gewesen.

»Und dann war er plötzlich weg. Verschwunden. Kein Lebenszeichen von ihm, es gab ein gekentertes Boot, aber keiner wusste, ob er damit hinausgefahren war oder ob es sich im Sturm losgerissen hatte.«

Ein gekentertes Boot. Ella kroch es kalt den Rücken hinauf.

Inger verstummte und fuhr mit dem Zeigefinger eine Girlande auf der Blumenvase nach.

»Hast du dein gutes Deutsch von ihm?«, fragte sie.

Inger sah auf. »Er sagte, seine Mutter sei eine Deutsche gewesen, und mit ihr habe er von Anfang an nur Deutsch gesprochen. Aber sein Schwedisch war ebenfalls perfekt. Nie hätte ich vermutet, dass er überhaupt kein Schwede ist ...«

»Ja«, sagte Ella, »das wundert mich nicht. Er war sehr sprachbegabt und hätte überhaupt ein glänzendes Abitur machen können, wenn er nicht so faul gewesen wäre. Er hatte einfach keine Lust zum Lernen.«

»Wer hat das schon.«

Roger stellte die drei Tassen auf den Tisch. »Tee à la Roger«, sagte er dazu. »Vielleicht nicht ganz so perfekt, aber mit Liebe gemacht.«

Inger lächelte traurig. »Ja, Liebe.« Sie fixierte Roger. »Und welche Rolle spielen Sie in diesem Spiel?«

»Keine Wesentliche. Ich habe mich einfach nur in diese junge Frau verliebt, als sie plötzlich in meinem Hotelzimmer stand.« Ella spürte Ingers verwunderten Blick und wurde rot.

»Ja, stimmt«, sagte sie schnell, »die Rezeption hat mir einen falschen Zimmerschlüssel gegeben.«

»Wenn ich nicht so traurig wäre, müsste ich jetzt lachen«, sagte Inger. »Aber deine Botschaft ist ja noch eine andere«, richtete sie sich an Ella. »Deine Botschaft ist ja, dass Nils ein Mörder sein soll.«

»Das ist nicht meine Version. Die Obduktion ergab, dass es ein gewaltsamer Tod war, und der Verdacht richtete sich gegen Moritz. Mit ihm ist Inka auf den See hinausgefahren, das Boot ist gekentert, sie wurde gewaltsam unter Wasser gedrückt, und er ist verschwunden. Und nun ist er wieder aufgetaucht, hier bei dir!«

»Um nun wieder verschwunden zu sein«, ergänzte Inger. Sie umklammerte den Becher mit beiden Händen. »Das ist sehr viel auf einmal. Die Liebe meines Lebens soll ein Mörder sein? Ein Mädchen ertränkt haben und abgehauen sein? Versteh mich bitte, dass für mich die beiden Männer im Moment nicht ein und dieselbe Person sein können. Ihre Konturen stimmen einfach nicht miteinander überein.«

»Weißt du, wer sein Portrait in Frankfurt gekauft hat?«, wollte Ella wissen.

Inger schüttelte langsam den Kopf. »Ich weiß nur, was mir gesagt wurde. Es war eine Frau. Das Bild wurde bar bezahlt, und es gibt keine Möglichkeit, den Verbleib des Portraits nachzuvollziehen.« Inger trank einen Schluck. »Es war sowieso ein Fehler. Er hat mich gebeten, die Bilder, die ich von ihm malte, als rein privat zu betrachten. Ich möchte niemals zur Schau gestellt werden, hat er mir gesagt. Und ich habe es ihm versprochen.«

»Warum? Warum haben Sie Ihr Versprechen gebrochen?«, mischte sich Roger ein.

»Ein kindliches Verlangen«, ein Lächeln zog über Ingers Gesicht, und sie richtete sich auf. »Das kindliche Verlangen, einmal gemeinsam mit meiner großen Liebe aufzutreten. Postum, sozusagen. Ich wollte unsere Zweisamkeit demonstrieren. Vielleicht war es auch wie der Gang vor den Traualtar. Wir beide, vereint in Liebe.«

Ella betrachtete Ingers Gesicht. Dieses selbstvergessene Lächeln, die weichen Züge, der volle Mund. Vereint in Liebe. Was hatte Moritz alles angerichtet!

»Weshalb hast du mir das nicht erzählt?«

Ella und Roger saßen unter dem Blick des Kapitäns auf der Fähre zurück ans Festland.

»Was meinst du?« Ella hing ihren Gedanken nach. Ihre Augen blickten ins Leere.

»Es hätte manches erklärt.«

Ella konnte sich nicht losreißen, sie fühlte sich wie im Tiefschlaf. »Erklärt?«

»Dieses Doppelte in dir, das Zwiegespaltene.«

»Das ist Inka.«

»Ja, das weiß ich jetzt auch.«

Wieso hat Inka die ganze Zeit über nichts gesagt, fragte sich Ella plötzlich. Bei all den Offenbarungen von Inger war sie still geblieben, hatte sich nicht gerührt. Ihr Smartphone klingelte. Sie griff danach, die Nummer sagte ihr nichts, trotzdem nahm sie das Gespräch an.

»Hej«, Ella hörte den fröhlichen Singsang von Siris Stimme. »Meine Mutter hat angerufen, also, dieser verschwundene Kerl heißt Nils Andersson, Bootsbauer. Hat seine Bootsbauerwerft, oder wie man so was nennen mag, auf dem Land vor Stockholm. Soll ziemlich abgelegen sein, aber ich habe die Adresse.«

»Nils Andersson«, wiederholte Ella langsam. Wie ein Mensch plötzlich vor ihr entstand, dachte sie. Zuerst hast du nur einen Namen, dann bekommt er ein Gesicht. *Aber das Gesicht eines anderen …* da war sie wieder. Fast war Ella froh, dass Inka sich wieder einmischte. »Du bist wirklich ein Spitzendetektiv, danke!«

»Die Adresse hinterlege ich hier im Hotel unter deiner Zimmernummer.«

Ella sah aus den Augenwinkeln, wie Roger interessiert zuhörte.

»Informationen?«, fragte er, als Ella das Smartphone wieder einsteckte.

Siri hinterlegt die Adresse unter ihrer Zimmernummer, dachte sie, das war auch Rogers Zimmernummer. Aber jetzt spielte das sowieso keine Rolle mehr.

»Ja, das war Siri von der Rezeption, sie hat Nils' Adresse herausgefunden.«

»Also Moritz' Adresse.«

»Ja, Moritz.«

»Du hast deine Spione überall«, sagte er scherzhaft.

Ella antwortete nicht, sie dachte an Maxi. Ihr musste sie noch ein dickes Dankeschön schicken. Roger legte seine Hand auf ihr Knie. Komisch, dachte sie, was macht die Hand da. Von einem völlig fremden Mann.

»Wenn er der mutmaßliche Mörder deiner Schwester ist, dann solltest du die Polizei einschalten«, sagte Roger.

»*Er ist nicht mein Mörder*«, antwortete Ella.

Roger starrte sie an. »Was hast du gesagt?«

Ella lehnte sich auf der unbequemen Holzbank zurück. Das Schiff schaukelte noch ein wenig, aber der Sturm war vorbei.

»Dass Siri die Adresse von Moritz herausgefunden hat.«

»Und danach?«

Sie sah ihn an und zog unwillig ihre Augenbrauen zusammen. »Was meinst du?«

»Du hast gesagt: *Er ist nicht mein Mörder.*«

Ella überlegte. »Wenn nicht er, wer dann? Und warum wäre er dann abgehauen? Und hat sich über die Jahre versteckt, eine zweite Identität aufgebaut? Das macht keinen Sinn.«

»Du hast es aber gesagt.«

Ella zuckte die Achseln. Es wurde immer schlimmer, dachte sie. Jetzt sagte sie schon Sachen, von denen sie nachher nichts mehr wusste.

»Tut mir leid«, sagte sie, »ich habe es aber nicht so gemeint.«

Roger schwieg.

»Jedenfalls solltest du nicht allein einen Mörder jagen.«

Aber Ella überlegte die ganze Fahrt über, und auch später noch, als ihr an der Rezeption Siris Kuvert ausgehändigt wurde, wie sie Roger abhängen könnte. Sie hatte das Gefühl, dass die Suche nach Moritz ganz allein ihre Aufgabe war.

»Lass uns einen Cappuccino aufs Zimmer bestellen«, schlug Roger vor, nachdem er auf die Uhr geschaut hatte. »Klassische Teatime. Kurz vor der Happy Hour.« Er grinste. »Dann kann ich ein bisschen arbeiten, und du kannst dich entspannen.«

»Was möchtest du arbeiten?«, fragte Ella misstrauisch.

»Ein paar Notizen machen.«

»Du baust mich aber in keinen Film von dir ein, oder?«

»Wie kann man nur so viel Angst um die Persönlichkeitsrechte haben«, flachste er, aber Ella fühlte sich in ihrer Haut nicht wohl. Sie lieferte schon ganz schön viel Stoff für ihn.

»Also doch keinen Cappuccino?«, fragte er, als sie noch immer unschlüssig vor der Rezeption standen. »Oder lieber dort an den Kamin?« Er zeigte auf ihre Lieblingsecke. Ella streifte ihn mit einem Blick. Roger war ein sehr gut aussehender Mann, das war er wirklich, und er zog sich gut an. Sie bemerkte sehr wohl, dass er bei den weiblichen Gästen gut ankam. Manche flirteten ganz unverhohlen mit ihm.

»Lass uns hochgehen«, entschied sie. Während er seinen Laptop mit Gott weiß was füttern würde, würde sie Steffi diese unglaubliche Nachricht mailen. Jetzt hatte sie Fleisch am Knochen, wie Roger sagen würde. Sie folgte ihm zum Lift. »Einen Cappuccino und eine Kanelbulle für mich.«

Roger nickte. »Eine Zimtschnecke? Gute Idee, ich nehme die Prinsesstarta.«

»Die Prinsesstarta?« Ella drückte auf den Liftknopf. »Was ist denn die Prinsesstarta?«

»Die müsstest eigentlich du nehmen ...« Er fuhr ihr zärtlich durchs Haar. Ben, dachte Ella. Sie musste unbedingt Ben eine Mail schreiben, er war sicherlich voller Sorge, wollte sich aber nicht aufdrängen. Wahrscheinlich wartete er die ganze Zeit auf eine SMS oder eine Mail von ihr. Sie seufzte.

»Genau gegen so etwas ist eine Prinzessinnentorte gut«, sagte Roger und hielt Ella die Tür des Lifts auf.

»Gegen was?«

»Gegen abgrundtiefe Seufzer.«

Es war ein grüner Hügel aus Sahne und Marzipan, den der Kellner zwanzig Minuten später vor Roger auf den kleinen Tisch in ihrem Hotelzimmer stellte. Ella begutachtete die Prinsesstarta skeptisch.

»Na«, sagte sie, »das muss man sich leisten können.«

Roger zuckte mit den Schultern. »Mit dir habe ich einen solchen Kalorienverbrauch, dass ich mit dem Nachtanken kaum hinterherkomme.«

Ella lachte. Ja, tatsächlich, er war gertenschlank, kein Fettpolster nirgendwo. »Du kannst ja nachher ein Nachmittagsschläfchen machen«, schlug sie vor, »dann setzt es besser an.«

»Wenn du mitschläfst, garantiert nicht.«

Ella las noch einmal kurz, was sie Steffi auf die Schnelle geschrieben hatte. Dass die alten Gespenster lebendig geworden seien und sie dieses eine Gespenst nun nicht mehr in Ruhe lassen würde: »Steffi, ich habe ihn. Ich habe Moritz aufgespürt! Stell dir mal diese Ungeheuerlichkeit vor!!!! Inger Larsson, die Malerin, hat Moritz anhand eines alten Jugendfotos als Nils Andersson wiedererkannt. Stell dir vor!! Sie hat ihn als den Mann erkannt, mit dem sie vier Jahre ein Liebesverhältnis hatte und vor einem Jahr zusammengezogen ist und der vor drei Monaten spurlos verschwunden ist. Stell dir das nur mal vor, Steffi, wenn er nicht verschwunden wäre – vielleicht hätte er mir die Tür aufgemacht, ist das nicht unfassbar?? Wie hätte ich reagiert? Wäre ich ihm direkt an die

Kehle gegangen? Wie konnte er sich nach so einer Tat einfach so verstecken? Aber ich habe jetzt seine Adresse. Er hat als Bootsbauer gearbeitet. Moritz! Kannst du dir den als Bootsbauer vorstellen? Er war doch faul wie eine leere Papiertüte und für Höheres bestimmt, wie sein Erfolgsvater immer sagte. Aber dieses Bootshaus schaue ich mir genauer an. Und den See auch. Vielleicht taucht er ja wieder auf …« Ella setzte noch schnell ein »Kuss, deine Ella« und »Was sagst du zu dem Ganzen???« darunter, dann stand sie von ihrem Laptop auf und setzte sich zu Roger an den Tisch. Nun musst du umschalten, dachte sie, mach dich mal ganz locker, Ella.

»Gemütlich.« Sie lächelte. »Jetzt fehlen nur noch die Kerzen und ein bisschen romantische Musik.«

»Musik kannst du haben«, er zeigte auf sein Smartphone. »Einen kleinen Lautsprecher habe ich auch dabei.«

»Du bist tatsächlich ein Mann für alle Gelegenheiten.« Ella nahm einen Schluck aus ihrer Tasse und schleckte sich den Milchschaum mit der Zungenspitze von der Oberlippe.

Roger beobachtete sie. »Interessant, wie du das machst.«

»Was?«

»Wie du mich anmachst.«

»Mach ich nicht.«

»Machst du doch!«

Ella stellte die Tasse ab. »Wie kommt deine Frau damit zurecht?«

»Was meinst du?«

»Nun, ich werde ja nicht die einzige Gespielin sein, die du auf deinen Reisen aufgabelst.«

Roger zog die Stirn kraus. »Du willst jetzt nicht wirklich über meine Frau reden?«

»Warum nicht?«

»Weil ich das nicht will.« Seine Kuchengabel stach in die grüne Masse.

Ella überlegte. Es interessierte sie auch nicht wirklich. »Na gut, lassen wir die Daheimgebliebenen daheim.«

Er nickte und balancierte eine übervolle Gabel in seinen Mund.

»Ist sie hübsch?«

»Mmmmpfhhh.«

»Ah ja.« Ella zog eine Augenbraue hoch. »Wie aufschlussreich.« Sie betrachtete ihre Zimtschnecke von allen Seiten. »Ich möchte mir nachher eine warme Jacke kaufen. Vielleicht auch einen Norwegerpullover, wenn ich schon mal in Schweden bin.«

»Schlüssig«, meinte Roger mit vollem Mund.

»Magst du mitkommen, mich beraten?«

»In Stockholm shoppen?« Sein Blick war geradezu entgeistert.

»Ja, warum nicht?«

»Das ist für einen Pariser die Höchststrafe!«

Volltreffer, dachte Ella und verkniff sich einen erleichterten Gesichtsausdruck.

»Schade«, sagte sie und biss in die Schnecke.

Eine halbe Stunde später saß sie im Taxi auf dem Weg zu Nils Anderssons Bootshaus. Sie hatte dem Taxifahrer die Adresse in die Hand gedrückt, und er meinte, dreißig Kilometer seien das auf jeden Fall bis zu dem Dorf in den Schären. Und wenn er dann die Werft noch suchen und auf sie warten müsse, koste das auf jeden Fall was extra. Sie handelten den Pauschalpreis von tausend Kronen aus, und Ella war zufrieden. Ein Norwegerpullover mit integriertem Windstopper wäre sicherlich teurer gewesen.

Sie war aufgeregt, aber sie genoss die Fahrt trotzdem. Bald bogen sie von der breiten, stark befahrenen Straße in eine schmale Landstraße ab, die durch einen dichten Wald führte. Zwischendurch wurde es lichter, dann konnte sie linker Hand kurz Wasser sehen. Sie fuhren durch einige Ortschaften, deren Straßenschilder sich Ella nicht merken konnte und die sich alle irgendwie ähnelten. Schließlich waren sie wohl in dem Ort angekommen, der auf dem Zettel vermerkt war, denn der Fahrer hielt am Straßenrand und erkundigte sich bei einigen Frauen nach der Werft. Zwei schauten sich kurz und bedeutungsvoll an, die dritte gab bereitwillig und gestenreich Auskunft.

Ella saß hinten und versuchte sich aus den Gesten und den Aussagen der Frau einen Reim zu machen, aber sie verstand rein gar nichts und gab es schließlich auf. Sie hoffte, dass sich der Taxifahrer die vielen Abzweigungen, Kreuzungen und Straßennamen merken konnte, und ärgerte sich, dass sie nicht gleich nach einem Taxi mit Navigationsgerät gefragt hatte, das hätte jedenfalls Zeit gespart.

Der Taxifahrer unterhielt sich noch kurz mit der Frau, dann fixierte er Ella durch den Rückspiegel.

»Ist der Bootsbauer ein Freund von Ihnen?«, wollte er auf Englisch wissen.

Ella zögerte. »Ein Bekannter.«

»Er ist tot. Wir können umkehren.«

»Ich möchte trotzdem da hin.«

»Das macht keinen Sinn, da ist niemand mehr.«

222

»Ich habe Sie dafür bezahlt, und ich möchte da hin.«

Er verzog missmutig das Gesicht. »Das Haus liegt versteckt, wir werden suchen müssen.«

»Dann suchen wir eben. Die Frau hat den Weg doch ganz gut beschrieben.«

In diesem Moment ging eine Nachricht ein. Ella griff nach ihrem Smartphone.

»Chérie, bringst du mir einen warmen Schal mit? Kaschmir und bitte taubenblau mit hellgrau. Bisou.«

Ella legte das Smartphone neben sich auf den Sitz.

»Liegt da noch ein Boot von Ihnen?«

»Ich besitze kein Boot, aber ich möchte trotzdem dorthin.«

Im Rückspiegel sah Ella, wie er die Augen zusammenkniff, gleich darauf drehte er sich zu ihr um.

»Gut. Auf Ihre Verantwortung.«

»Weshalb auf meine Verantwortung?«

»Es haben sich dort wohl ein paar Leute eingenistet, die hier im Ort nicht gern gesehen sind.«

»Leute? Was für Leute?«

Er rollte die Augen. »Was weiß ich? Penner.«

»Penner?« Gab es so etwas in Schweden überhaupt? War Schweden nicht der sozialste Staat überhaupt?

»Sie wollen trotzdem hin?«

»Ich will trotzdem hin.«

Er schüttelte den Kopf, drehte sich um und fuhr los.

»Mal schauen, wo ich so einen Schal finden kann«, schrieb Ella zurück.

Offensichtlich hatte der Fahrer gut zugehört, denn er fuhr traumwandlerisch sicher einige Straßen entlang, die schließlich zum Wasser führten. Ein langer Schuppen, von dem aus

Gleise zum Wasser führten, versperrte ihnen den Weg. Und am Ufer lag ein umgedrehtes Kanu aus rötlich schimmerndem Holz.

»Das muss es sein.« Der Taxifahrer hielt an. »Ich warte.«

»Gut.« Ella stieg aus. Hier direkt am Wasser hatte der Wind wieder mehr Kraft, die Blätter rauschten, und die wild bewegten Wellen rollten auf das Ufer zu und liefen flach und schäumend aus. Ella hielt sich den Kragen der Jacke zu und ging am Bootshaus entlang in Richtung See. An dem Kanu blieb sie stehen. Sie betrachtete es, dann schaute sie über den See. Schräg gegenüber, zwischen dem Grün der Bäume und dem Grau der Felsen leicht zu übersehen, entdeckte sie hoch oben auf den Klippen Ingers Haus. Von hier aus sah es aus wie ein Adlerhorst. Sie versuchte die Entfernung bis zum gegenüberliegenden Ufer zu schätzen. Zwei Kilometer? Oder drei? War Moritz ertrunken, als er auf dem Weg zu Inger war? Ella fuhr mit der Hand über den Rumpf des Boots, er fühlte sich glatt an, streichelweich, fast wie Lack. War er überhaupt mit diesem Boot unterwegs gewesen?

Ihr Blick tastete die Umgebung ab. Der See war sehr groß und unübersichtlich mit seinen Inseln, zerklüfteten Ufern und Klippen. Die Konturen konnte man mit bloßem Auge kaum erkennen. Die Anlegestelle der Fähre musste genau auf der anderen Inselseite liegen. So war Moritz' Kommen und Gehen von niemandem zu sehen gewesen. Ella blickte am Ufer entlang nach links, aber selbst das Dorf war hinter einer kleinen Landzunge verborgen. Es war nicht weit weg, weit genug aber, um hier ungestört leben und arbeiten zu können.

Ella drehte sich zu dem Taxi um. Der Fahrer war ausgestiegen, lehnte an seinem Wagen und rauchte eine Zigarette. Gut, dann hatte sie noch Zeit. Hoffentlich hatte er eine ganze Packung dabei und war Kettenraucher.

Sie ging auf das große Bootshaus zu, ein langer Schuppen aus roh gezimmerten Balken, die durch die Witterung grau geworden waren. Das zweiflügelige große Tor an der Stirnseite war verschlossen, die schmalen Gleise führten untendurch ins Innere des Schuppens.

Da war Moritz also Bootsbauer geworden, dachte Ella. Das passte irgendwie nicht zu ihm. Es hatte ihm doch eine glänzende Karriere offengestanden. Sein Vater hätte ihn weltweit studieren lassen. Fast hätte sie lachen müssen. Moritz, der nie einen Strich für die Schule getan hatte. Wenn der kraft des Geldes oder der Beziehungen seines Vaters irgendwo auf einer Eliteuniversität gelandet wäre, hätte er sicherlich alles Mögliche studiert, nur nicht sein Studienfach.

Ein hölzerner Riegel verschloss das Tor des Bootshauses. Ella hätte den Riegel aus der Verankerung ziehen können, aber sie wollte nicht einbrechen. Nicht vor den Augen des Taxifahrers. Am hinteren Ende des Schuppens lag ein Wohnhaus. Es war hübsch, schwedisch rot mit weißen Fensterrahmen. Ella ging darauf zu. Eine Scheibe war beim Fensterkreuz eingeschlagen worden, offensichtlich um den Fenstergriff von innen öffnen zu können. Dann stimmt es ja wohl doch, was der Taxifahrer gesagt hatte, überlegte Ella. Irgendwelche Gelichter hausten hier und freuten sich über das schöne Haus.

Warum auch nicht, dann hat wenigstens noch jemand

was davon. Sie ging zur Haustür. Bevor sie die Klinke hinunterdrückte, sah sie sich um. Dem Taxifahrer war durch das Bootshaus die Sicht verstellt, und auch sonst konnte sie keine Menschenseele sehen. Und auch kein Tier, fiel ihr plötzlich auf. Keinen Hund, keine Katze, nicht einmal einen Vogel.

Die Tür ließ sich öffnen. Ella dachte an den Vormittag bei Inger zurück. Tag der offenen Tür. Aber es machte ihr jetzt nichts mehr aus, einfach hineinzugehen. Gestern hätte sie das noch nicht getan, heute war gestern weit weg. Alles war anders. Sie schloss die Tür hinter sich und schaute sich um. Ein schmaler Gang führte zu einer Holztreppe, die in einem Bogen nach oben führte. Links von ihr sah sie durch eine weite Türöffnung in einen getäfelten Raum mit einem mannshohen Kamin, der fast die ganze Stirnseite des Zimmers einnahm. Sie trat ein und sah sich um. Hatte Moritz tatsächlich hier gelebt? Keine Fotografien, keine persönlichen Gegenstände, außer zwei großen Bildern an der Wand: graue Nebelgestalten, düster, mit dickem Pinselstrich aufgetragen. Das sah sehr nach Inger Larsson aus. Wo verbarg sich hier die Fröhlichkeit einer neuen Liebe? Eine tomatenrote Ledercouch war der einzige Farbklecks, sie war auf den Kamin ausgerichtet und stand mitten im Raum. Männlich karg, dachte Ella. Sehr karg. Eine weitere Tür führte in die Küche. Ella blieb im Türrahmen stehen. Hier hatte Leben stattgefunden, und zwar ganz sicherlich mehr, als Moritz wohl lieb gewesen wäre. Der massive Tisch am Fenster quoll über vor dreckigem Geschirr, halb leeren Flaschen, aufgerissenen Tüten und Brotresten. Instinktiv drehte sie sich um, aber sie war nach wie vor allein. Ein komisches Gefühl beschlich sie. So ist das also, dachte sie, wenn du nicht mehr da bist. Andere ergreifen Besitz von dem, was du dir aufgebaut hast, wo du dich sicher gefühlt hast. Nichts ist mehr etwas wert. Sie trat zurück auf den Gang und stieg die Holztreppe hoch. Oben ein offener Raum mit Regalwänden und Schränken. Eine Tür führte in ein Zimmer, wahrscheinlich war es sein zum See liegendes Schlafzimmer. Vielleicht fand sie ja dort ein paar Hinweise auf Moritz, Fotos, Dokumente, irgendwas. Sonst würde sie doch unten im Wohnzimmer den einzigen Schrank durchwühlen müssen.

Sie betrat das Zimmer, einen lichtdurchfluteten Atelierraum. Die Fenster schauten auf den See, frei in der Mitte des Zimmers stand ein breites Bett, an den Wänden hingen große, moderne lichtblaue Bilder, und im Kontrast dazu standen zwei antike silber beschlagene Kommoden darunter. Aber auch hier war das Chaos ausgebrochen. Matratzen, Schlafsäcke, leere, zum Teil ausgelaufene Flaschen, Zigarettenstummel in halb ausgetrunkenen Gläsern. Es roch abgestanden und muffig. Dann fiel die Tür ins Schloss. Erschrocken fuhr Ella herum – und erstarrte. Hinter ihr stand ein Mann und betrachtete sie finster. Moritz? Das war ihr erster Gedanke. Aber so sehr konnte er sich seit den Portraits nicht verändert haben. Dieser hier war sehr schlank, fast schon mager und nicht so groß wie Moritz, er trug einen dunklen Dreitagebart und halb lange dunkelblonde Haare. Seine Mundwinkel waren heruntergezogen, und seine ganze Erscheinung wirkte ungepflegt. Er blieb breitbeinig vor der geschlossenen Tür stehen und verschränkte die Arme.

Ob er auf sie losgehen wollte?

Sie sagte nichts und wartete ab.

Er fragte etwas, sein Ton war barsch, und es klang unfreundlich, aber sie verstand sowieso nichts.

»Ich verstehe dich nicht«, antwortete sie freundlich auf Englisch.

»Was tust du hier?«, wollte er wissen und bewegte sich keinen Zentimeter.

»Was tust du hier?«, gab Ella zurück.

Er stutzte. Vielleicht denkt er jetzt, ich sei von Scotland Yard oder irgend so was, dachte Ella.

»Du hast kein Recht, hier zu sein, also was tust du hier?«

»Ich möchte den Hausherrn besuchen«, gab Ella zurück. »Und du? Weshalb veranstaltest du hier eine solche Sauerei?«

Wie eine deutsche Hausfrau, dachte sie. Furchtbar.

»Was geht dich das an?«

Ella ging nicht darauf ein. Angriff ist die beste Verteidigung, dachte sie. »Wo ist Nils?«

»Wieso willst du das wissen?«

»Wo ist der Hausherr?«

»Hier gibt es keinen Hausherrn, das Haus ist aufgegeben.«

Aufgegeben. Wie er das sagte. Ella lauschte nach innen. Warum nur sagte ihr Inka seit Stunden nichts? Sie war wie tot. Kein Laut, keine Regung. »Und seit wann wohnst du hier?«

»Seit ein paar Wochen.«

Er hatte sich noch immer nicht bewegt. »Und wer bist du?«, wollte er jetzt doch wissen.

»Eine alte Freundin von Nils«, sagte sie wahrheitsgemäß, »ich wollte ihn besuchen.«

Der Mann betrachtete sie, dann zog er die Stirn kraus.

»Ich habe dich schon mal gesehen.«

»Mich?« Ella schüttelte den Kopf. »Das kann nicht sein!«

Er kam näher, und Ella wich automatisch aus, aber er ging nur an ihr vorbei zu der Kommode, die rechts am Fenster stand. Jetzt könnte ich abhauen, war Ellas erster Gedanke, aber im selben Moment packte sie die Neugierde, und sie ging ihm nach. Er hatte die oberste Schublade aufgezogen und wühlte darin, dann zog er grinsend einen Silberrahmen heraus. Ella hielt die Luft an, als er ihn zeigte. Es war ein Foto, wenige Tage vor der Abiturfeier aufgenommen. Sie erinnerte sich gut daran, denn sie hatte es gemacht: Moritz. Im rechten Arm hielt er Inka, im linken Arm Steffi.

»Das bist doch du?« Der Typ deutete auf Inka.

Ella nickte.

»Dann seid ihr alte Freunde.«

»So alt nun auch wieder nicht.« Ella hätte fast gelacht. Ein hysterischer Anfall, dachte sie, beherrsch dich. Jetzt war es sicher. Moritz war nicht verschwunden. Er hatte als Nils Andersson hier gelebt. Hier in diesen Räumen, den See durch diese Fenster gesehen, in diesem Bett geschlafen, diese Luft geatmet. Es war unfassbar!

»Gibt es da noch mehr?«

Er zuckte die Achseln. »Wir haben alles, was so herumstand, in diese Schubladen geworfen. Ist ja alles privates Zeugs. Geht keinen was an.«

Ella warf ihm einen kurzen Blick zu. So viel Anstand hätte sie ihm gar nicht zugetraut. Sie kickte eine leere Konservendose zur Seite und trat neben ihn vor die Kommode.

Einige gerahmte Fotos lagen übereinander. Sie griff wahllos hinein. Das war er. Moritz, wie er heute aussah. Wieder überkam sie ein Schauer. Das Gesicht war männlicher geworden, ausgeprägter, kantiger. Um die Augen herum sah man ihm an, dass er sich viel draußen aufhielt, kleine helle Fältchen auf der sonnengebräunten Haut.

Wie konnte sie nur so sachlich nachdenken, er hatte Inka getötet und sich hier ein gemütliches Leben gemacht, hatte sich der Verantwortung entzogen, hatte alle im Schmerz und in der Ungewissheit zurückgelassen. Es war schade, dass er nun wohl selbst ertrunken war, sie hätte ihn gern mit ihren Gefühlen konfrontiert.

»Willst du noch mehr?«, fragte der Mann und brachte sie ins Heute zurück.

Ella schaute auf. »Ja, das ist wichtig für mich.«

Er nickte. »Dann lass ich dich allein.«

»Danke.«

»Magst du einen Tee?«

Ella dachte an das schmutzige Geschirr in der Küche und schüttelte den Kopf. »Danke, sehr lieb, aber nein.«

Sie schaute ihm kurz nach, dann beugte sie sich über die Schublade. Nun kam auch Inger zum Vorschein. Lachend am Ufer, ein gemeinsames Foto Kopf an Kopf, offensichtlich auch mit langem Arm selbst fotografiert, und ein sehr bemerkenswertes Motiv: Moritz bei Inger im Atelier. Mit Pinsel und einer Malpalette in der Hand vor einem Gemälde, das Ella kannte. Es war ihr schon in der Ausstellung aufgefallen, weil es sie seltsam berührt hatte: das düstere Motiv eines Sees, der Ella bei näherem Betrachten fatal an ihren eigenen See in Deutschland erinnerte. Ja, es war das Ufer des heimischen Sees, dort hatten sie ihr Abitur gefeiert, und das Ruderboot, schemenhaft im Hintergrund, war das

Boot, mit dem Inka und Moritz gekentert waren. Sie musste Luft holen. Das Bild hatte Moritz gemalt. Sie hatte gespürt, dass da etwas war, aber sie hatte eine schwedische Malerin und einen schwedischen See vor Augen. Aber nein, es war Moritz. Und der Tatort.

Ella wurde es schlecht, und sie ließ sich auf das ungemachte Bett sinken. Du lieber Himmel, dachte sie, hier hat er geschlafen, hier hatte er Sex, und ich stand in Frankfurt vor seinem Bild. Es überstieg fast ihre Vorstellungskraft. Sie betrachtete das Foto noch einmal. Kein Zweifel. Das Gemälde war noch nicht fertig, er war mitten in der Arbeit. Ein Gemälde von Moritz, fotografiert von der Malerin, wie schräg.

Hatte er noch mehr Bilder wie dieses gemalt? Stammten diese düsteren Gemälde alle von ihm? Diese Freudlosigkeit, diese Schwere? Hatte er sich vielleicht umgebracht, weil ihn die Schuld erdrückte?

Ella fand keine Antwort.

Sie musste Steffi fragen. Sie musste sie nachher gleich anrufen – egal, was so ein Anruf kosten würde, jetzt brauchte sie eine Freundin zum Reden. Alleine konnte sie das nicht verkraften.

Zumindest konnte sie ja schon mal eine SMS schreiben. Ella zog das Smartphone heraus, es blinkte. Gleich würde der Akku leer sein, wie ungeschickt aber auch! »Ich rufe dich später an«, schrieb sie. »Bin im Bootshaus von Moritz! Ich habe Fotos gefunden, er ist es wirklich! Er hat ein Bild über den Tatort gemalt. Unfassbar! Dass du aber auch nicht da bist!!! Ich vermisse dich so!!!«

Sie las ihre Botschaft noch mal schnell durch und drückte

auf *Senden*. Wirklich schade, dachte sie, schade, dass sie Steffi jetzt nicht herzaubern konnte.

Sie schaute zur Tür. Kam dieser Typ schon wieder? Nein, er ließ sie in Ruhe, gut so. Sie blickte noch einmal in die Schublade. Fotos von Moritz, wie er mit bloßem Oberkörper ein Boot bearbeitete. Die Sonne brannte ihm auf den Rücken, und Ella betrachtete die ausgeprägte Muskulatur unter seiner leicht glänzenden Haut. Er war gut trainiert. Aber sein Job war natürlich auch körperlich anstrengend. Auf dem nächsten Foto saßen die beiden bei Inger zu Hause am Tisch vor der großen Fensterfront. Verschiedene Schüsseln und eine Weinflasche standen auf dem Tisch, Kerzen brannten, und die beiden hielten sich über den Tisch hinweg die Hände. Das Glück strahlte förmlich aus ihren Gesichtern. Gedeckt war nur für zwei. Wer aber hatte das Foto gemacht? Sie schaute noch einmal auf das Bild. Moritz schien so glücklich.

So einer begeht doch keinen Selbstmord, dachte sie. Vielleicht hat er bei Inger die Therapie gefunden, die ihm bei der Verarbeitung seiner Vergangenheit half, schoss ihr durchs Hirn. Was für ein Scheißwort für einen Mörder. Nehme ich ihn jetzt schon in Schutz? Verdrängen, müsste es heißen. Er hat wohl mit Ingers Hilfe angefangen, die Tat erfolgreich zu verdrängen, sie mit düsteren Bildern aufzuarbeiten und mit einer Runde Sex abzuschließen.

Ella warf die Fotos zurück in die Schublade. Sie besann sich und zog eines wieder heraus: das Foto, auf dem er das düstere Seemotiv malte. Das würde sie doch sehr gern Inger zeigen. Und der Galeristin in Frankfurt. Und am besten auch gleich noch einem Psychiater.

Sie schloss die Schublade und ging in den Vorraum zurück. In der eingebauten Schrankwand befand sich eine rot lackierte Tür. Ella machte sie auf. Das Badezimmer. Eine Wanne auf Füßen mitten im Raum, weiße Fenstersprossen und die Wände ebenfalls rot lackiert. Ah, dachte sie, ist ja witzig gemacht. Aber auch hier lagen Badetücher und ausgedrückte Zahnpastatuben wahllos auf dem Boden verstreut. Ist nicht meine Baustelle, dachte Ella und schloss die Tür wieder. Sie öffnete eine Schranktür. Jeans und T-Shirts, ordentlich gestapelt. Fast militärisch, fand Ella. Im nächsten Schrank hingen Hosen, viele Hemden und einige Jacketts. Eines davon zog sie heraus. Dunkelblau, eher elegant. Zu welchen Anlässen er so etwas wohl getragen hat, der Herr Nils Andersson? Dann folgte ein Wäscheschrank. Wäsche, sieh mal an. Oben lagen Bettbezüge in sehr kräftigen Farben, darunter welche in gedeckten Tönen und schließlich ganz unten die farblich passenden Laken. Je nach Lust und Laune, dachte Ella. Und auch in verschiedenen Stoffen. Flauschig weich, seidig kühl. Alles vorhanden. Schon seltsam, sie kannte keinen Mann mit derartig viel Wäsche. Als sie die Tür gerade schließen wollte, entdeckte Ella eine Papierecke. Eine alte Rechnung, war ihr erster Gedanke, sie zog daran und hob gleichzeitig die Bettdecken etwas an, damit das Papier nicht zerreißen würde. Es war aber keine Rechnung, es war die Rückseite eines Fotos. Ein Foto zwischen Bettlaken, dachte Ella, das konnte nur eines bedeuten: Es war ein Sexfoto. Hatte sie überhaupt das Recht, es umzudrehen und anzuschauen? Sie betrachtete die Rückseite. Fortlaufende Zahlenketten waren aufgedruckt, und mit verblassender Kulischrift hatte jemand »Nur wir zwei« darauf geschrieben.

Eine weiche Handschrift, keine männliche. Ella schaute sich die Wäsche noch einmal genauer an. Irgendwie sah das alles schon sehr weiblich aus. Aber Moritz war doch zu Inger gezogen und nicht umgekehrt? Hatte hier vorher schon eine Frau gelebt?

Sie drehte das Foto um und erstarrte.

Steffi! Sie lag nackt in einem Bett, ein Sektglas in der Hand.

Steffi. Es gab keinen Zweifel, es war Steffi.

Ella spürte einen Luftzug und schaute sich schnell um. Nein, es stand niemand hinter ihr, obwohl sie ständig damit rechnete, dass jemand auftauchen könnte.

Dann schaute sie das Foto genauer an. War es von damals? Nein. Wie achtzehn sah sie nicht mehr aus – und dieses Foto war definitiv vor nicht allzu langer Zeit aufgenommen. Ella erkannte es an Steffis Frisur. Zu ihrer Naturfarbe braun war sie erst vor etwa zwei Jahren zurückgekehrt.

Wie war Moritz an dieses Foto gekommen?

Sie drehte es noch einmal um. Konnte man aus den Zahlen ein Datum erkennen? Nein, die Zahlenketten ergaben für Ella keinen Sinn. Aber der Satz »Nur wir zwei« – wer war der Zweite?

Und dann erkannte sie das Bett, und augenblicklich raste ihr Puls. Das war hier aufgenommen worden. Hier in diesem Haus, nebenan auf dem Bett. Sie hielt sich an der Schranktür fest. Moritz hatte das Foto gemacht. Steffi wusste, wo Moritz war. Sie hatte es die ganze Zeit gewusst. Und noch mehr: Sie hatte offensichtlich ein Verhältnis mit ihm. Mit dem Mörder ihrer Schwester. Ihre allerbeste, ihre einzige Freundin. Ihre allerbeste, ihre einzige Freundin mit Moritz, dem Mörder ihrer Schwester.

Sie wollte, sie konnte es nicht begreifen.

Dann kam ihr der nächste Gedanke. War Moritz gar nicht ertrunken? War er bei Steffi in New York? Mit falschem Pass, falschem Lebenslauf und einer neuen Zukunft an Steffis Seite?

Aber warum? Wieso? Wie passte das alles zusammen? Wann hatte Steffi ihn entdeckt? Und weshalb hatte sie Ella nichts davon erzählt?

Ella sah sich um. Ein Stuhl stand in der Ecke. Sie musste sich setzen, sie musste denken, es drehte sich alles in ihrem Kopf.

Hatte Moritz Steffi kontaktiert? Das wäre leicht gewesen, sie hatte noch ihren Mädchennamen und lebte noch in ihrer Heimatstadt. Das Internet hätte sicherlich auf mehrere Arten bereitwillig Auskunft gegeben.

Aber was konnte er von ihr gewollt haben?

Wie hatte er es angefangen? »Hi Steffi, nicht erschrecken, ich bin es, der tot geglaubte Moritz?«

Hatte er sich bei seinen Eltern auch gemeldet? Aber warum erst jetzt? Nach so vielen Jahren? Warum sollte er das Risiko eingehen, dass Steffi direkt zur Polizei läuft? Steffi aber hatte es nicht einmal ihr erzählt, ihrer besten Freundin. Warum?

Ella fand keine Antworten.

Sie betrachtete das Foto. So glücklich hatte sie Steffi selten gesehen. Sie strahlte förmlich von innen heraus. So strahlt nur ein Mensch, der über beide Ohren verliebt ist, dachte Ella.

Dann fiel ihr ein, was Steffi zu ihren Schweden-Absichten gesagt hatte: Man sollte Gespenster besser ruhen lassen.

Sie wollte Ella von ihrer Suche abhalten!

Wie war das alles passiert?

Kurz entschlossen griff sie nach ihrem Smartphone. Das konnte ihr nur Steffi selbst beantworten, und zwar sofort. Sie ging auf »Telefon« und »Favoriten«, worunter sie Steffi gleich ganz oben abgespeichert hatte, aber kaum zeigte sich Steffis Handynummer, wurde das Display schwarz. Akku leer.

Mist, so ein verdammter Mist!

Dann kam ihr etwas anderes in den Sinn. Wenn Steffi nicht wollte, dass Ella ihr Geheimnis erfuhr, dann würde sie auch nicht wollen, dass sie Moritz' neue Identität lüftete. Vor allem, wenn er vielleicht nur wegen Inger verschwunden war.

Was konnte das alles bedeuten?

Ella stand auf. Sie musste systematisch darüber nachdenken. Ihre Gedanken sammeln. Verstehen, was da gelaufen ist. Oder läuft.

Ella holte tief Luft. Steffi, ihre beste Freundin, hatte sie angelogen. Hintergangen. Es war so ungeheuerlich, dass sie es einfach nicht fassen konnte. Steffis berufliche Auslandsreisen. Weltweit unterwegs, hatte Ella geglaubt. Dabei war die Welt nach zweieinhalb Stunden in Stockholm zu Ende.

Ben! Mit ihm musste sie reden. Sie brauchte einen Menschen, der die Tragweite dieses Verrats erfassen konnte.

Langsam ging sie die Treppe hinunter, die beiden Fotos in der Hand. Moritz und sein Gemälde und Steffi im Bett.

Hatte Steffi das Bild gekauft? War sie die geheimnisvolle

Frau, die bar bezahlt hatte? Bar für Moritz' Portrait, das neben dem Bild einer anderen hing?

Von der Treppe aus hörte Ella es in der Küche rumoren. Jetzt sage ich wenigstens diesem Typen noch Tschüss, dachte sie, schließlich war er friedlich und nett.

Der Schwede stand mit einem Mädchen an der Spüle, und im ersten Moment glaubte Ella, ein Déjà-vu zu haben – aber es war nicht Margareta, obwohl auf den ersten Blick eine Ähnlichkeit da war. Diese hier hatte kohlrabenschwarze Rastalocken, ein weißes Gesicht und schwarz umrandete Augen, die tief in den Höhlen lagen.

»Hej«, sagte sie und drehte sich zu Ella um. »Hast du was dabei?« Schwedisch.

Ella verstand kein Wort.

»Was soll ich?«, fragte Ella verwirrt.

»Komm, lass sie«, meinte der Typ nun auf Englisch.

»Na, was denn?«, schnauzte die Kleine ihn an und wechselte sofort die Sprache. »Kann doch was mitbringen, wenn sie schon kommt.«

»Was zum Essen?« Ella verstand noch immer nicht.

»Ist die blöd?«, fragte das Mädchen den Kerl und fuhr sich demonstrativ mit dem Handrücken unter der Nase lang. »Was Anständiges«, sagte sie zu Ella. »Stoff. Mann!«

»Kann ich nicht mit dienen.«

»Dann lass wenigstens Kohle da!« Sie schielte auf Ellas Tasche. Ella zögerte. Wozu waren Drogenabhängige fähig?

»Warum sollte ich das tun?«, fragte sie mutig.

»Weil ich das vielleicht sage?« Der Ton war aggressiv, das Mädchen sah in Haltung und Gestik wie ein junger Kampfhund aus.

»Willst du mir drohen?« Ella steckte die beiden Fotos in die Tasche. Besser war vielleicht, die Hände frei zu haben. Man konnte nie wissen.

»Hast du was geklaut?« Die Kleine hatte ihre Bewegung gesehen. »Hast du dort oben vielleicht was geklaut?« Jetzt schnappte ihre Stimme fast über.

»Ne, das ist doch die eine vom Foto«, beschwichtigte sie ihr Hausgenosse. »Familie in Deutschland.«

»Er hatte keine richtige Familie in Deutschland!«, zischte das Mädchen. »Und wenn, dann haben die ihn gekillt!«

»Wieso gekillt?«, wollte Ella wissen. Wenn schon, denn schon, dachte sie.

»Antworten gibt es nur gegen Bares«, sagte das Mädchen und streckte die Hand aus. »Fünftausend Kronen musst du schon löhnen für eine Information.«

»Fünftausend Kronen?« Ella musste lachen, und das war echt, das spürte auch das Mädchen. Ella schätzte sie auf sechzehn, vielleicht auch siebzehn. Aber sicher noch nicht volljährig.

»Dann tausend. Auch recht.«

Hundert Euro, überlegte Ella. Für was?

»Für was?«, frage sie. »Für was soll ich denn tausend Kronen bezahlen?«

Die vielen kleinen Ringe in ihrem Nasenflügel zitterten. »Du wirst es nicht erfahren, wenn du nicht bezahlst«, sagte sie und trat ihrem Freund, der etwas sagen wollte, mit Wucht auf den Fuß.

»Ich kaufe keine Katze im Sack«, erklärte Ella. »Und so sehr interessiert mich dein Geschwafel auch nicht.« Sie warf dem Typen noch einen Blick zu, und wandte sich zum Gehen.

238

»Hej, fünfhundert. Fünfhundert Kronen müssen für eine wie dich doch drin sein!«

Fünfzig Euro, überlegte Ella. So eine Art Sozialhilfe, oder wie wollte sie das sehen?

»Okay, von mir aus!« Ella zog fünfhundert Kronen aus ihrer Tasche, ohne das Mädchen aus den Augen zu lassen. Die Gefahr war da: Wo fünfhundert waren, waren vielleicht auch fünftausend? Sie behielt den Schein in der Hand.

»So, dann also. Hier ist der Schein, wo ist die Information?«

Die Kleine griff danach. Ella zog ihn weg. »Ne, ne. Erst die Info. Wieso gekillt? Von seiner deutschen Familie?«

»Okay!«, sagte die Kleine und sah ihren Typen an.

Der nickte.

»Keine Spur, verstehst du? Wie kann einer spurlos verschwinden? Und mit ihm jede einzelne Krone, jedes Geldstück, Kreditkarten? Was ist das? Ein Raubüberfall oder was? Ist er verschleppt worden?«

»Wieso verschleppt?« War etwa auch noch Moritz' Vater hier aufgetaucht?

»Nur so 'ne Idee. Kann doch gut sein!« Ella gab dem Mädchen den Schein und nickte ihr zu. »Gibt es sonst noch was?«

Das Mädchen steckte sich den Schein in die Hosentasche und schüttelte den Kopf. »Im Moment nicht.«

Ella suchte kurz in ihrer Tasche. »Vielleicht komme ich wieder. Und vielleicht fällt dir noch was ein. Und sollte der Hausherr zurückkommen, dann ruf mich an.« Sie nahm einen Stift und einen Zettel heraus und schrieb ihre Handynummer auf. »Dann gibt es vielleicht tausend Kronen.«

Der Typ kratzte sich am unrasierten Kinn, und die Kleine schüttelte den Kopf.

»Wenn er kommt, gibt es hier eine Party. Dann kannst du dazukommen!« Sie las Ellas Handynummer laut vor. »Okay. Und wie heißt du?«

»Inka.«

Beim Hinausgehen hätte sie sich am liebsten gezwickt. Irgendwie musste sie aus diesem Traum doch wieder aufwachen? Steffi als die Geliebte von Moritz? Und Moritz, der angeblich ertrunken ist, aber sein ganzes Geld und auch seine Kreditkarten mitgenommen hatte?

Moritz ist in New York, das war ihr völlig klar. Moritz hatte Inger warum auch immer verlassen und war jetzt in New York. Bei Steffi. Ellas Herzschlag beschleunigte sich. Wie konnte sie das herausfinden? Ein Nils Andersson musste ausgereist sein. Aber nein, ein Nils Andersson war ja ertrunken. Damit war auch diese Spur verwischt. Dann war ein Moritz Springer ausgereist. Der Haftbefehl gegen ihn war sicher längst verjährt.

Flughafen Stockholm. Und wann? Vor drei Monaten. Oder erst vor Kurzem, als Steffi nach New York geflogen war? Angeblich nach New York. Lieber Himmel, wie sollte Ella das herausbekommen?

Etwas in Ella sträubte sich, diese Erkenntnis als Wahrheit anzunehmen. Steffi, die sie wieder und wieder über den Verlust ihrer Schwester hinweggetröstet hatte, war auf Moritz gestoßen und hatte Ella nichts gesagt. Nicht nur das, sie hatte sich in ihn verliebt. Wie konnte man sich in einen Mörder verlieben? In den Mann, der die Schwester der besten Freundin umgebracht hat?

Das werde ich nie verstehen, dachte Ella. Nie. Und sie wird es mir auch nie erklären können!

Ella ging am Bootshaus entlang bis vor zur Straße, dann blieb sie stehen. Das Taxi war weg. Nein, bitte, dachte sie, das darf doch jetzt nicht wahr sein. Die Dämmerung zog schon über den See heran, und sie stand hier in der Einöde, mit einem leeren Handy-Akku und einer bekifften Einbrecherbande im Rücken. Gleich wird Moritz noch aus dem See steigen, dachte sie, und schon der Gedanke daran ängstigte sie. Aber das Wasser sah auch wenig einladend aus. Wie ein großer Vorhang glitt eine dunkle Wand auf sie zu und kam näher und näher. Sie konnte schon kaum noch die Konturen der Inseln erkennen. War es Regen, was da kam? Oder waren es die Vorboten eines Sturms, wie am Vormittag? Ella schaute sich um. Wo sollte sie Zuflucht suchen?

Ins Haus zurück wollte sie nicht, das war klar. Sie drehte sich nach dem verriegelten Tor des Bootshauses um. Dieses Brett ließ sich sicherlich leicht aus der Verankerung schieben. Der Wind fuhr Ella durch die Kleider und Haare, und sie fror, so feuchtkalt blies es jetzt. Verdammt, dachte sie, wann komme ich endlich dazu, mir eine warme Jacke zu kaufen? Flüchtig dachte sie an Roger und seinen Schal, aber das konnte sie jetzt auch nicht mehr ändern. Ella zog den Balken aus den hölzernen Halterungen, die rechts und links auf den Torflügeln angebracht waren, und zog anschließend das rechte Tor auf. Es knarrte, aber es ließ sich trotzdem erstaunlich leicht bewegen. Ella ging hinein, den Schienen am Boden nach. Ein großes Schiff lag direkt vor ihr, und das Tageslicht reichte gerade noch aus, um zu erkennen, dass es in einem riesigen Holzgestell saß. Von unten sah der dunkle

241

Rumpf gespenstisch aus. Groß und mächtig und unheimlich. Ella blieb stehen. Da krachte das Tor hinter ihr zu, und es wurde stockdunkel.

Ella rührte sich nicht. Sie lauschte. War ihr jemand gefolgt? Ein Geräusch ließ sie zusammenzucken. Sie hielt den Atem an. Wieder das Geräusch, als schlurfe etwas am Boden entlang, aber nur ganz kurz, dann war es wieder still. In diesem Moment zerrte der Wind am Tor, zog es auf und knallte es wieder zu. War das eine menschliche Silhouette, die Ella in dem Bruchteil einer Sekunde gesehen hatte? Sie war sich nicht sicher. Langsam bewegte sie sich in Richtung Schiffsrumpf. Schritt für Schritt, darauf bedacht, keinen Lärm zu machen, nirgends anzustoßen. Sie hatte eine Gänsehaut, und sie hatte Angst. Ihre Nerven waren zum Zerreißen gespannt. Plötzlich fing es an, wie verrückt auf das Dach zu trommeln, und Ella fuhr zusammen. Hagel, dachte sie. Es hagelt. Beruhige dich! Zumindest bist du im Trockenen. Ein monotones Gehämmere setzte über ihr ein, in dem jedes weitere Geräusch unterging. Er konnte nun direkt auf sie zugehen, und Ella würde es nicht hören. Oder aber sie konnte am Schiffsrumpf entlang nach hinten ausweichen. Sie fasste nach dem Boot. Es war aus Holz, aber das Material fühlte sich rau und uneben an, wie von vielen kleinen Pickeln übersät. Muscheln, dachte sie. Gut, dass sie es nicht sah, sie hätte sich sicherlich geekelt, jetzt aber bot ihr der Rumpf Schutz. Tastend ging sie den Rumpf entlang rückwärts. Das Tor schlug erneut auf und zu, aber es gab kein Gegenlicht mehr, in dem Ella irgendetwas hätte erkennen können. Du hörst und siehst Dinge, die es nicht gibt, sagte sie sich. Warum sollte hier einer herumlaufen? Wozu? Das machte doch keinen Sinn.

So, entschied sie sich, jetzt gehst du vor an das Tor und wartest, bis dieser Hagelschauer vorbei ist, und dann soll dir jemand aus dem Haus ein Taxi rufen, das kann ja nicht so schwer sein.

Ella wollte gerade losgehen, da flammte vor ihr ein Feuerzeug auf und beleuchtete kurz ein Gesicht. Hohlwangig, mit tiefen Augenhöhlen. Ella schrie los. Sie stolperte rückwärts, bevor sie sich fassen und fliehen konnte.

»Stopp, halt!«, hörte sie und blieb unwillkürlich stehen. Zumindest war es kein Geist. Und wieder flammte das Feuerzeug auf.

Ella stand im Dunkeln, beide Hände hinter sich gegen den Bootsrumpf gepresst. Atemlos schaute sie nach vorn in die Finsternis. Die Flamme zuckte und warf ein unruhiges Schattenspiel auf das fremde Gesicht.

Ella rührte sich nicht. Sie erkannte nur ein kräftiges Kinn, das von unten her beleuchtet wurde.

Es war ein Mann. Und mit einem Schlag, es war mehr eine Eingebung als ein wirkliches Erkennen: »Roger?«

»Ella? Autsch!« Die Flamme erlosch. »Ella?«, hörte sie noch einmal. »Was zum Teufel machst du hier?«

»Was zum Teufel machst *du* hier?«, rief sie. Ja, was machte Roger hier?

»Ich suche dich!«

»Du tust was?«

»Ja, du nimmst die Adresse und haust einfach ab!«

»Ich habe nach einem Schal für dich gesucht!«

»Ja, klar. In einem abgelegenen Bootshaus!«

Das Feuerzeug flammte wieder auf, Roger hielt es suchend vor sich. »Wo steckst du denn?«

243

Ella trat mutig einige Schritte vor.

»Mon dieu! Hast du mir einen Schreck eingejagt«, sagte Roger und griff nach ihrem Arm.

»Ich *dir*?« Jetzt war Ella wirklich erstaunt. »Wieso denn ich dir?«

»Na, du bist gut. Ich suche in diesem abartigen Unwetter alles nach dir ab, und dann steht hier plötzlich ein Wesen in stockfinsterer Dunkelheit vor mir. So etwas nennt man eine Erscheinung, und das hat man nur kurz vor seinem Tod. Oder gleich danach!«

Ella musste vor Erleichterung lachen. Jetzt fiel alle Anspannung von ihr ab, und sie hätte nur noch lachen können.

»Na, gut«, sagte sie generös. »Du lebst noch. Ich übrigens auch. Und zur Abwechslung bist du nun in mein Zimmer eingedrungen – und nicht ich in deins.«

Er nahm sie in den Arm. »Vor zwei Stunden ungefähr habe ich angefangen, mir Sorgen zu machen. An dein Handy bist du nicht ran. Und dann war es mir plötzlich klar – die Adresse. Das hat dir keine Ruhe gelassen. Und ich bekam Angst um dich.«

»Um mich? Wie schön.«

»Ich fand es weniger schön. Was weiß ich, was dich hier erwartet? Du suchst den Mörder deiner Schwester, und das Ganze ist leider kein Krimi, bei dem ich das Happy End gestalten könnte. Das hier ist die harte Realität.«

»Gut«, beruhigte Ella ihn. »Aber es ist ja nichts passiert.«

»Dann lass uns gehen. Das Taxi wartet draußen.«

Sie gingen nebeneinander zum Tor. Roger hatte Ella bei der Hand genommen, aber trotzdem war es auch zu zweit nicht leicht, in der totalen Finsternis den Weg zum Ausgang zu finden. Ella stolperte über eine der Schienen, aber schließlich hatten sie das Tor vor sich.

»Hier gibt es sicherlich auch irgendwo einen Lichtschalter«, sagte Ella.

»Ich habe keinen gefunden. Ich habe nur etwas gehört und bin dem Geräusch nach.«

Ella nickte und drückte das Tor auf. Der kurze Sturm war vorüber, jetzt herrschte Windstille, und es regnete leicht. Durch die Dämmerung leuchteten die Autoscheinwerfer des Taxis milchig herüber. Ella fand den Anblick überaus tröstlich.

»Dort hinten ist das Haus«, klärte sie Roger auf und wies schräg nach hinten. »Wenn man neben dem Bootshaus steht, sieht man es.«

»Hast du etwas herausbekommen?«

Ja, hatte sie etwas herausbekommen? Jetzt musste sie sich entscheiden. Nahm sie ihn mit in dieses Boot, oder versuchte sie es weiterhin allein? Dieses Mal hatte er sie eingeholt. Und sie freute sich darüber, denn sie hätte nicht gewusst, wie sie nach Hause gekommen wäre.

Aber war es richtig, ihn einzuweihen?

Sie konnte sich so schnell nicht entscheiden. »Willst du noch hin, zu diesem Haus?«, fragte sie ihn.

»Er wird nicht da sein.«

»Nein, ist er nicht.« Ella lächelte ihm zu. »Da haben sich Jugendliche breitgemacht. Ich habe mit zwei von ihnen gesprochen.«

»Und konnten sie dir etwas sagen?«

Ella nickte. »Sie haben weder Bargeld noch Kreditkarten gefunden.«

So, dachte sie. Das musste vorerst reichen. Das war doch schon reichlich Fleisch an seinen Knochen.

»Das ist in der Tat seltsam.« Er sah sie an. »Aber vielleicht waren sie auch nicht die Ersten im Haus.«

An diese Möglichkeit hatte Ella überhaupt nicht gedacht. Wenn da schon vorher geklaut wurde, konnte Moritz durchaus tot sein. Aber würde Steffi in so einem Fall in New York herumzigeunern? War sie überhaupt in New York, oder würde sie demnächst hier auftauchen?

Ach Quatsch, dachte sie. Moritz ist vor drei Monaten verschwunden, sie hätte längst hier sein müssen.

»Was ist los?« Roger hatte sie beobachtet.

Ella holte Luft. »Ich habe an der Ertrinkungsvariante gezweifelt. Wer nimmt schon sein ganzes Geld mit, wenn er mit dem Boot herumfährt. Aber du hast recht. Wenn schon vorher geräubert wurde, dann hat das gar nichts zu sagen.«

Roger ging ein paar Schritte am Bootshaus entlang und sah zu dem Haus hinüber. Ella folgte ihm.

»Vielleicht sollte ich doch noch mal nachfragen«, meinte er.

»Dann komm ich mit.«

»Du kannst doch im warmen Auto auf mich warten.«

Ella zögerte.

»Du hast doch nichts zu verbergen?«, fragte er und drehte sich zu ihr um.

»Ich?« Ella schüttelte den Kopf. »Was soll es da geben?«

»Eben«, sagte er und lächelte ihr zu. »Ich bin gleich wieder da, besänftige so lange den Taxifahrer.«

Auf dem Weg zum Hotel saß Roger eine Weile schweigsam neben ihr, schließlich legte er den Arm um sie. »Es wird langsam schwierig für mich, zwischen meinem Drehbuch und deiner Geschichte zu unterscheiden«, sagte er.

»Das musst du aber!« Ella warf ihm einen skeptischen Blick zu.

»In meinem Drehbuch verschwindet auch jemand.«

»Untersteh dich!«

»Ich habe mich eben mit drei Leuten unterhalten. Zwei haben auch mit dir gesprochen, der Dritte kam frisch hinzu.«

»Ach ja?«

»Ach ja.«

Roger kratzte sich am Ohr und sah in die Dunkelheit hinaus. Noch fuhren sie durch kleine Dörfer, aber am Himmel zeichnete sich schon der helle Widerschein der Großstadt ab.

»Und was ist daran so aufregend?«, wollte Ella nach einer Weile wissen.

»Aufregend war nichts. Die waren recht friedlich. Die Punkerin wollte Geld.«

»Geld?«

»Ja.« Er dehnte das Wort etwas und sah Ella direkt an. »Geld für eine Auskunft.«

»Okay, das kenne ich schon. Das wollte sie bei mir auch. Wie viel hast du ihr gegeben?«

»Fünfhundert Kronen.«

»Dann hat sie heute einen guten Schnitt gemacht. Von mir hat sie auch fünfhundert bekommen – für die Auskunft über das Geld und die Kreditkarten.«

Es war kurz still, nur die Reifengeräusche waren zu hö-

ren und der einschläfernd gleichmäßige Ton des Diesel-
motors.

»Hat sie dir das auch erzählt?«

»Nein«, wieder streckte er das Wort, »mir hat sie etwas
anderes erzählt.«

»Was denn?«

»Mir hat sie den Namen der Frau verraten, die kurz vor
mir im Haus war.«

»Ach ja?«

»Ja, seltsam.« Er lächelte ihr zu. »Nicht Ella, sondern Inka.«

An diesem Abend fanden sie nicht zueinander. Ella spürte
Rogers Vorbehalte. Glaubte er wirklich, sie sei die andere
und spiele nur Ella? Andererseits, wie konnte er sicher sein?
Sie wusste es ja manchmal selbst kaum. Aber letztendlich
war es egal, wer von ihnen dort lag. Eine von beiden war tot,
das Ganze war halbiert worden, da spielte es keine Rolle,
welche Hälfte übrig geblieben war.

Sie waren im Hotelzimmer angekommen, und Ella fuhr
sofort ihr Netbook hoch. Ihre Mail an Steffi war gesendet
worden, aber bisher hatte Steffi nicht geantwortet. Lachte
sie gerade zusammen mit Moritz über die dumme Ella?

»Und?«, fragte Roger, der sie beobachtet hatte.

»Nichts«, sagte Ella und hatte das sichere Gefühl, dass er
ihr nicht glaubte.

»Warum vertraust du mir nicht?« Er hatte sich aufs Bett
gesetzt, beide Arme hingen zwischen seinen Beinen hinab,
und er schaute sie von unten herauf an, so wie ein enttäusch-
ter Hund, der den versprochenen Knochen nun doch nicht
bekommt.

»Ich kenne dich kaum, Roger, wir schlafen miteinander, aber ich weiß nichts von deinem Leben. Du hast eine Frau in Paris, du schreibst Drehbücher für Fernsehkrimis. Ich habe mein Leben noch vor keinem Menschen ausgebreitet – warum ausgerechnet vor dir?«

»Weil du vielleicht mit deinem Leben spielst?«

Ella klappte den Deckel des Netbooks zu und drehte sich auf ihrem Stuhl zu ihm um. »Du übertreibst! Du übertreibst maßlos!«

Ihr Ton war härter, als sie wollte. Sie spürte selbst, dass es nicht ganz echt klang.

»Du glaubst, dass ich dich benutze«, er lehnte sich etwas zurück, »Aber das tu ich nicht.«

»Du hast selbst gesagt, dass es dir schwerfällt, zwischen meiner Geschichte und deinem Drehbuch zu unterscheiden.«

»Tut es ja auch. Aber meine Drehbücher kann ich selbst steuern, wohingegen du nicht steuerbar bist.«

»Jetzt mach aber einen Punkt!« Ella zog die Augenbrauen zusammen. »Ich habe mich noch nie von jemandem steuern lassen und werde das sicher auch nie zulassen. Wie kommst du denn auf so eine abwegige Idee?«

Roger holte tief Luft und stand auf. »Es war ein anstrengender Tag heute«, beschwichtigte er. »Ein anstrengender Tag mit extrem vielen Eindrücken.« Er legte seine Hände auf Ellas Schultern und begann sie leicht zu massieren. »Wir müssen das erst einmal verarbeiten. Auch den Schreck im Bootshaus.« Er fing an zu lachen. »Trotzdem war es komisch. Wir beide alleine in dieser Halle, und jeder denkt, er ist allein. Das war auch eine gute Szene.«

»Du denkst überhaupt nur in Szenen«, beschwerte sich Ella.

»Entschuldige, das gehört zu meinem Job.« Er massierte weiter, und Ella begann sich zu entspannen. Sie war tatsächlich durch und durch verkrampft, die Nackenmuskeln schmerzten, sie hatte vor Anspannung dauernd die Schultern hochgezogen, das spürte sie jetzt genau. Sie würde ihm einfach nicht alles sagen, beschloss sie. Also ihre Strategie haargenau so weiterführen, damit bekam seine Story einen Filmriss. Der Gedanke belustigte sie, und sie spürte, wie ihre gute Laune zurückkehrte.

»Das war ja auch wirklich ein Hammer. Ich dachte, ich bin im Gruselkabinett.«

Roger lachte.

»Und dann dein Gesicht über dieser kleinen Flamme. Du hättest auch gut ein paar große Schrauben im Hals haben können, das hätte ich auch noch geglaubt.«

»Aber da sind wir zurück beim Schwarz-Weiß-Film.«

Ella nickte. »Ich habe Frankenstein jedenfalls gut in Erinnerung. Bei Frankenstein habe ich mich als Kind mehr gegruselt als heute bei den übelsten Horrorszenen.«

»Die Kunst ist die Psychologie. Dass der Zuschauer spürt, dass etwas passiert. Eigentlich möchte er das Opfer unbedingt warnen, aber das Opfer läuft einfach weiter, geradewegs in sein Verderben.«

Ella schüttelte sich. »Ich werde mir mal einen deiner Krimis anschauen«, sagte sie und stand nun ebenfalls auf. »Danke fürs Massieren! Aber jetzt habe ich Hunger.«

»Kein Wunder!« Roger schaute auf die Uhr. »Schon reichlich nach neun.«

»Dann dusche ich kurz«, erklärte Ella. »Und ich buche uns einen Tisch«, ergänzte Roger.

»Aber heute lade ich dich ein«, entschied Ella.

Es war ein kleines Restaurant unweit ihres Hotels. Die Aufmachung war marokkanisch und die Speisekarte auch, wie Ella gleich feststellte. Sie saßen an einem kleinen Tisch neben vielen anderen kleinen Tischen, und die Bank, auf der Ella saß, zog sich schmal an der Wand und den anderen Tischen entlang. Es war gemütlich. Die Lampe mit ihren vielen bunten Tüchern zauberte ein schmeichelhaftes Licht, und Ella wünschte sich einen marokkanischen Aperitif. »Du kennst dich doch bestimmt aus«, sagte sie zu Roger.

»Klar, in Paris leben viele Marokkaner.«

»Na, denn…« Ella lehnte sich zurück. Sie fühlte sich wieder besser. Frisch geduscht, in Jeans, T-Shirt und dem Jackett ihres schwarzen Hosenanzugs fand sie sich genau richtig.

»Also, in Marokko gäbe es vorweg einen Minztee mit Safran. Dann als Vorspeise Datteln in Rinderspeck. Und als Hauptgericht könnte ich mir Lamm in der Tagine mit Pflaumen, Sesam, Couscous und karamellisierten Möhrchen vorstellen. Natürlich alles mit feinen orientalischen Gewürzen zubereitet. Was hältst du davon?«

»Gibt es in Marokko auch Weine?«

Roger lachte. »Bien sûr, ma chérie«, sagte er und besprach mit dem Kellner etwas so schnell auf Französisch, dass Ella nichts verstand.

»Schon verrückt.« Ella griff über den Tisch nach seiner Hand. »Wie lange bin ich jetzt in Schweden? Es kommt mir schon vor wie eine halbe Ewigkeit.«

»Vier Tage.« Er drückte ihre Hand. »Erst vier Tage. Aber vier Tage voller Glück!«

»Sind alle Franzosen so?«

»Wie? So?«

»Ja, emotional. Können Dinge aussprechen, die andere Männer einfach nicht können.«

»Du meinst deutsche Männer?«

»Ja … vielleicht …« Ella dachte an Ben, der sich immer furchtbar schwertat, etwas Liebes zu sagen. Das war vielleicht noch als SMS oder übers Telefon möglich, aber sehr selten direkt ins Gesicht.

»Kaiser Wilhelm hat es versaut … steifer Rücken, korrekte Haltung, keine Gefühle. Das habt ihr jetzt davon!«

Ella musste lachen. »Ist aber schon eine Weile her, meinst du nicht?«

Der Kellner kam mit einer Flasche Wein und einem Glas zurück und ließ Roger kosten. Der nickte zustimmend. »Hier haben wir es gut erwischt«, sagte er leise zu Ella. »Der Wein ist schon mal klasse, und was ich so an Speisen auf den anderen Tischen sehe, sieht auch gut aus.«

»Unser Abend«, sagte Ella und musste ein bisschen zur Seite rücken, weil der Kellner einem schwergewichtigen Mann den Platz an ihrer Seite zuwies. Er musste sich zwischen den beiden kleinen Tischen hindurchquetschen und entschuldigte sich auf Englisch bei Ella.

»Kein Problem.« Sie lachte. »Hier ist nun mal alles auf enge Nachbarschaft ausgelegt.«

Er lächelte zurück. »Man sitzt ein bisschen unbequem«, meinte er und drückte sich demonstrativ auf der schmalen Bank nach hinten gegen die steile Wand. »Aber dafür ist das

Essen ausgezeichnet. Ich kenne in Stockholm keinen Besseren.« Dann blieb sein Blick an Roger hängen. »Ach?«, sagte er. »Kennen wir uns nicht?«

Roger erwiderte seinen Blick. »Ja, stimmt, wir haben schon kürzlich mal nebeneinander gesessen.«

»So klein ist Stockholm«, sagte der Mann und lächelte Ella zu. »Aber Ihr Mann scheint einen guten Riecher für interessante Sachen zu haben.«

Ella verzichtete auf die Korrektur. Sie reckte sich. »Ja«, sagte sie, »aber das haben wir uns heute auch verdient.«

Was sie in der Zwischenzeit alles weggesteckt hatte, war wirklich enorm, fand sie. Lag es an Roger, dass sie so cool war? Oder an den Ereignissen, die ihr keine Gelegenheit gaben, zur Ruhe zu kommen? Auch in diesem Augenblick schaffte sie es, ihre persönlichen Gefühle einfach auszuklammern. Vielleicht würde es ja nachher schon wieder anders sein, aber im Moment interessierte sie an dem ganzen Desaster vor allem das Wie und das Warum.

Der Kellner schenkte ihr Glas ein, und sie hob es, um mit Roger anzustoßen. »Ich glaube, du färbst ab«, sagte sie.

»Wo?« Er schaute an sich hinunter.

Ella musste lachen. »Es sind schöne Tage mit dir«, erklärte sie. »Vielleicht ein bisschen hektisch, aber darauf möchte ich jetzt mit dir anstoßen.«

»Und auf unseren wunderbaren Sex«, sagte er.

Ella schaute schnell zu ihrem Nachbarn, aber der hatte hoffentlich kein Wort verstanden.

»Na, und?«, sagte Roger, der ihre Reaktion bemerkt hatte und mit einem Lächeln quittierte. »Gutes Essen, gute Getränke und guten Sex, was will man mehr?«

253

»Gute Gespräche?«

»Okay«, er hob sein Glas, »auch auf gute Gespräche.« Sie stießen an. »Also erzähl mir, was du heute sonst noch herausgefunden und mir verschwiegen hast.«

Ella lachte. »Einen Teufel werde ich tun!«

»Du liebst das Rätsel.«

»Ich liebe gutes Essen. Und schau, da kommt schon die Vorspeise!«

Sie unterhielten sich über Frankreich, über Deutschland, über Politik und Kultur, und irgendwann war auch der Nachbar dabei, der sich als Filip vorstellte.

»Schweden ist prädestiniert für schaurig-schöne Geschichten«, erklärte er, nachdem sie bereits ihren Hauptgang genossen hatten und Ella den Wein schon spürte.

»Ach ja?«, sagte sie und dachte an die *Klippe der Nebelfrauen.* »Ich weiß nicht. Wir stecken mitten in einer schaurig-schönen Geschichte, aber eigentlich ist sie eher schaurig als schön.«

»Ich habe Ihnen bei unserem letzten Treffen doch von diesem Mann erzählt, der spurlos verschwunden schien. Aber jetzt ist seine Kreditkarte benutzt worden. Und da wundert man sich schon …«

Ella schaute von Roger zu Filip und wieder zurück, dann runzelte sie die Stirn.

»Bei unserem letzten Treffen?«, hakte sie nach.

»Wir saßen zufälligerweise nebeneinander. Ich habe ihn angesprochen«, erinnerte Roger sie, »weil er einen so schönen Hund hat. Wo ist er übrigens?«

»Hund?« Ella versuchte sich zu erinnern. Wovon sprachen die beiden?

»Zu Hause. So enge Tische mag er nicht, da passt er auch nicht drunter.«

Roger lachte. Kurz darauf wurde er wieder ernst. »Also dieser verschwundene Mann, von dem Sie mir das letzte Mal erzählt haben. Er hat seine Kreditkarte benutzt?«

»Falls er es war. Aber die Unterschrift ist ähnlich.«

Ella betrachtete ihren Nachbarn jetzt genauer.

»Verschwundener Mann?«

»Ich habe dir davon erzählt, als wir neulich Abend essen waren«, half Roger nach.

»Ja, ich habe seine Lebensgefährtin informiert, aber sie konnte sich auch keinen Reim drauf machen.«

»Seine Lebensgefährtin? Wen?«, wollte Ella wissen.

»Das kann ich leider nicht sagen. Wir sind mitten in den Ermittlungen.«

»Ermittlungen?« Ella schaute ihn groß an.

»Habe ich dir doch gesagt, er ist Kripobeamter«, sagte Roger.

»Das hast du mir gesagt?«

»Ja, an dem Abend. Ich habe Filip wegen seines Briards angesprochen, einer französischen Hunderasse.«

»Ach ja.« Ella versuchte sich zu erinnern. Stimmt, da war was gewesen, aber sie hatte es nicht ernst genommen. Es hatte irgendetwas mit Rogers Drehbuch zu tun gehabt.

»Seine Lebensgefährtin?«, wiederholte Roger. »Die Malerin?«

Filip lächelte kurz. »Interessant«, sagte er. »Was wissen Sie darüber?«

Roger warf Ella einen Blick zu, sie runzelte unwillig die Stirn.

»Ich dachte mir schon, dass es sich um ein und denselben Mann handelt. So viele verschwinden ja wohl nicht spurlos.« Er griff nach Ellas Hand. »Vielleicht macht es Sinn, wenn wir die Fakten zusammenlegen?«

»Ich will keine Fakten zusammenlegen.« Sie winkte dem Kellner. »Ich möchte noch einen Nachtisch und dann ins Bett.«

»Auch keine schlechte Variante«, Filip nickte und schob ihr seine Visitenkarte herüber. »Falls Sie mich aus irgendeinem Grund brauchen sollten, über mein Handy bin ich Tag und Nacht zu erreichen.«

»Die Nacht können wir schon mal ausklammern«, erklärte Roger.

»Und wahrscheinlich auch, dass dieses Treffen hier ein Zufall war«, murmelte Ella und steckte die Visitenkarte ein.

Drei Mails waren eingegangen. Eine von Ben, die Kreditkartenabrechnung und eine von Steffi. Ellas Herzschlag beschleunigte sich. Steffi. Am liebsten hätte sie die Mail gar nicht gelesen.

Roger kniete vor der Minibar.

»Magst du noch was?«, fragte er. »Einen kleinen Gutenachtschluck?«

Ella schüttelte den Kopf. »Steffi hat geschrieben«, sie angelte nach dem Stuhl und setzte sich hin.

»Ach?« Er richtete sich auf. »Deine Nachricht vom wiedergefundenen Moritz und diese Szene vom Bootshaus wird sie wohl kaum glauben können.«

Ella holte tief Luft und drückte auf *Öffnen*.

»Liebste!«, las sie laut vor. »Unfassbar! Kaum zu glauben – oder nein, eigentlich überhaupt nicht zu glauben. Kann es nicht ein Mann sein, der ihm einfach sehr ähnlich sieht? Bedenke: Wir haben ihn fünfzehn Jahre nicht mehr gesehen …«, vierzehn, korrigierte Ella in Gedanken. »Und sagtest du nicht selbst, er hieße Nils Andersson? So hat es doch wohl diese Malerin gesehen, von der du in deiner Mail berichtet hast. Wie sollte er damals denn nach Schweden gekommen sein? Glaub mir, da passiert eine große Verwechslung. Komm lieber wieder nach Hause, dann sehen wir uns bald. Habe dir viel zu erzählen, New York ist bombastisch international, und es gibt superinteressante Männer. Besonders einen …! Hab dich lieb, küsse dich! Deine beste Freundin!«

Ella verzog das Gesicht. »Der Kuss der Schlange«, sagte sie und schüttelte sich. »Wie kann ein Mensch so falsch sein?«

»Wieso ist sie falsch?« Roger stellte ihr ein Wasserglas hin. »Vielleicht ist es wirklich schwer vorstellbar, dass du hier eurem alten Schulkameraden über den Weg läufst?«

»Über den Weg läufst ist gut«, Ella schaute sich um. »Wenn überhaupt, dann geht er mir wohl aus dem Weg. Und dazu hat er auch allen Grund.«

»Er ist verschwunden, bevor du ihn gesucht hast.«

Ella nickte.

Das Telefon klingelte, Ella sah Roger fragend an, der zuckte die Schultern. »Geh du ran«, sagte Ella. »Vielleicht ist es ja deine Frau.«

Roger grinste und nahm ab.

Er hörte kurz zu, dann reichte er Ella den Hörer. »Siri, für dich.«

Siri fragte, ob Ella und Roger nicht noch mit in die Bar gehen wollten.

Ella warf einen Blick auf ihre Armbanduhr. Nach elf, schon ziemlich spät. Aber warum eigentlich nicht! Bei all der Aufregung konnte die Bar jetzt nicht schaden. Siri sagte: »Liam holt mich gleich ab, und wir fahren noch nach Södermalm.«

»Mit Siri und Liam noch nach Södermalm?« Ella drehte sich nach Roger um.

»Spitzenidee«, sagte er zu Ellas Erstaunen. »Wenn du magst, ich bin dabei!«

Ella dachte an Bens Mail. Sie hätte sie gern in Ruhe gelesen. Aber jetzt war daran nicht mehr zu denken. Und eigentlich war sie müde. Ach, dachte sie, was soll's. Ich bin nur einmal in Stockholm, schlafen kann ich wieder in Frankfurt.

Es war dasselbe Lokal, in dem sie schon einmal gewesen waren, und vor dem Eingang war es genauso voll wie beim letzten Mal. »Mach dich dünne«, scherzte Ella, als Siri und Liam zwischen den Hauswänden verschwanden.

»Fast wie in Paris«, sagte Roger hinter ihr. »Da kenne ich auch solche Ecken.« Er senkte die Stimme und flüsterte in ihren Halskragen: »Perfekt für aufregenden Sex.«

»Jetzt gleich?«, fragte sie zurück, aber mehr aus Spaß als aus Lust.

»Wenn du willst?«

Sie spürte seine Hand im Nacken und dann langsam die

Wirbelsäule entlangfahren, während sie weitergingen. Was war es nur, was sie an ihm so anmachte? Es musste diese Mischung aus Charme und Macho sein, ganz anders als Ben, der nie seinen Charakter wechselte, sondern immer gleichbleibend nett war. Brauchte sie so einen Typen, um sich an ihm reiben zu können? Keine Ahnung, sie spürte nur, dass sie Lust bekam und die Vorstellung, sich hier in der engen Gasse heftig zu lieben, bereits prickelte.

»Bleiben wir zurück?«, fragte sie nach hinten.

»Kommt ihr?«, rief Siri von vorn und hielt einen der schmalen Türflügel auf. Licht fiel in die Gasse, und der Boden der romantischen Häuserschlucht war mit Abfällen bedeckt, und die gegenüberliegende Hauswand sah nach einem Ersatzpissoir aus. Ella nahm die Finger von der Wand.

»Das holen wir in Paris nach!«

Sie spürte Rogers Hand im Genick.

»Versprochen?«, flüsterte er ihr ins Ohr und biss sachte in ihr Ohrläppchen. »Paris?«

»Oui, d'accord«, bestätigte sie und dachte, dass ihr der modrige Geruch schon beim ersten Mal hätte auffallen müssen.

In der Küche hatte keiner ein Auge für sie, jeder arbeitete konzentriert an seinem Platz, nur der Chef sah auf und kam, um sie zu begrüßen. Ella sagte auf Deutsch: »Ätsch, jetzt habe ich selbst einen Franzosen!«

»Pardon?«, fragte Alain, und Liam lachte lauthals. Dann erklärte er etwas auf Schwedisch, und Ella hoffte, dass es nicht die exakte Übersetzung war, es sollte doch nur ein Scherz sein. Roger kommentierte es auf Französisch, und es entspann sich sofort ein lebhaftes Gespräch zwischen den beiden Franzosen. Siri zuckte die Achseln und winkte Ella zu. »Lass sie. Wir haben einen Tisch, nicht dass der sonst weg ist.«

Ella nickte. Roger schien in seinem Element zu sein, er redete, gestikulierte und hatte Ella offensichtlich völlig vergessen. Okay, dachte Ella, wir sind ja nicht verheiratet, und ging Siri und Liam nach, die bereits an der Schwingtür warteten. Der Lärm im Restaurant war ohrenbetäubend. Überall standen Menschen, die johlten, klatschten und pfiffen. Das Licht war gedämpft, nur die erhöhte Plattform war beleuchtet, dort verbeugten sich gerade vier Musiker, und der Beifall wurde noch heftiger.

Offensichtlich hatten sie da was verpasst, dachte Ella und war jetzt richtig munter. Gut, dass Roger sich so schnell hatte mitreißen lassen, sie wäre wahrscheinlich ins Bett gegangen und hätte einen Fernsehabend eingebaut.

Die vier Musiker traten von der Bühne ab und hin zu dem runden Künstlertisch, den Ella noch vom letzten Mal kannte. Das Licht ging wieder an, und Siri zeigte zu einem kleinen Tisch hinter einer Traube von Menschen.

»Das ist heute ja wirklich knallvoll«, rief sie Siri zu.

Siri drehte sich zu ihr um. »Ja, das sind Jungs, die man sonst nur im Fernsehen oder auf ganz großen Bühnen sieht!« Auch sie war sichtlich begeistert, ihre Wangen glühten. »Das geht nur über Alains gute Beziehungen.«

Ella ließ sich von der Begeisterung anstecken, auch wenn sie keine Ahnung hatte, wer diese vier Musiker eigentlich waren. Von ihrem Tisch aus konnten sie nur die Rücken der Gäste sehen, aber da ohnehin Pause war, setzten sich Siri und Liam völlig relaxed hin.

»Wird Roger uns finden?« Ella hatte angesichts des Trubels so ihre Zweifel.

Siri nickte. »Sicher!« Sie griff nach Ellas Hand. »Und wie geht es dir mit ihm? Mit der neuen Liebe?«

Ja, stimmt, dachte Ella. Eine verdammt neue Liebe, wenn es denn überhaupt eine Art von Liebe war. Bens Mail fiel ihr wieder ein.

Sie nickte. »Gut«, sagte sie. »Spannend!«

»Oh ja, das glaube ich gern!« Siri ließ ihre Hand los und griff nach der Weinkaraffe, die eben auf den Tisch gestellt wurde. »Eine neue Liebe ist immer aufregend. Passt es? Wird es was? Wo führt es hin?«

»Im Zweifelsfall nach Paris«, sagte Ella scherzhaft, aber eigentlich glaubte sie nicht daran. Wahrscheinlich würde diese Liebe nach Stockholm direkt beendet sein.

»Er ist ein guter Typ. Journalist, hab ich in seiner Anmeldung gelesen. Für *Paris Match*, das ist schon ein ganz großes Ding, der Mann scheint erfolgreich zu sein.«

Ella stockte der Atem. *Paris Match?* War das nicht so eine Enthüllungszeitung? Und wieso denn plötzlich Journalist? Eben war er doch noch Drehbuchautor?

Siri schenkte die Gläser voll und winkte Roger zu, der sich gerade durch die Menschen hindurch zu ihnen drängte.

»Soll ich für uns alle das gleiche Gericht bestellen?«, fragte Liam. »Das geht schneller. Was haltet ihr von Roastbeef mit Bratkartoffeln?«

Ella nickte. Sie hatte überhaupt nicht zugehört. Ihre Gedanken kreisten um Roger. Wer war er? Was tat er? War diese Zimmerverwechslung wirklich ein Zufall gewesen?

Niemand aber wusste, dass sie nach Stockholm reisen würde, niemand wusste, aus welchem Grund. Nur Ben. Und Steffi.

Steffi?

Der Gedanke war absurd. Steffi und Roger? Quatsch, das machte gar keinen Sinn. Und dann hätte ja auch diese Rezeptionistin mitspielen müssen. Und wozu?

Ella schüttelte den Gedanken ab.

»Netter Typ, dieser Alain.« Roger war völlig aufgeräumt, er sprühte förmlich vor guter Laune und sah besonders anziehend aus, stellte Ella widerwillig fest.

Eine junge Kellnerin kam an den Tisch, und Liam bestellte kurzerhand viermal Roastbeef und Bratkartoffeln. »Das war doch in deinem Sinne?«, fragte er Roger, nachdem das Mädchen wieder gegangen war.

»Klar, wunderbar!« Roger nickte und prostete Siri zu: »Wir haben zwar schon gegessen, aber es ist trotzdem eine wunderbare Idee von dir!« Er beugte sich zu Ella herüber und küsste sie auf den Mund. »Mit dir erlebe ich die tollsten Dinge«, sagte er und zwirbelte ihre Haare. »Vielleicht sollte ich dich heiraten, du scheinst mir Glück zu bringen.«

»Au ja, tolle Idee«, sagte Ella. »Gibt es in Frankreich kein Gesetz gegen Bigamie?«

»Gesetze?« Er lachte. »Das interessiert keinen Franzosen. Zumindest keinen echten.«

Liam lachte auch. »*Savoir vivre* heißt das wohl. Das Leben genießen und sich nicht so viel um andere Belange scheren, aber ich glaube, das ist schon ziemlich südländisch.«

Ella stand auf. »Ich gehe mal kurz zu dem Künstlertisch, vielleicht sind ja die Männer vom letzten Mal da, Robert, der Musiker, und Jesse, der Maler. Wenigstens zum Hallo-sagen.«

»Wenn du überhaupt bis dahin kommst.«

Ja, Liam hatte recht. Der Tisch war dicht umringt.

»Dann gehe ich halt zur Toilette«, sagte sie.

»Auch eine Alternative«, Siri lächelte. »Warte, ich komme mit.«

Zwei Frauen auf dem Weg zum Klo, dachte Ella, wie bescheuert. Sie ging nie zu zweit zur Toilette, weil sie genau dieses weibliche Verhaltensmuster nicht erfüllen wollte. Doch diesmal war es gut. Siri kannte die Schleichwege. Nur nützte es nichts, der Rückstau vor den Toiletten war schon ziemlich lang.

»Da stehen wir ewig«, erklärte Siri, und Ella erinnerte sich an die Toiletten im Bürotrakt für die Mitarbeiter.

Sie fand die Tür wieder, und tatsächlich: Hier im Gang waren sie völlig allein. Ella versuchte sich zu erinnern. Welche der hier abgehenden Türen führte zur Damen-Toilette? Sie waren nicht beschriftet. Oder doch? Das kleine Schild neben dem Türrahmen? Sie trat näher, und in dem Moment ging die Tür auf. Margareta stand vor ihr.

»Hoppla«, sagte Margareta und wollte an ihr vorbeige-hen.

»Margareta?« Die Musikerin blieb stehen und sah Ella an. Ihre gezwirbelten, dicken Haare waren jetzt zinnoberrot, sie trug ein leuchtend blaues Leinenhemd und ihre gelben Pumphosen. Sie war tatsächlich ein Phänomen. Diese blasse Haut, die wasserblauen Augen, der kirschrote Mund.

»Kennen wir uns?«, fragte sie in ihrer melodiösen, leicht singenden Art.

»Wir haben uns über die Malerin Inger unterhalten, die …«

»… die mich nicht porträtiert hat. Richtig!« Sie lächelte und offenbarte kleine weiße Zähne. Kinderzähne, dachte Ella.

Siri sah sie von der Seite an. »Lässt du mich mal kurz vorbei, dann kann ich schon mal …«

Ella trat zur Seite, voller Angst, Margareta könne ihr wieder davonlaufen, denn jetzt war ihr schlagartig eine Erkenntnis gekommen.

»Wenn Inger Sie nicht porträtiert hat, und das haben Sie mir ja auch schon gesagt, wer war es dann?«

Margareta lächelte süffisant. »Ja, wer war es?«

»Hieß er Nils Andersson?«

Margareta lächelte jetzt nicht mehr, ihr Gesicht verzog sich schlagartig, aber bevor Ella Trauer oder Schmerz herauslesen konnte, ging das Licht aus. Mist, dachte sie und schaute sich im Dunkeln nach dem Lichtschalter um. Mit einer Hand drückte sie die Tür zum Toilettenraum auf, wo das Licht noch brannte. Also kein Totalausfall durch überlastete Sicherungen, sondern eine Zeitschaltung, dachte sie erleichtert. Margareta stand noch neben ihr, schon das erschien ihr wie ein Wunder.

»Woher weißt du von Nils Andersson?«

Aha, jetzt war die Neugier auf Margaretas Seite. Das war gut, dachte Ella.

Die Tür zum Gastraum flog auf, und ein Kellner kam schwitzend herein. Er beachtete sie nicht, sondern verschwand in dem Vorratsraum nebenan. Margareta ging in den Toilettenraum zurück, lehnte sich mit dem Rücken an das einzelne Waschbecken und verschränkte die Arme.

Ella schloss die Tür hinter sich. »Er war der Geliebte von Inger. Warum sollte ich nicht von ihm wissen?«

»Er war nicht nur der Geliebte von Inger«, sagte sie, und ein verächtlicher Zug legte sich um ihren Mund. »Da gab es diese Frau aus Deutschland, die ihn massiv bedroht hat.«

»Massiv bedroht?« Ella schluckte. »Steffi? Hieß sie Steffi?«

»Ja! Steffi!« Margaretas Stimme war dunkler geworden, und sie sah aus, als würde sie gleich vor sich auf den Boden spucken. Ihre Brauen hatten sich zusammengezogen, und die hellen Augen waren aus engen Schlitzen kaum zu erkennen. »Steffi! So hieß sie. Als Nils verschwunden ist, haben wir gleich nach ihm gesucht. Und meine Schwester ist sogar in sein Haus gezogen, damit wir auf Hinweise stoßen. Aber nichts.«

Ella spürte einen Adrenalinausstoß. Die Schwarzhaarige, der Punk. Sie hatte sie doch gleich an Margareta erinnert.

»Hinweise? Worauf?«

Margareta stieß die Luft so heftig aus, dass ein Pfeifton entstand. »Wir suchen, weil wir glauben, dass Steffi ihm vielleicht was angetan hat.«

»Nein!« Das war Ella so herausgerutscht. Steffi? Nun war sie nicht nur seine Geliebte, sondern sollte auch noch seine Mörderin sein?

Hinter ihnen ging die Toilettenspülung, und gleich darauf kam Siri zur Tür heraus. »Alles in Ordnung?«, fragte sie Ella.

»Ja, alles bestens!«

Margareta beäugte Siri misstrauisch. Hoffentlich spürte Siri, dass sie störte. Siri ging zum Waschbecken, und Margareta machte unwillig einen Schritt zur Seite, aber dieser Schritt schien sie zur Besinnung zu bringen.

»Und überhaupt geht dich das Ganze gar nichts an«, schloss sie und trat auf Ella zu, um zu gehen.

»Vielleicht doch«, sagte Ella schnell. »Ich habe deine Schwester in Nils' Haus kennengelernt. Ich weiß nur nicht, wo da der Zusammenhang besteht. Und außerdem ist der Taxifahrer, der mich zu Nils gefahren hat, verschwunden. Auch das kann ich mir nicht erklären.«

Margareta zuckte mit den Schultern. Siri wusch sich ausgiebig die Hände und suchte mit Ella im Spiegel Blickkontakt. »Ich kann mir nicht erklären, warum du nach Nils und Inger suchst. Was hast du mit ihnen zu tun? Du kommst doch aus Deutschland?«

»Nils ist in Deutschland aufgewachsen und war mein Schulkamerad. Wir haben gemeinsam das Abitur gemacht, damals hieß er noch Moritz. Dann ist er verschwunden. Und ein Portrait von ihm hat mir gezeigt, dass er noch lebt.«

»Und deshalb reist du nach Schweden? Wegen eines Schulkameraden?« Margareta verzog ungläubig das Gesicht. »Und warum sollte er nicht mehr leben?«

»Weil er so plötzlich verschwand. Wir waren in Sorge um ihn.«

Margareta musterte sie. »Vor wie vielen Jahren?« Sie schüttelte den Kopf. »Und bis heute in Sorge? Wo doch Steffi, die du ja doch wohl auch kennst, ihn längst gefunden hat? Findest du das nicht selbst ein bisschen seltsam? Vorausgesetzt, dass euer Moritz überhaupt unser Nils ist.«

Ella nickte und schickte Siri einen warnenden Blick. *Halt dich ruhig, beweg dich nicht, Margareta hat dich wieder ver-*

gessen. »Ich finde das auch seltsam. Ich finde überhaupt alles sehr seltsam. Auch die Verbindung von dir und deiner Schwester zu Moritz.«

»Zu Nils«, korrigierte Margareta. »Das ist nicht seltsam. Er kam als Au-pair-Junge zu uns. Wir waren noch sehr klein, meine Schwester war zwei und ich fünf Jahre alt.« Sie wechselte übergangslos vom Englischen in perfektes Deutsch. »Wir sind mehr oder weniger mit ihm aufgewachsen. Er war in unserer Familie wie ein großer Bruder, und später ging er bei einem Bootsbauer in die Lehre und hat sich mit dieser kleinen Werft selbstständig gemacht.«

»Und ihr hattet immer Kontakt?«

»Mehr oder weniger.« Sie legte ihre Stirn in Falten. »Er hat uns vieles erzählt«, sie stockte. »Aber natürlich nicht alles. Und trotzdem! Ich versteh noch immer nicht, warum das alles so geheimnisvoll sein soll?«

Sollte Ella ihr von Inkas Tod erzählen?

»Habt ihr der Polizei von eurem Verdacht erzählt?«, fragte sie stattdessen.

»Die Polizei hat das gar nicht ernst genommen. In Schweden verschwinden laufend Leute. Manche fahren einfach woandershin, weil sie neu anfangen wollen. Aus welchen Gründen auch immer. Es gibt keine Leiche, also gibt es auch kein Verbrechen.«

»Und wer ist das nun in Nils' Haus?«, wollte Ella wissen.

»Meine Schwester, ihr Freund und noch ein paar aus der Szene. Nette Typen, vielleicht ein bisschen schlampig, aber das kommt daher, weil wir zu Hause immer alle so super ordentlich und piekfein sein mussten. Eine Kontrareaktion, so hat es der Psychoanalytiker meinem Vater erklärt. Und meine Schwester werde ihren Schulabschluss trotzdem mit der besten Note machen, und ich würde Medizin studieren, natürlich nachdem wir uns die Haare geschnitten haben ...« Sie verzog das Gesicht.

Eigentlich ist sie ja wirklich noch ein kleines Mädchen, dachte Ella.

»Und?«, fragte sie, »wird das so kommen?«

»Keine Ahnung. Vielleicht. Aber vielleicht gehe ich auch zu Greenpeace und rette Wale.«

Roger stand bei ihrer Rückkehr an den Tisch auf und rückte Ella den Stuhl zurecht. Das war bei ihm eine selbstverständliche Geste, selbst in einem Künstlerschuppen wie diesem.

»Ich dachte schon, ihr hättet euch versehentlich runtergespült«, meinte er scherzhaft.

Siri sagte nichts darauf, sondern warf Ella nur einen raschen Seitenblick zu. Klar hat sie auf ihrer Brille alles mitgekriegt, dachte Ella, jedes Wort, das Ella mit Margareta gewechselt hat.

»Wäre das für die *Paris Match* eine Meldung wert gewesen?«, fragte Ella wie nebenbei. »Deutsche Touristin ins Klo gespült?«

Er sah sie durchbohrend an, Ella erwiderte den Blick mit ihrem harmlosesten Gesichtsausdruck. Dann schaute er zu Siri.

»Das ist so eine Sache mit dem Datenschutz in Schweden«, sagte Ella. »Das gibt es hier nicht wirklich.«

»Ein freier Autor ist ein freier Autor. Er kann als Journalist arbeiten oder als Drehbuchautor oder als das, was ihm liegt und wofür er bezahlt wird.«

»Ah, und wofür wirst du bezahlt?« Ella spürte, dass ihr Ton leicht aggressiv wurde und dass sich Siri und Liam einem eigenen Thema zuwandten, offensichtlich war ihnen diese Wendung unangenehm.

Roger beugte sich zu ihr. »Was denkst du denn, wofür ich bezahlt werde?«, fragte er leise.

»Sag es mir.«

»Jedenfalls hat es nichts mit dir zu tun, falls du so etwas vermutest.«

»Aber doch vielleicht mit meiner Geschichte?«

»Ein Mensch, dem ein Mord zur Last gelegt wird, verschwindet und wird in einem anderen Land wieder aufgespürt. So außergewöhnlich ist das nicht.«

»Aber vielleicht, wenn die Freunde des Gesuchten einen weiteren Mord vermuten – und zwar diesmal an ihm selbst? Und in der Umgebung seines Hauses nach der Leiche suchen?«

»Ist das so?«

»Das ist so.«

»Und wer soll ihn umgebracht haben – und warum?«

Ella zögerte. Steffi, dachte sie. Wie kann ich dich hierherlocken? Mit dem dringenden Wunsch an die Busenfreundin, sie hier in Schweden bei ihrer Suche nach Moritz zu unterstützen?

»Ja«, sagte sie grüblerisch, »das ist einfach die große Frage.«

Roger betrachtete sie nachdenklich. »Und warum werde ich einfach das Gefühl nicht los, dass du mir etwas Wesentliches verschweigst?«, fragte er nach einer Weile.

»Weil du einfach ein misstrauischer Mensch bist!« Ella schenkte ihm einen Kussmund.

»Nun gut«, er lachte und hob sein Glas in Richtung Siri und Liam. »Und Freunde, stoßen wir an, wir sind zum Feiern gekommen!«

In diesem Moment ging die Musik wieder los.

Es war nach drei, als sie im Hotelzimmer ankamen. Ella dachte flüchtig an Bens Mail, aber Roger drückte sie direkt neben der Tür an die Wand, und in Ella stieg die Lust hoch, die ihre Phantasie schon in der engen Gasse entfacht hatte. Er schob ihren Pullover mitsamt dem BH nach oben, und sie zerrte seinen Gürtel auf. Fieberhaft zogen sie sich gegenseitig so weit aus, dass Ella ihre Beine um seine Hüften schlingen konnte und er mit einem Stoß in sie eindrang. Er liebte sie hart und heftig, und Ella kam schneller als je zuvor, sie krallte sich an ihm fest und schrie ihm ins Ohr, und dann explodierte auch er.

»Wow!«, sagte sie, als sie langsam von ihm abließ. Er sagte nichts, sondern trug sie aufs Bett. »Willst du mich heiraten?«, fragte er, als er sich neben ihr ausgestreckt hatte.

»Was?« Ella sah zu ihm hinüber.

»Das sagen französische Männer in dieser Situation immer«, sagte er. »Wenn es einfach ultra war. Dann möchte man dieses Gefühl behalten.«

»Und die Frau zu diesem Gefühl«, ergänzte sie.

»Genau …«

Ella griff zu ihm hinüber. »Und wie oft hast du auf diese Weise schon geheiratet?«

»Heute das erste Mal«, murmelte er, und beim nächsten Atemzug war er eingeschlafen.

Freitag

Um sieben wachte Ella auf. Roger hatte einen Arm um sie gelegt und drückte auf ihren Busen. Sein ganzer Körper zuckte, anscheinend träumte er heftig. Ella überlegte, wie sie sich von ihm befreien konnte, ohne ihn aufzuwecken, und schlüpfte schließlich vorsichtig unter seinem Arm durch. Er murmelte etwas, drehte sich um und schlief weiter.

Ella schaltete ihr Netbook ein und ging, während es hochfuhr, ins Badezimmer, um sich die Zähne zu putzen. Als sie zurückkam, stand Roger vor ihrem Computer.

»Na, aufgewacht?« Ella ging auf ihn zu.

»Na, Geheimnis?« Er lächelte ihr zu.

»Klar«, sagte sie. »Du doch auch.«

Er nahm sie in den Arm. »Guten Morgen, ma chérie, ich bestelle uns zwei Cappuccini, und du liest mal deine geheimnisvolle Mail.«

»Sie ist nicht geheimnisvoll. Sie ist von dem Mann, mit dem ich bis vor sechs Tagen zusammen war.«

»Oh, là, là«, Roger schnalzte mit der Zunge. »Wäre er der richtige Mann für meine Frau?«

Ella musste lachen. »Kommt drauf an. Aber im Prinzip … warum nicht?«

Roger deutete auf das Netbook. »Ich habe eher das Gefühl, er will um dich kämpfen.«

Ella zuckte die Achseln. »Ich habe das Gefühl, ich lese erst mal, was er geschrieben hat, dann bin ich schlauer.« Sie setzte sich, öffnete die Mail und sah dabei Roger zu, wie er zum Telefon ging. Er hat einen wunderschön geformten Hintern, dachte sie, den schönsten Po, den sie je an einem Mann gesehen hatte. *Moritz hat auch einen tollen Po und überhaupt eine sehr athletische Figur.* Sie grinste. Ja, stimmt, der Einwand war berechtigt. Sie hatte schließlich die Fotos gesehen.

»Schreibt er so fröhlich?«

Ella sah auf. Roger hatte sie beobachtet.

»Ich habe es noch nicht gelesen. Ich habe gerade deinen Hintern bewundert.«

»Na, na, na …« Er drohte scherzhaft mit dem Zeigefinger.

Eigentlich wollte sie gar nicht lesen, was Ben schrieb. Es würde wehtun. Vor allem befürchtete sie, dass er traurig war und sehr unter der Trennung litt. Ich bin feige, dachte sie, ich will mich nicht damit belasten. Augen und Ohren zu, das tut weniger weh.

Aber jetzt war die Mail schon einige Stunden alt, jetzt musste es einfach sein.

»Liebe Ella«, schrieb Ben. »Dass mir so manches nicht in den Kopf geht und dass da alle Grübelei nicht helfen mag, ist dir natürlich klar. Zu schnell kam für mich deine Entscheidung, die nicht nur schmerzt, sondern auch schwer zu verstehen ist. Aber darüber können wir reden, wenn du wieder zurück bist. Wenn du überhaupt noch einmal zurückkommst … ich habe da so meine Zweifel.« Ella holte Luft. Quatsch, dachte sie. Was sollte sie denn in Stockholm? Oder dachte er etwa, sie ginge mit Roger nach Paris? Sie las weiter. »Seltsam finde ich allerdings, und deshalb schreibe ich dir, dass Steffi völlig überraschend hier aufgetaucht ist. Sie hat mich gestern Abend besucht, was sie noch nie ohne dich getan hat, und mich so auffallend harmlos ausgefragt, dass ich nicht schlau daraus wurde. Wenn sie wissen will, in welchem Hotel du wohnst, warum fragt sie nicht dich selbst? Oder was du herausgefunden hast. Ich habe viel Arbeit vorgetäuscht und dass ich nicht über den neuesten Stand informiert sei. Sie hat sich dann wieder verabschiedet, aber sie wirkte anders als sonst. Unruhig, besorgt. Und jetzt mache ich mir auch Sorgen. Ist es gefährlich, was du da tust?« Gefährlich? Ella überlegte. Bisher fühlte sie sich nicht gefährdet. Nicht mal in Nils' Haus, dann schon eher in dem stockdunklen Bootshaus, und das war nicht Nils gewesen, sondern Roger. »In Liebe, Ben.«

In Liebe, Ben, dachte Ella.

»Dass du schon so fit bist?« Roger kam im Bademantel aus dem Badezimmer, einen zweiten hatte er sich für Ella über den Arm gelegt.

»Warum nicht?«, fragte sie.

»Nun, gestern war doch ganz schön viel los. Überleg doch mal: Inger, dann Bootshaus, dann Marokkaner und schließlich noch diese Musikkneipe.«

»Ein ganz normaler Tag halt!« Ella lächelte und schlüpfte in den weißen Hotelbademantel, den Roger ihr hinhielt. »Wenn ich zu Hause arbeite, sind die Tage oft anstrengender, hektischer, stressiger und länger ...«

»Macht die Arbeit wenigstens Spaß?«

Ella überlegte, schließlich zuckte sie die Achseln. »Manchmal. Nicht immer. Und wenn ich genau darüber nachdenke, immer weniger.«

»Dann wird es Zeit, dass du den Beruf wechselst.«

Ella musste lachen. »Und was soll ich deiner Ansicht nach tun?«

»Du wirst Privatdetektivin. Ich denke, du hast gute Anlagen dazu.«

Ella wiegte den Kopf.

»Was steht denn nun in deiner Mail?«, wollte er wissen und blieb neben ihr stehen, aber diskret genug, um nicht auf den Bildschirm sehen zu können.

»Ben versteht die plötzliche Trennung nicht, und außerdem war gestern Abend meine allerbeste Freundin Steffi bei ihm. Ganz überraschend, denn gerade war sie noch in New York.«

»Und was wollte sie? Den Mann abstauben?«

Ella dachte an Moritz. »Ne«, sagte sie langsam. »Ben passt nicht in ihr Beuteschema. Zu groß, zu schwer, ehemaliger Mehrkämpfer, heute ein Hobbymaler, mehr ein Poet als ein zupackender Mann, nein, ich denke, da wärest du schon eher gefährdet.«

»Gefährdet? Ich?« Er lachte auf und zwinkerte ihr zu. »Dann doch wohl eher sie.« Seine braunen Augen blitzten. »Wie sieht sie denn aus, deine Freundin?«

Ella versuchte sich Steffi vorzustellen, aber ständig schob sich das Foto mit dem Sektglas vor ihr inneres Auge, mit dem Sektglas in Moritz' Bett.

»Ja«, sie konzentrierte sich. »Wir sind gleichaltrig, etwa gleich groß und etwa gleich schwer. Ihre Figur ist vielleicht ein bisschen sportlicher –«

»– das heißt, kleineren Busen –«, unterbrach Roger.

Ella zuckte die Achseln. »Insgesamt drahtiger. Früher

hatte sie ihre braunen Haare blond gefärbt, jetzt ist sie wieder braun. Dunkelbraun. Nackenlang.«

»Schade.«

»Wieso schade?«

»Lange Haare gefallen mir besser.«

»Dafür hat sie strahlend blaue Augen.«

»Und du hast Rehaugen.«

Seltsam, dachte Ella, das hat Ben auch immer gesagt. Vortäuschung falscher Tatsachen, hilfloser Blick im willensstarken Kopf.

»Und was wollte sie bei deinem Freund, wenn sie ihn dir nicht wegnehmen will?«

»He, sie ist meine Freundin!«, warf Ella ein, aber sie spürte selbst, wie lasch es klang, und eigentlich wurde ihr bei einer solchen Aussage direkt übel. Meine Freundin, meine allerbeste Freundin. Sie hätte kotzen können.

»Sie hat ihn nach meinem Hotel gefragt.«

»Ihn? Wieso nicht dich?«

»Keine Ahnung.«

»Dann will sie wohl kommen, um dir bei deiner Suche zu helfen. Hallo«, er hob die Stimme, »hallo, Sweetheart, Überraschung.«

Es klopfte. Roger nahm ein Geldstück und ging zur Tür. Gleich darauf balancierte er ein Tablett mit zwei Cappuccini und zwei Croissants herein und stellte es auf dem kleinen Tisch ab.

Sie wird wohl kommen. Der Satz ging Ella nicht aus dem Hirn. Aber warum? Das würde bedeuten, dass sie gar nicht weiß, wo Moritz abgeblieben ist. Wollte sie tatsächlich mitsuchen? Aber warum der Umweg über Ben?

275

»Ich weiß es nicht.«

Ella stand auf und setzte sich zu Roger. Er nahm einen Schluck Kaffee und wischte sich mit dem Handrücken den Milchschaum von der Lippe. Dann sah er ihr in die Augen. »Ich werde bald weg müssen. Länger als fünf Tage hier zu sein, ist echter Luxus für mich.«

Ella erschrak. »Wie, du musst gehen?«

Er winkte ab. »Nicht sofort. Aber wir sollten uns bald mal überlegen, was wir mit unserem kleinen Liebesabenteuer machen.«

Liebesabenteuer. Das Wort hallte in Ella nach, und es tat seltsamerweise weh. Sie wollte kein Liebesabenteuer sein. Sie wollte immer ernst genommen werden, hatte sich nie als Spielzeug gesehen. War sie ein Spielzeug für Roger?

»Jetzt schaust du wie ein waidwundes Reh.«

Ella griff nach ihrer Tasse. Ist wohl besser, wenn ich meine Emotionen nicht zeige, dachte sie. Ich will mich ja nicht aufdrängen. Immer schön cool bleiben! »Liebesabenteuer«, schrie sie los und schüttete ihm ihren Cappuccino auf den Bademantel. »Wer glaubst du, dass ich bin? Ein billiges Flittchen?« Sie pfefferte ihre leere Tasse zwischen seine nackten Füße, sodass sie auf dem harten Parkettboden zerbrach und er schnell die Beine anzog.

»Verdammter Mist«, setzte sie noch nach, bevor sie aufsprang und in der Toilette verschwand.

Sie setzte sich zitternd auf den Klodeckel. Wie konnte das passieren?, dachte sie. Verdammt! Verdammt! Wieso hatte sie sich so wenig im Griff? Und jetzt? Wie kam sie aus dieser Nummer wieder aus? Im Spiegel auf der Innenseite der Tür sah sie sich sitzen. Sie starrte sich an. Ihre Augen funkelten, ihre Haare waren noch vom Schlaf zerzaust, ihre Lippen rissig und aufeinander gepresst. »Inka!«, schrie sie. »Lass mich in Ruhe!« Hätte sie einen handfesten Gegenstand gehabt, dann hätte sie ihn direkt in den Spiegel geworfen. Aber neben ihr stand nur der Behälter mit der Klobürste.

Jetzt hörte sie etwas. Im Badezimmer lief Wasser. Da war Roger also seelenruhig ins Badezimmer spaziert und duschte jetzt. Ob sie ihn verbrüht hatte? Nein, so heiß war der Kaffee nicht mehr gewesen. Trotzdem, dachte sie und warf sich im Spiegel einen Blick zu: »So etwas tut man nicht!«

Ihr Spiegelbild grinste, und Ella kickte mit dem bloßen Fuß dagegen.

»Du bist tot!«, herrschte sie sich an. »Und das bleibst du gefälligst auch!«

Dann überfiel sie ein Hustenanfall, und sie krümmte sich zusammen. Fast hätte sie das Klopfen überhört.

»Ella! Komm da raus!«

Sie rührte sich nicht.

»Hörst du? Es ist gut. Es ist nichts passiert. Aber komm da raus!«

Ella blieb sitzen.

»Ich will mit dir reden!«

»Bleib, wo der Pfeffer wächst«, antwortete sie, aber schon nicht mehr so laut. Im nächsten Moment war sie aufgestanden und öffnete die Tür. »Tut mir leid«, sagte sie betreten.

Roger hatte ein Badetuch um die Hüfte geschlungen und schüttelte den Kopf. »Zumindest wird es einem mit dir nicht langweilig!«

»Hab ich dich verbrüht?«

Er musste lachen. »Nein, eher garniert. Mit ganz viel Milchschaum …«

Er schloss sie in die Arme, und Ella holte tief Luft. »Ich weiß auch nicht, was in mich gefahren ist, eigentlich wollte ich überhaupt nicht reagieren.«

»Dein zweites Ich scheint ehrlicher zu sein.«

»Ja, vielleicht.« Sie nickte. »Es war offensichtlich das falsche Wort im falschen Augenblick.«

Ella schaute an ihm vorbei zum Sessel. Er hatte die Scherben schon weggeräumt und die Kaffeeflecken aufgewischt.

»Und was stört dich an dem Wort ›Liebesabenteuer‹ so sehr?«, wollte er wissen, hielt aber zur Vorsicht ihre beiden Handgelenke fest.

»Weiß ich auch nicht«, sagte sie. »Es hört sich so … so unbedeutend an.«

»Und es soll nicht unbedeutend sein?« Roger drückte sie etwas von sich weg, um in ihr Gesicht sehen zu können.

»Wohl nicht …« Ella verzog leicht den Mund.

»Dann müssen wir uns was überlegen.« Er küsste sie. »Unbedeutend sollst du dich nicht fühlen.«

Sie bestellten zwei frische Cappuccini, und Ella schrieb Ben eine Antwort, während Roger seinen eigenen Laptop hochfuhr.

»Lieber Ben, ich weiß, dass ich dir sehr wehtue, und das tut mir sehr leid, aber im Moment kann ich das nicht ändern. Da toben zwei Seelen in meiner Brust, und ich werde selbst nicht wirklich schlau aus mir. Alle paar Minuten denke und empfinde ich anders. Vielleicht bin ich wirklich sehr nah an Moritz dran, vielleicht entfacht Inka deshalb solche Gefühle in mir, ich weiß es nicht. Wenn der Satz:

Nicht mehr Herr seiner Sinne zu sein auf irgendjemanden zutrifft, dann ganz sicherlich auf mich, denn genauso fühle ich mich gerade … ich bin nicht mehr Herrin meiner Sinne. Was Steffi betrifft, so erstaunt mich ihr Verhalten auch, aber ganz sicher gibt es dafür einen triftigen Grund. Ich werde ihn herauskriegen! Pass auf dich auf, ich trage dich in meinem Herzen, und das wird auch immer so bleiben – deine Ella.«

Sie las ihre Mail noch einmal, dann schickte sie sie ab.

»Inger muss ich anrufen«, sagte sie plötzlich. »Da hat sich doch nun einiges ereignet.« Sie dachte an das Foto von Steffi und Moritz. Wie lang war das her? War Moritz zweigleisig gefahren? Das konnte sie Inger nicht sagen, sie hatte es ja noch nicht einmal Roger gesagt. Warum eigentlich nicht, sagte sie sich. Irgendetwas in ihr widersetzte sich dagegen, aber sie wusste immer noch nicht, was.

Inger nahm nach dem dritten Klingeln ab.

»Dein Bild ist fast fertig«, sagte sie sofort auf Deutsch. »Ich habe die ganze Nacht durchgearbeitet. So viel lässt mir im Moment keine Ruhe, da tut mir das harmlose Abmalen von Paradiesvögeln und Blumengirlanden gut.«

»Hej, Inger«, Ella saß noch immer im Bademantel auf der kleinen Couch und versuchte sich zu konzentrieren. »Ich war gestern in seiner Werft.«

Erst war es still, dann hörte sie Ingers Stimme. »Ja, da war ich nicht so häufig. Er war meistens bei mir. Das eine sei sein Geschäft, das andere privat, hat er immer gesagt.«

Ella dachte an sein Bett, das er mit Steffi geteilt hatte.

»Margareta, das ist das Mädchen mit den roten Rastalocken und den wasserblauen Augen, erinnerst du dich?«

»Klar erinnere ich mich.«

»Dieses Portrait hast aber nicht du gemalt …?« Sie ließ den Satz absichtlich in der Luft hängen.

»Nein«, sie zögerte, »Nils hat hier sein Talent zum Malen entdeckt. Wir haben es unter meinem Namen laufen lassen, weil es mehr Geld bringt, aber dieses Bild ist ihm gut gelungen. Was ist damit?«

»Margareta und ihre Schwester sind quasi mit Nils aufgewachsen. Er kam mit achtzehn als Au-pair-Junge zu ihnen.« Inger war kurz still. Dann sagte sie: »Von zwei Mädchen hat er mir erzählt, allerdings hat er sie immer als seine Schwestern bezeichnet. Wohnt diese Familie auch in Stockholm?«

»Das weiß ich nicht, ich weiß nur, dass die Schwestern an eine Entführung glauben und nach ihm suchen.«

»Also kein Unfall?«

»Die eine, die jüngere, wohnt mit ihren Freunden in Nils' Haus, und sie suchen nach Spuren. Oder nach seiner Leiche …«

»Und woher …«

»Weil ich doch gestern dort war. Und kurz darauf hat mir ein Kripobeamter erzählt, seine Kreditkarte sei benutzt worden. Sie hätten dir das auch mitgeteilt.«

»Ja, sie haben mir die Unterschrift vorgelegt, aber ich bin mir nicht sicher. Es könnte auch eine Fälschung sein.« Sie stockte. »Ich kann mir immer noch nicht vorstellen, dass er ohne ein einziges Wort verschwinden würde. Freiwillig verschwinden. Ich muss doch einmal zu seinem Haus fahren!«

»Ja, keine schlechte Idee«, Ella zögerte. »Sein Haus war die ganze Zeit offen, da konnte jeder an seine Sachen ran.«

Ella legte auf und schaute nachdenklich aus dem Fenster.

»War das jetzt richtig, ihr alles zu sagen?«

Roger blickte über den Bildschirm seines Laptops zu ihr. »Damit wird ihre große Liebe immer mehr zum Lügner. Ich weiß nicht, ob du ihr damit was Gutes tust.«

»Aber es ist die Wahrheit. Und vielleicht entdeckt sie ja etwas, was bisher übersehen wurde.«

»Wahrscheinlich räumt sie die Bude erst mal auf …«

Ella ging ans Fenster. Draußen schien die Sonne, aber sie wusste, wie schnell sich das hier ändern konnte. »Was du vorhin gesagt hast«, begann sie, »du müsstest bald abreisen, ist das wahr?«

Sie blieb mit dem Rücken zu ihm stehen und stützte sich auf dem breiten Fenstersims ab.

Roger schwieg, und Ella drehte sich langsam zu ihm um.

»Wir kennen uns jetzt erst fünf Tage«, sagte Roger. An seiner Haltung war abzulesen, dass er sie angesehen hatte. »Das ist schon seltsam.«

»Was ist seltsam?« Ella blieb am Fenster stehen.

»Dass man in fünf Tagen so eine Nähe entwickeln kann.«

»Ja, ich mag eigentlich nicht, dass du weggehst.«

»Und ich mag dich nicht hier allein zurücklassen.«

Sie sahen einander an, dann stand Roger auf, das Badetuch noch immer um die Hüften geschlungen, ganz so, wie sie ihn kennengelernt hatte, und kam langsam auf sie zu.

»Was wird das jetzt?«, fragte Ella. »Noch ein Heiratsantrag?«

Er musste lachen. »Dass du mir aber auch immer das Wort aus dem Mund nehmen musst!«

Sie blieben voreinander stehen und schauten sich eine Weile wortlos an, dann öffnete Ella ihren Bademantel, und

Roger ließ sein Handtuch fallen, und sie liebten sich genau dort, wo sie waren, Ella mit dem Rücken zum Fenster und mit einem Gefühl von Trauer, das sie halb wahnsinnig machte.

Zum Mittagessen entführte Roger Ella in die Stadt. »Komm«, hatte er sie aufgefordert, nachdem sie das Frühstück verpasst hatten, »vergiss jetzt mal diesen Burschen. Ich möchte meinen Schal haben, den du mir gestern zwar versprochen, dann aber doch nicht mitgebracht hast, und du solltest dir endlich eine dicke Jacke kaufen, sonst bleibst du noch mit einer Lungenentzündung auf der Strecke.«

Ella genoss diesen Ausflug, dieses Gefühl, an nichts anderes denken zu müssen als an das Jetzt und Hier. Sie gingen die belebte Einkaufsstraße hinunter, aber Ella stellte fest, dass es fast nur die großen Geschäfte mit den internationalen Marken waren, die es auch in Deutschland gab. »Das ist doch überall gleich«, erklärte sie. »Entführe mich in die Altstadt, wenn ich schon etwas kaufe, dann bitte ein Kleidungsstück Made in Sweden.«

Roger führte sie zielsicher zu einem kleinen Geschäft, das vor feinen schwedischen Wollpullovern fast überquoll. Ella konnte sich an den vielen Mustern in den verschiedensten Farben kaum sattsehen. Roger fand einen traumschönen Schal, aber Ella konnte sich einfach nicht entscheiden.

»Das habe ich befürchtet«, sagte Roger, »und eigentlich wolltest du ja auch keinen Pullover, sondern eine dicke Jacke.«

»Vielleicht einen schönen Pullover unter der Jacke?« Sie hielt ihm mehrere Modelle zur Auswahl hin. Feine weiße

Muster auf Dunkelblau, auf Grau, auf Dunkelgrün, Jäckchen, so liebevoll gearbeitet, dass Ella ins Schwärmen geriet. »Jedenfalls nehme ich so einen Pullunder für meine Mutter mit.« Sie verstummte. Noch gestern hätte sie gesagt: und für Steffi, meine beste Freundin. Verdammt, warum musste ihr das gerade jetzt wieder einfallen?

»Sie erinnern mich an deine Servierplatte«, sagte Roger.

Stimmt. Anscheinend hatte sie gerade eine Schwäche für verspielte Muster. »Dann kann ich mich ja hineinlegen«, grinste sie und entschied sich für den dunkelblauen Pullover. Und den grauen für ihre Mutter. Und einen Schal als jederzeit zu tragende Erinnerung. Und dann musste sie mit ihrer EC-Karte bezahlen, weil ihr Bares längst nicht ausreichte.

»Puh«, sagte sie, nachdem sie wieder auf der Straße standen, »jetzt hat sich die Jacke erledigt.«

Roger legte im Gehen den Arm um sie. »Ich habe sowieso keine schöne Jacke gesehen.« Er drückte sie an sich. »Die holen wir in Paris.«

»In Paris? Zusammen mit deiner Frau?«

»Ich verrate dir jetzt mal ein Geheimnis: Ich bin nicht verheiratet, nicht mal liiert.«

»Aber du hast doch ...«, entrüstet schaute Ella zu ihm auf.

»Reine Vorsichtsmaßnahme. Und außerdem hast *du* mir das ständig unterstellt. *Ich* habe das nie behauptet.«

»Oh!!!!« Ella knuffte ihn in die Seite. Nicht schlecht, fand sie.

Es war so warm, dass sie sich in einem Café unter einer alten Linde noch einen Cappuccino gönnten, wo Ella das rote Seidenpapier zurückschlug und ihre neuen Schätze bewunderte.

»Also Paris«, sagte sie dann.

»Warum nicht?«

Sie dachte an Ben und an ihren Job.

»Und wohin?«

»Ich habe eine große Wohnung. Mitten in Paris im sechsten Arrondissement.«

»Aha, und das heißt?«

»Saint-Germain.

Ella überlegte. »So ganz schlecht scheint es dir als – ja, als was denn eigentlich? – nicht zu gehen.«

»Auch das habe ich nie behauptet«, er grinste. »Deshalb muss ich mich ja auch so ein bisschen schützen, es könnte ja jede kommen …«

»Und ich bin nicht jede?«

»Nein«, er küsste sie auf die Stirn. »Offensichtlich nicht. Kannst du dich an das Lied erinnern, das ich dir gleich am ersten Tag geschenkt habe?«

»Am zweiten.«

»Am ersten!«

»Schon am ersten? Natürlich erinnere ich mich. *Sie* von Charles Aznavour.«

»Du warst von Anfang an etwas Besonderes für mich!«

»Und wie lange?« Sie sah ihn von der Seite an und wusste selbst, wie verletzlich sie in diesem Moment war.

»Wie lange schon? Von der ersten Sekunde an.«

»Wie lange wird es dauern?«

»Müssen wir das heute entscheiden?«

Ja, am liebsten, ja, dachte Ella.

»Lass uns sehen, wie sich unsere jungen Gefühle entwickeln …«

284

Ella überlegte. »Frankfurt–Paris«, sie zuckte die Achseln. »Ich schätze mal um die sechshundert Kilometer. So rund sechs Stunden Fahrt, wenn man sich an das Tempolimit in Frankreich hält.«

»Ich habe das schon gegoogelt.« Er legte seine Hand auf ihre. »Weniger als vier Stunden im ICE und TGV und für neununddreißig Euro zu haben.«

»Schnäppchenjäger, was?«

»Wer im Kleinen spart ... du weißt schon.«

»Hm.«

»Aber ich will eigentlich gar nicht, dass wir immerzu quer durch die Lande sausen.«

»Sondern?«

»Dass du dich einfach bei mir einnistest. Dann werden wir schon sehen.«

»Und wenn es nicht passt, gehe ich wieder?«

»Oder ich.«

Ella musste lachen. »Du aus deiner eigenen Wohnung ... das stelle ich mir besonders spannend vor. Und mein Job? Meine Wohnung?«

»Die vermietest du unter. Und Immobilien? Gibt es in Paris auch. Und zwar jede Menge!«

»Mit welcher Leichtigkeit du das sagst.«

»Worauf willst du warten? Dass wir uns jahrelang beschnuppern und dann herausfinden, dass es doch nicht passt? Das können wir schneller haben.«

Ella schüttelte den Kopf. »Und meine Freunde? Mein Leben?«

»Willst du, oder willst du nicht?«

Ella sah ihn an. Seine Hand auf ihrer fühlte sich gut an.

Ruhig, warm, beschützend. Warum eigentlich nicht? Was konnte schon passieren? Wenn es nicht passte, ging die Welt auch nicht unter, und sie wäre aber um eine Erfahrung reicher. Sie war vierunddreißig Jahre alt, wenn sie jetzt keine Lust auf ein Abenteuer hatte, wann dann? Mit fünfzig bestimmt nicht mehr.

»Ja!«, sagte sie.

»Na, das ist doch mal ein Wort!« Roger küsste sie über den kleinen Tisch hinweg. »Und nur, um das auch zu klären: Meine Familie besitzt einen großen Verlag, wir produzieren Filme und halten Anteile im Verlagswesen. Mein langweiliger Bruder und ich sitzen in der Geschäftsleitung, er ist der Zahlenmensch, und ich bin Mädchen für alles, habe Medien studiert, bin Vollblutjournalist, Drehbuchautor und mein eigener Geldgeber. Bist du jetzt beruhigt?«

»Beruhigt?« Sie sah ihn zweifelnd an. »Und du klaust mir nicht meine Geschichte?«

»Sie ist verlockend, aber ich werde sie dir nicht klauen.« Er grinste. »Vielleicht kann ich auch noch meinen eigenen Freund aufspüren, der sich aus irgendwelchen Gründen aus dem Staub gemacht hat.«

Beschwingt kamen Roger und Ella im Hotel an.

»Lass uns noch einen Champagner auf dieses Ereignis trinken!« Roger zeigte zu der Kaminecke, die eben frei wurde. »Ich muss nur schnell hoch, um noch eine Mail rauszuschicken. Bestell schon mal für uns, am besten gleich eine ganze Flasche. Den Besten, den sie haben!«

Doch kein Sparfuchs, dachte Ella und wollte eben zur Kaminecke gehen, als sie Siris Stimme hörte.

»Hej, Ella!« Siri kam aus dem Büro und winkte ihr zu. Ella winkte zurück, ging aber trotzdem weiter. Die Kaminecke war beliebt, und sie wollte sie keinem anderen überlassen. Schon gar nicht in so einem Moment.

Zu ihrer Überraschung ging Siri um die lange Theke der Rezeption herum und kam zu ihr. »Na«, fragte sie, »geht es dir gut?«

»Ja, super! Danke!«

»Siehst auch genauso aus.« Siri blieb vor ihr stehen und betrachtete sie mit schief gelegtem Kopf. Ihr blondes Haar glänzte, und ihre Augen leuchteten.

»Du siehst auch gut aus!«, sagte Ella aus tiefster Überzeugung.

»Danke«, Siri lachte. »Das sagt Liam auch immer, aber das ist ja kein Wunder, schließlich hat er sich in mich verliebt!«

Ella musste lachen. »Ich glaube, ich werde dich vermissen, wenn ich wieder zu Hause bin«, sie korrigierte sich, »nicht mehr da bin.«

»Ich dich auch«, sagte Siri. »Du musst halt wiederkommen. Oder wir besuchen dich mal in Deutschland.«

Ella nickte.

»Vorhin war eine Frau da, die nach dir gefragt hat«, erklärte Siri. »Aber sie hat keine Nachricht hinterlassen und wollte auch nicht, dass man dich benachrichtigt.«

Ella spürte trotz des warmen Kaminfeuers eine leichte Kälte.

»Wie sah sie aus?«

Siri überlegte. »Etwa dein Alter, deine Statur, Haare weiß ich nicht, sie trug so eine schwarze Baseballkappe mit einem großen NY drauf.«

»New York«, flüsterte Ella.

»Ja«, bestätigte Siri fröhlich.

In Ella tosten tausend Gedanken, und sie konnte keinen festhalten. Ben hatte recht gehabt. Steffi hatte ihn ausgefragt, sie war heimlich nach Stockholm gekommen.

»Hat sie irgendetwas gesagt?«, wollte Ella wissen.

»Nein, sie hat eine Kollegin gefragt. Ich stand nur zufälligerweise daneben, aber irgendwie kam es mir komisch vor. Wer kommt schon aus Deutschland hierher, um dich zu sehen, und möchte nicht, dass du darüber informiert wirst?« Sie stutzte. »Oder sollte es eine Überraschung sein, und ich habe jetzt einen großen Fehler gemacht?« Ihre Augen wurden kugelrund, und sie schob ihre Unterlippe vor.

»Es sollte wohl eine Überraschung sein«, Ella versuchte sich zu fassen und einen ganz normalen Gesichtsausdruck aufzusetzen.

»Oh, das tut mir leid, da habe ich einen Fehler gemacht!« Siri wirkte sehr betroffen. »Das kommt davon, dass ich immer so schnell bin! Zu schnell, sagt meine Mutter. Manchmal sei es besser, erst mal abzuwarten!«

»In diesem Fall nicht!« Ella fasste Siri am Arm. »In diesem Fall bin ich dir wirklich sehr dankbar, denn ich befürchte, es wäre keine gute Überraschung geworden!«

Siri atmete auf. »Gott sei Dank«, sagte sie. »Da bin ich ja beruhigt!« Sie sah sich um. »Soll ich dir einen Kellner rufen, magst du etwas bestellen?«

Ella ließ sich auf das kleine Sofa neben dem Kamin fallen. »Ja, das wäre nett«, sagte sie und war in ihren Gedanken schon ganz woanders.

Steffi, dachte sie. Steffi in Stockholm. Was tat sie hier? Wo war dann Moritz?

Der junge Kellner zählte ihr einige Champagnermarken auf, aber Ella war so unkonzentriert, dass sie nichts davon mitbekam. Als er sie mit erwartungsvollen Augen ansah, musste sie sich entschuldigen. »Haben Sie vielleicht eine Karte? Ich konnte mir das so schnell nicht merken.«

Die Aufzugstür ging auf, und Ella sah, wie Roger beschwingt in die Lobby trat. Und wie immer zog er die Blicke der Frauen auf sich.

»Hast du etwas Schönes gefunden?« Roger zeigte auf die Karte, während er sich ihr gegenüber hinsetzte. »Stell dir vor, vor sechs Tagen haben wir uns noch nicht gekannt, und jetzt ziehst du bei mir ein!«

»Ja«, sagte Ella lahm. »Stell dir vor!« Warum ausgerechnet ich?, fragte sie sich. Sie war vielleicht hübsch, aber hübsche Frauen gab es in Paris mehr als genug. Und die waren sicher weltgewandter, selbstsicherer und faszinierender als sie.

»Was ist?« Roger unterbrach ihre Gedanken und beugte sich vor, um sie besser in Augenschein nehmen zu können. »Doch nicht so glücklich?«

»Nein«, sie lachte gezwungen und reichte ihm die Karte über den Tisch. »Doch! Aber es ist deine Einladung, bitte such du doch den Champagner aus!«

»Aha«, er nickte. »Das ist jetzt Ella. Jetzt muss ich aufpassen, was Inka tut.«

Ella nickte. Er hatte recht. Sie war ein völlig unkontrolliertes Wesen. Und eigentlich hätte sie ihm jetzt von Steffi erzählen müssen. Wer von beiden verhinderte das? Ella oder Inka?

»Keine Sorge!« Sie strich ihr langes braunes Haar nach

hinten und schenkte ihm einen Kussmund. »Wir werden nicht zu zweit bei dir einziehen.«

»Keine Ménage à trois?«

»Sicher nicht!«

»Da weiß ich nun nicht, ob ich beruhigt oder eher enttäuscht sein soll.« Er lächelte ihr zu und winkte dem Kellner. »Haben Sie eine Flasche Dom Pérignon da? Einen guten Jahrgang, schön gekühlt?«

Der Kellner nickte. »Ja, natürlich!«

»Wunderbar, très formidable, und dazu hätten wir gern Klaviermusik und etwas Kleines zum Knabbern, Oliven, Nüsse oder so etwas.«

»Aber gern!«

Kurze Zeit später verstummte die international weichgespülte Hotelmusik, und ein kraftvolles Klavierkonzert schallte durch die Lautsprecher. Einige Gäste schauten sich erstaunt um, Ella runzelte ungläubig die Stirn. »Der macht das wirklich!«

Roger lachte. »Ich habe auch eher an einen leibhaftigen Pianisten gedacht, und eigentlich sollte es ein Witz sein, aber so ist es doch genial!«

Kurze Zeit später war der Kellner zurück, brachte einen Champagnerkühler, gefüllt mit Eis, und stellte ihn auf einem kleinen Dreibein neben Roger ab.

»Jetzt wird es stilvoll.« Roger nickte dem Kellner zu.

»Wahrscheinlich hast du statt einer Flasche Champagner das ganze Hotel gekauft«, argwöhnte Ella. »Wie bei *Drei Männer im Schnee.*«

»Hm?«, fragte Roger.

»Ein alter deutscher Schwarz-Weiß-Film mit Paul Dahlke

als Geheimrat Schlüter. Er spielt einen reichen Mann, der in einem Preisausschreiben einen Aufenthalt in einem Hotel gewonnen hat und dort als vermeintlich armer Schlucker so dermaßen schikaniert wird, dass er beschließt, das ganze Hotel zu kaufen und alle hinauszuwerfen.«

»Und?«

»Es gehörte ihm schon.«

Roger musste lachen. »Das wünscht sich wahrscheinlich so mancher! Aber das Einzige, was ich mich frage, ist, was wünschst du dir?« Und seine Augen hielten sie so liebevoll fest, dass Ella schlucken musste. Es lag eine Zärtlichkeit darin, die er ihr bisher noch nicht gezeigt hatte.

»Dass du mich immer so ansiehst«, sagte sie spontan.

»Wie schau ich denn?«

»Liebevoll. Zärtlich. Verheißungsvoll. Vertrauensvoll. Warm …«

»Ich schaue, wie ich fühle.«

Der Kellner kam mit zwei Champagnergläsern und einer Flasche Dom Pérignon und zeigte sie Roger. Nachdem Roger genickt hatte, öffnete der Kellner die Flasche schnell und geschickt, schnupperte kurz am Korken und schenkte Roger schließlich einen Probeschluck ein.

»Perfekt«, sagte er zu dem Kellner, der ihn erfreut anlächelte.

»Ihre Canapés kommen gleich«, sagte er, deutete einen Diener an und entfernte sich.

»Canapés?«, fragte Ella. »Bestimmt denken sie, es sei ein unglaublich wichtiger Anlass.« Roger hob sein Glas. »Womit sie ja auch recht haben. Ich habe die weltweit schönste und aufregendste Frau erobert!«

Hm, komisch, Ella hatte bisher eher gedacht, dass sie ihn erobert hatte, aber wenn er es so sah, sollte es ihr recht sein.

»Auf unsere Zukunft«, sagte sie, und sie stießen miteinander an. Während sie sich über den kleinen Tisch hinweg küssten, beschlich Ella das Gefühl, dass das hier alles nicht echt sein könne. Eine Sinnestäuschung, eine Fata Morgana, eine schlichte Einbildung.

Sie betrachtete Roger. Da saß er. Und vor wenigen Stunden war Steffi hier hereinspaziert. Moritz war nicht tot, und wenn doch, dann erst seit Kurzem. Und der Tote hieß Nils und nicht Moritz. Und hier saß sie, Ella, wie eine Spinne im Netz und sollte alle Fäden in der Hand behalten. Bloß wie?

»Bist du real?«, fragte sie Roger. »Mir kommt gerade alles so irreal vor. Existierst du wirklich?«

Roger lächelte leicht irritiert.

»Willst du mich kneifen? Dann komm zu mir herüber, das erscheint mir sowieso angenehmer, als quer über den Tisch zu küssen und dich dabei nicht berühren zu können.«

Ella griff nach ihrem Glas und wechselte die Seiten. Er legte den Arm um sie und drückte sie an sich.

»Ich bin real, und ich pass auf dich auf.«

Ella nickte. »Da hast du dir ganz schön was vorgenommen.«

»Ich weiß. Auf dich muss man nicht aufpassen«, er lächelte. »Das sage ich auch immer. Und trotzdem ist es schön, wenn jemand da ist, den das kümmert, was du tust. Einer, der nicht seinen eigenen Vorteil in dem sucht, was der andere tut, der den anderen machen lässt, wenn er damit glücklich ist und dessen Glück unterstützt.«

Ella dachte an Ben. Wer hatte da wen unterstützt? Eigentlich keiner den anderen. Aber zumindest hatte auch keiner den anderen ausgenommen. Weder finanziell noch emotional. Sie hatten in einem Gleichklang gelebt wie Händchen haltende Vorschulkinder.

»Und wenn ich nicht gleich einen Job finde?«, fragte sie.

»Du wirst etwas finden. Etwas, das dir Spaß macht und dir liegt. Das deinen Neigungen entspricht. Es müssen ja keine Immobilien sein … oder würdest du das gern machen?«

Ella überlegte. Im großen Stil waren Immobilien sicherlich aufregend. Richtige Liegenschaften zu kaufen und wieder zu verkaufen war etwas anderes, als kleine Wohneinheiten zu verkaufen oder Mieter zu suchen und mäkelnde Vermieter zufriedenzustellen.

»Aber wenn ich dann nichts verdiene?«

»Wenn ich dich zu mir einlade, darfst du dir darüber keine Gedanken machen, sonst ist es ja keine Einladung. Dann ist es eine Verabredung zu gleichen Teilen.«

Ella nickte und hob ihr Glas. »Ich hoffe, du übernimmst dich nicht!«

»Da bin ich mir sicher!«

Ella war der Champagner zu Kopf gestiegen, sie hatte sich hinlegen müssen. »Nur für eine halbe Stunde«, hatte sie kichernd gemeint und fühlte sich bereits im Aufzug ziemlich schwerelos. »Oje«, sagte sie, als sie mit Roger vor dem Bett stand. »Da waren irgendwelche Drogen drin. Champagner allein haut mich doch nicht um … oder doch?«

Roger küsste sie auf die Stirn. »Wie eine Sechzehnjährige«, sagte er und zog ihr die Schuhe aus. »Entspann dich, ich hab noch was zu erledigen, also: feel free.«

Feel free, dachte Ella, fühl dich frei. Aber kaum lag sie im Bett, überfielen sie die Phantasien. Was, wenn Steffi plötzlich hier klopfte? Oder, noch schlimmer, sich einen Nachschlüssel besorgt hatte? Konnte Ella das wirklich ausschließen?

In diesem Moment klingelte ihr Smartphone. Erschrocken angelte sie danach. Eine Nummer, die sie nicht kannte. Eine schwedische Nummer.

»Ja, Weiss«, meldete sie sich leise. »Hallo?«

Auf der anderen Seite war es zunächst still, dann ein Räuspern. Ella wollte gerade wieder auflegen, als jemand: »Ich muss Sie sprechen«, sagte. Auf Englisch.

Ella zögerte. »Wer sind Sie?«

»Malin. Die Schwester von Inger.«

Die Schwester? Das war doch nur die halbe Wahrheit, dachte Ella.

»Woher haben Sie meine Telefonnummer?«

»Sie haben sie meiner Schwester gegeben. Das war nicht schwer.«

Ella richtete sich auf. Das beschwingte Champagnergefühl war wie weggeblasen.

»Und weshalb rufen Sie an?«

Es war kurz still, und Ella presste ihr Smartphone ans Ohr. Sie saß kerzengerade.

»Sie haben heute Nachmittag mit meiner Schwester telefoniert. Seitdem ist sie in Aufruhr. Noch mehr in Aufruhr, als sie es ohnehin schon war, nachdem sie Sie kennengelernt hatte.«

»Dafür kann ich nichts«, sagte Ella. »Das ist eine schicksalhafte Fügung gewesen.«

»Den meisten schicksalhaften Fügungen wird von irgendwoher nachgeholfen«, erklärte Malin mit einem düsteren Unterton.

»Ist etwas passiert?«

»Bisher noch nicht. Aber ich weiß, dass etwas passieren wird. Meine Schwester ist auf dem Weg zu Nils' Bootshaus. Sie versinkt in Verlustschmerz und kennt keine Gegenwart und keine Zukunft mehr.«

»Sie hat ihn eben geliebt.«

Wieder war es still.

»Was ist Liebe, wenn man dadurch seiner Zukunft beraubt wird?«

Ella zog die Augenbrauen zusammen. Hatte sie richtig gehört? »Wie meinen Sie das?«

»Er hat sie heruntergezogen mit seiner Düsternis. Und dann hat sie ihm Malunterricht gegeben, anstatt selbst zu malen. Sie hat vorher glänzend verkauft. Plötzlich war das alles nicht mehr wichtig. Jedes Lächeln, das sie ihm entlockte, war wichtiger als ihre Kunst.«

Ella stand auf. Sitzend hielt sie das jetzt nicht mehr aus. »Wissen Sie«, begann sie, »wissen Sie«, wiederholte sie, »was mit ihm passiert ist?«

Wieder war es still. Ella ging zum Fenster und schaute auf die Straße, ohne etwas von dem, was sie sah, aufzunehmen. »Wissen Sie, was mit ihm passiert ist?«

»Nein«, kam es endlich, »das weiß ich nicht!«

»Und warum erzählen Sie mir das dann?«

»Weil ich nicht weiß, wo das endet, wenn Inger in sein Bootshaus zu diesen Jugendlichen fährt, von denen Sie ihr erzählt haben.«

»Margareta und ihre Schwester sind mit ihm aufgewachsen.«

»Wie auch immer. Er ist ein Schwindler und ein Betrüger, ich habe es von Anfang an gewusst!« Malin stieß es förmlich heraus, und ihre Stimme war plötzlich so hasserfüllt, dass Ella noch etwas anderes heraushörte. Eifersucht. Die blanke Eifersucht. Die Frage war jetzt nur, war sie auf ihn oder auf ihre Halbschwester eifersüchtig? War sie am Ende sogar in Moritz verliebt?

Noch eine?

»Aber was kann ich jetzt tun?« Ella starrte ratlos nach unten auf die belebte Straße. Sie erstarrte: eine schwarze Baseballkappe und ein Mann daneben, der von oben wie Roger aussah. Genau unterhalb ihres Fensters, allerdings war sie im fünften Stock und konnte nichts Genaues erkennen. Sie kniff die Augen zusammen. Am liebsten hätte sie das Fenster geöffnet und sich hinausgelehnt, aber das Fenster ließ sich nicht öffnen. Jedenfalls aber gestikulierten beide heftig. Ellas erster Impuls war, sofort hinunterzulaufen und sich das Pärchen von Nahem anzusehen. Und sollten es tatsächlich Steffi und Roger sein ... sie verwarf den Gedanken. Bis sie unten war, würden die beiden längst weg sein. Außerdem konnten es nicht Steffi und Roger sein, das war ganz einfach eine gewisse Ähnlichkeit ... und das auch nur, weil Siri etwas von einer schwarzen Baseballkappe gesagt hatte.

»Haben Sie gehört?«

»Was?« Ella starrte noch immer nach unten. »Nein, Entschuldigung, ich war gerade abgelenkt.«

»Inger und ich sind ja nur Halbschwestern. Ich bin um fünf Jahre älter als Inger, aber ich erinnere mich, dass ich Nils einmal von der Waldhütte meines Vaters erzählt habe.«

»Eine Waldhütte?«

»Ja, ganz am Anfang, als er immer häufiger bei Inger auftauchte, habe ich ihm davon erzählt.« Jetzt klang ihre Stimme wieder sachlich neutral. »Ständig ruderte er hin und her. Und ich erinnerte mich, dass mein Vater von dieser Waldhütte aus auch immer über den See ruderte. Und ich habe ihm irgendwann einmal gesagt, wenn er so gern rudert, soll er doch einfach diese Hütte dort nehmen, da könne er tagelang rudern, ohne jemanden zu belästigen.«

Ella spürte, wie ihre Kiefer vor Anspannung knackten. Eine Waldhütte.

»Kennt Inger diese Waldhütte?«

»Nein, sie gehörte ja *meinem* Vater. Ich war später auch nie mehr dort. Außerdem ist mein Vater im letzten Jahr verstorben, was soll ich dort also?«

»Aber Nils haben Sie erklärt, wo diese Hütte liegt?«

»Er war interessiert, und einen Moment lang hab ich wohl geglaubt, ihn dadurch wirklich loszuwerden.«

Ella senkte die Stimme. »Sie lieben Ihre Halbschwester wohl sehr.«

»Mehr als nur eine normale Schwester.« Malin stockte. »Aber das tut hier nichts zur Sache.«

»Nein, natürlich nicht.« Ella überlegte. »Denken Sie, er könnte in dieser Waldhütte sein?«

»Ich habe keine Ahnung, warum er verschwunden ist, und ich empfinde diesen Zustand als wohltuend. Aber ich befürchte, meine Schwester tut sich etwas an, wenn er nicht irgendwann wieder auftaucht, sie verstehen, tot oder lebendig.«

»Tot oder lebendig«, wiederholte Ella langsam. »Und warum schicken Sie nicht die Polizei dorthin?«

»Die Polizei? Ich will meiner Schwester helfen, ich will sie nicht vernichten. So ein öffentlicher Skandal wäre das Letzte, was ich ihr antun würde! Das stünde doch sofort in allen Zeitungen!«

Ella war hin und her gerissen. Dann überwog ihr Drang, Moritz aufzuspüren. »Können Sie mir die Adresse von dieser Hütte per SMS schicken? Ich kann kein Schwedisch.«

»Wenn er dort sein sollte, sagen Sie ihm, er soll Inger einen anständigen Abschiedsbrief schreiben und verschwinden! Von mir aus gebe ich einige zehntausend Kronen Schmerzensgeld dazu.«

Ella zögerte. »Und warum schauen Sie nicht selbst nach?«

»Weil ich mich nicht traue. Ich bin eine ängstliche Natur. Aber Sie haben gewissermaßen alles angezettelt, Sie haben eine Verpflichtung dazu.«

»Eine Verpflichtung«, wiederholte Ella. Sie war doch auch eine ängstliche Natur.

Während Ella auf die SMS von Malin wartete, stand sie am Fenster und versuchte, das Pärchen irgendwo zu entdecken, aber weit und breit sah sie keine schwarze Baseballkappe mehr.

Die Adresse, die kurz darauf als Kurznachricht ihres Smartphone erschien, sagte ihr nichts, aber ihr Phone rechnete aus, dass es bis dort vierundsiebzig Kilometer und eineinhalb Stunden Fahrzeit seien. Ganz schön weit für ein Taxi.

Sie rief an der Rezeption an und fragte nach Siri.

»Na, Hübsche«, sagte Siri, »das war ja ein tolles Champagnerhappening. Unser Kellner war ganz aus dem Häuschen, so eine Flasche verkauft er höchstens einmal im Jahr, wenn überhaupt.«

Ella verkniff es sich, nach dem Preis zu fragen. Was konnte so eine Flasche Champagner schon kosten? Sie schätzte, wenn es hoch kam, zweihundert Euro. Das war zwar viel, aber deswegen musste ein Kellner ja nicht gleich ohnmächtig werden.

»Wenn dein Verehrer siebentausendsechshundert Kronen für eine Flasche Schampus springen lässt, dann habt ihr ja ganz schön was zu feiern. Hat er Geburtstag? Dann müssen wir als Hotel ja auch noch gratulieren. Vielleicht mit einer kleinen Geburtstagstorte?«

»Sieben ... was?«

»Na ja, Jahrgangschampagner. Der ist ja im Einkauf schon fast unbezahlbar.«

Siebentausendsechshundert Kronen, dachte Ella. Siebenhundertsechzig Euro? Hatte sie sich verhört?

»Nein«, sagte sie schnell, »Geburtstag hat er nicht, ich glaube, er hat sich nur über einen guten Geschäftsabschluss gefreut!«

»Na, der muss ja richtig gut gewesen sein!« Sie hörte an Siris Stimme, wie sie vergnügt das Gesicht verzog.

»Was anderes, Siri, war die Frau mit der Baseballmütze noch einmal da?«

299

»Nein, zumindest habe ich sie nicht gesehen. Soll ich nachfragen?«

»Nein, lass nur«, sagte Ella. »Aber könntest du mir bitte ein Taxi bestellen? Ich hätte da noch eine Adresse, wo ich hinsollte. Liegt ein bisschen außerhalb.«

Diesmal überprüfte Ella den Akkustand ihres Smartphones, steckte Filips Visitenkarte ein, zog ihre einzigen festen Schuhe an, stopfte ihren wärmsten Pullover in ihre Tasche und schlüpfte in ihre Regenjacke. Am liebsten hätte sie noch eine Taschenlampe und einen Revolver eingesteckt. Zumindest für die Taschenlampe gab es ein App auf ihrem Smartphone, für den Revolver leider noch nicht. Dann schrieb sie Roger einen kurzen Brief. »*Lieber Roger, vielleicht ist es Inka, die jetzt so drängt. Ich denke, sie will Ella etwas zeigen. Und so lange das alles nicht geklärt ist, wird sie keine Ruhe geben, weder hier noch in Frankfurt oder in Paris. Also gehen wir jetzt los, die Sache hinter uns zu bringen. Sorg dich nicht, zu zweit sind wir stark!*« Sie legte das Schreiben auf das Kopfkissen, ohne es noch einmal zu lesen. Ihr Text wäre ihr bestimmt zu komisch vorgekommen, und möglicherweise hätte sie den Zettel gleich wieder zerknüllt.

In der Lobby trat Ella aus dem Lift und sah Siri mit dem Taxifahrer an der Rezeption fröhlich palavern. Es war der vom letzten Ausflug. Kaum erkannte er sie, kam er auch schon auf sie zugelaufen. Der missmutige Gesichtsausdruck war verschwunden, der ganze Kerl strahlte vor Glück. Er überschüttete sie gleich mit einem Schwall schwedischer Worte und ging nahtlos ins Englische über, als ihm einfiel, dass sie ja kein Schwedisch verstand. Er entschuldigte sich wortreich bei ihr und erzählte, dass er sehr plötzlich hatte losfahren müssen – seine Frau hatte vorzeitig Wehen bekommen, und nun war er stolzer Vater einer Tochter.

Ella wehrte ab. Ja, es sei nicht schlimm gewesen, sie hätte sich einfach Sorgen gemacht, wo er abgeblieben sei.

Er lachte wieder. »Ja, das war vielleicht eine Aufregung!« Aber diese Taxifahrt sei dafür nun gratis, versicherte er ihr, sie könne bis ans Ende der Welt wollen, aber um acht Uhr müsse er wieder in der Klinik sein, das habe er versprochen.

Ella nickte. Sein Lachen steckte an und sein Glück, das aus ihm heraussprudelte. Warum kann ich nicht so glücklich sein, dachte sie, alle Zeichen stehen bei mir doch auch auf Glück?

Er ging vor ihr her, und selbst seine zusammengebundenen, halb langen Haare schienen fröhlich im Takt seiner Schritte zu wippen.

»Ich heiße übrigens Nils«, sagte er, als er ihr die Wagentür aufhielt. Noch ein Nils, dachte Ella. Vielleicht war das ja ein Zeichen?

»Und wo soll es hingehen?«

Ella reichte ihm ihr Smartphone mit der Adresse vor, und er gab sein Ziel an die Zentrale weiter.

»Nicht gerade bis zum Ende der Welt«, sagte er gut gelaunt, als er ihr das Smartphone zurückgab, »aber fast …«

Ella beugte sich etwas zu ihm vor. »Ich habe keine Ahnung, wo das ist – und außerdem sind eineinhalb Stunden für siebzig Kilometer doch wohl reichlich übertrieben?«

»Wenn man zwischendurch Bäume wegräumen muss, die über der Fahrbahn liegen, oder einen Elch zum Aufstehen bewegen will, der zwischen zwei Spurrillen gerade seinen Mittagsschlaf hält, dann eher nicht.«

301

»Das ist also eine ziemlich einsame Adresse?«

»Ein Navi würde sie wohl kaum kennen. Aber ich bin manchmal zum Jagen in dieser Gegend, ich werde das schon finden.« Er warf ihr im Rückspiegel einen Blick zu, während er sich in den Verkehr einfädelte, »aber langsam frage ich mich schon, welchen Reiz solche einsamen Plätze auf Sie ausüben?«

Excitement hatte er gesagt. Meinte er wirklich »Reiz«? Ella war sich nicht sicher, ob sie das Wort richtig übersetzt hatte, und bat ihn um ein englisches Synonym.

»*Thrill*«, wiederholte er. Also *Thrill* war eindeutig. Nervenkitzel.

Schlussendlich war es auch egal, entschied sie. Wichtiger war die Frage, ob sie diese Hütte jemals finden würden, und noch wichtiger war, was sie dort erwartete. Und wer. Der Gedanke erschreckte sie, und sie verbat sich, weiter darüber nachzudenken.

Ella ließ sich gern durch Stockholm fahren. Es war stets aufs Neue interessant, fand sie, und besonders heute, da ihr der Taxifahrer leutselig die Viertel erklärte, die sie durchquerten. Dass ganze Pariser Stadtteile kopiert worden seien, weil die aufstrebende Stockholmer Oberklasse den französischen Klassizismus so trendy fand, und dass im Ersten Weltkrieg in den großen Parks statt Blumen Kohl gepflanzt worden war. Na ja, dachte Ella, eigentlich war das auch einleuchtend, wer pflanzte schon Zierblumen, wenn er Hunger hatte?

Ihre Apps fielen ihr ein. Die Taschenlampe war kein Problem, und das Blitzlicht strahlte tatsächlich hell und ausdauernd und hatte sogar noch eine SOS-Funktion. Auch verschiedene Revolver wurden zu ihrer Überraschung angeboten. Aber sie wollte eigentlich nur einen Schuss, der sich einigermaßen echt anhörte. Aber wie sollte sie das nun testen, ohne dass Nils vor Schreck vom Lenkrad fiel?

Sie verzichtete auf den Revolver und ging einfach davon aus, dass die Hütte sowieso verstaubt und gähnend leer war. Fast wäre ihr das am liebsten gewesen. Und dann würde sie mit Roger nach Paris fahren und ein neues Leben anfangen, fernab dieser Abinacht, fernab dieses Schicksalsees. Und fernab ihrer Zwillingsschwester.

Irgendwann sagte Nils: »So, Achtung, jetzt schlagen wir uns in die Wälder!«

Den Eindruck hatte Ella sowieso schon gehabt. Um sie herum war es seit Kilometern nur grün, Straßen zweigten ab, aber sie sah kaum Hinweisschilder.

»Wie orientiert man sich hier bloß?«, wollte sie wissen.

»Indem man seine Heimat kennt.«

Oha, dachte Ella. Da war sie wohl ziemlich heimatlos, denn sobald sie aus ihrer gewohnten Umgebung gerissen wurde, brauchte sie ein Navi oder eine Landkarte.

»Und je weiter westlich wir kommen, desto schöner wird es«, schwärmte Nils. »Wölfe, Luchse und Vielfraße, das gibt es hier alles noch. Und natürlich Elche und Biber.«

»Ah«, machte Ella. »Setzen Sie mich bloß nicht aus!«

»Wir kommen heute leider nicht so weit. Vielleicht können Sie mich einfach mal frühmorgens buchen? Dann schaffen wir auch das!«

»Wir haben in Frankfurt einen schönen Zoo«, sagte sie. »Da gibt es dazu auch noch Bären!«

Es traf sie ein mitleidiger Blick durch den Rückspiegel, und Nils verstummte.

»Nein«, schwindelte sie schließlich, weil es ihr zu still wurde, »Nils, das war ein Witz!«

»Dachte ich mir schon«, antwortete er einsilbig.

»Und was jagen Sie? Haben Sie hier irgendwo eine Jagdhütte? Und ziehen Sie ganz alleine los?«

Er warf erneut einen Blick in den Rückspiegel, und sie heuchelte mit großen Rehaugen und vorgebeugtem Kopf Interesse. Alles besser als ihre eigenen Gedanken, die sie nur verwirrten. Sie brauchte ja nicht wirklich zuzuhören, sondern nur dann und wann seine Begeisterung zu teilen.

Irgendwann glitt ihr Blick heimlich zur Uhr. Sie waren schon über eine Stunde unterwegs. Lang konnte es nicht mehr dauern. Ihre Aufregung wuchs, und Nils hatte recht. Die Straße glich nun eher einem Weg mit tiefen Furchen.

»Ich hätte meinen Jeep nehmen sollen«, murmelte Nils. »Das nächste Mal bitte eine kurze Info, dann fahren wir privat, wir wollen hier ja auch wieder herauskommen.« Sein Blick verdunkelte sich kurz im Rückspiegel, und Ella wusste, dass er jetzt an seine Frau und an seine klitzekleine Tochter dachte.

Dass Roger sich noch nicht gemeldet hatte. Ob er noch gar nicht wieder im Hotelzimmer eingetroffen war? Offensichtlich nicht, sonst hätte er doch wohl gleich reagiert. Ella checkte ihre Kurznachrichten. Nichts. Sollte sie Steffi endlich eine SMS schreiben? »Na, Steffi, Busenfreundin, wo steckst du eigentlich? Ist NY noch immer so aufregend schön?« So etwa?

Vielleicht war das keine so gute Idee, aber es reizte sie trotzdem. Da bemerkte sie, dass sie kein Netz mehr hatte.

»Nils, haben Sie auch kein Netz mehr? Oder kann ich ein anderes wählen?«

Er warf nur einen kurzen Blick auf sein Handy.

»Nein.« Er schüttelte den Kopf und deutete nach oben zum Schiebedach. »Über uns wachsen die Bäume gerade zu, da schaut kein Satellit mehr durch.«

Dann kann ich meine Kripo-Visitenkarten von Filip auch abhaken, dachte Ella. Und so oder so, jetzt wäre es sowieso zu spät.

Durch die Bäume schimmerten wage die Umrisse eines Hauses. »Na, also!«

Ella legte den Zeigefinger auf die Lippen. »Halten Sie bitte an.«

»Hier?«

»Ja, hier. Und machen Sie bitte den Motor aus – oder besser noch, drehen Sie den Wagen startbereit um. Aber leise!«

»Bringen Sie uns in Gefahr?« Wieder dieser kritische Blick im Rückspiegel, wie damals bei Nils' Bootshaus.

»Nein, ich will nur etwas überprüfen.«

»Soll ich mitkommen?« Irgendwie sah er in seinem karierten Flanellhemd und mit seinem Pferdeschwanz so vertrauenerweckend und stark aus, dass sie fast ja gesagt hätte.

»Nein, nein«, Ella winkte ab. »Ich bin gleich wieder da!«

Das Herz schlug ihr bis zum Hals. Sie holte noch einmal tief Luft, öffnete die Autotür, drückte sie leise hinter sich zu und ging auf das Haus zu. Täuschte sie sich, oder waren das hier frische Autospuren? Aber sie war kein Pfadfinder, sicher war sie sich nicht. Und wenn doch, so konnte es auch der Jagdaufseher gewesen sein oder ein Tourist. Oder sonst jemand.

Sie versuchte, ihren Herzschlag zu beruhigen. Hinter sich hörte sie, wie Nils den Wagen wendete.

Im Notfall konnte sie noch immer zu dem Wagen sprinten und sich in Sicherheit bringen. Der Gedanke beruhigte sie.

Sie hatte den Waldsaum hinter sich gelassen und stand nun hinter dem letzten Baum vor der Hütte. Es war ein originales Blockhaus wie aus der kanadischen Wildnis. Sie kam von der Seite darauf zu und konnte jetzt auch den sanft abfallenden Hang sehen, der gut dreihundert Meter weiter in einen smaragdgrün leuchtenden See überging. Für so einen idyllischen Platz erschien ihr das zweistöckige Haus fast zu wuchtig. Seitlich war das Dach tief heruntergezogen, und es gab nur zwei kleine Fenster. Ob jemand da war oder nicht, konnte sie nicht erkennen. Kein offenes Fenster, kein Auto, kein Fahrrad, kein Boot, das irgendwie benutzt aussah. Nur ein Ruderboot, das umgedreht am Ufer lag.

Ella betrachtete die kleinen Wellen auf dem See und die verschiedenen Farbschattierungen. Die helle Smaragdfarbe wich recht schnell einem dunklen Moosgrün. Der See sah zugleich einladend und abschreckend aus.

Ella wagte sich ein paar Schritte nach vorn. Von hier aus konnte sie die Front mit der großen Holzterrasse sehen. Die Stufen führten seitlich am Haus hoch, und in der Mitte der Terrasse befand sich die hölzerne Eingangstür, sie war geschlossen, wie auch die großen Sprossenfenster rechts und links. Ella atmete auf. Also hatte Malin Unrecht gehabt. Hier war alles verlassen.

Sie würde sich jetzt nur noch schnell überzeugen, dass

wirklich keiner da war, damit sie zügig und zufrieden den Heimweg antreten konnte.

Es raschelte im Gebüsch, ein Tier huschte vor ihr über den Weg. Ella erschrak, dann lachte sie über sich selbst. Überall waren Geräusche, überall bewegten sich die Tannen und Laubbäume, der Wald lebte. Vögel zwitscherten, Enten schnatterten, und Mücken surrten. Es war ein schöner Spätsommertag, dachte sie, da passiert nichts Böses, da freut sich die Natur über die letzten Sonnengaben.

Ella ging auf die Terrasse zu und fasste beim Hinaufgehen die Hauswand an. Die runden Balken waren sonnendurchglüht. Es musste schön sein, hier an einem Sommerabend auf dem Balkon zu sitzen, ein kühles Bier zu trinken und auf den See hinauszuschauen. Vielleicht wurde sie ja doch noch zur Romantikerin.

Sie konnte nicht ins Haus hineinsehen. Dazu war es drinnen zu düster. In den Scheiben spiegelte sich der See, und Ella sah sich selbst im Fenster gespiegelt. Gleich würde sie wieder weg sein.

Sie drückte die Klinke hinunter und wunderte sich mehr, als dass sie erschrak, wie leicht und geschmeidig sich die Tür öffnen ließ. Der Innenraum war trotz der großen Fenster dunkel, und noch vom Außenlicht geblendet, sah sie zunächst gar nichts. Unentschlossen blieb sie in der Tür stehen, dann schloss sie sie hinter sich. Hier drin war es merklich kühler, und es roch nach verkohltem Holz. Sie kniff kurz die Augen zusammen, um sie an die Dunkelheit zu gewöhnen. Im hinteren Teil des Raumes erkannte sie einen offenen Kamin. Die Asche glühte noch.

Ihr erster Impuls war, sofort umzukehren. Ihr zweiter, der

Sache nachzugehen. Sollte sie rufen? Eigentlich war sie ja hier die Einbrecherin. Irgendwie glaubte sie nicht daran, dass tatsächlich jemand da war. Was bedeutete schon eine Glut? Gutes Holz glühte lang.

Sie ging langsam bis zum Kamin vor. Und dann sah sie ihn. Er saß in einem Ohrensessel und bewegte sich nicht. Ellas Adrenalinspiegel schoss nach oben, der Schweiß brach ihr aus. Er saß ihr genau gegenüber. Sie hatte ihn nicht gleich entdeckt, weil seine Konturen mit denen des Sessels verschwammen.

Er bewegte sich noch immer nicht. Groß und breitschultrig saß er regungslos da. Lebte er? War er tot?

Wo war ein Lichtschalter? Gab es in so einer Hütte überhaupt elektrisches Licht? Ella fingerte nach ihrem Smartphone. Was, wenn er seit Wochen tot war? Wollte sie so ein verwestes Gesicht überhaupt sehen?

»So würde Inka also aussehen, wenn sie noch leben würde.«

Ella zuckte zusammen. Seine Stimme war tief, völlig anders, als sie sie in Erinnerung hatte. Sie ging rückwärts zur Tür.

»Bleib da! Du hast mich gesucht, jetzt hast du mich gefunden. Also, bleib da!«

»Woher weißt du das?« Ellas Stimme klang heiser, sie musste sich räuspern.

»Es hat sich in bestimmten Kreisen herumgesprochen. Moritz, dein verschollener Schulkamerad!«

»Ja, Moritz!« Ella war stehen geblieben. Der alte Zorn regte sich wieder in ihr. »Weißt du überhaupt, was du uns angetan hast? Uns allen? Nicht nur Inka, nein, nicht nur

Inka! Unseren Eltern, mir, deinen Eltern …« Sie war laut geworden und unterbrach sich selbst. »Deine Eltern?« Sie horchte ihren eigenen Worten nach. »Deine Eltern?« Der Gedanke war ihr überhaupt noch nicht gekommen. »Du als Au-pair-Junge in Schweden – war das gezielt … haben deine Eltern … etwa?«

Moritz stand auf. Er war größer, als Ella ihn in Erinnerung hatte, und er war breiter geworden. Breiter, als er auf den Fotos wirkte. Er griff nach dem Schürhaken und sah Ella an. Sie konnte seinen Gesichtsausdruck nicht lesen, das Licht war zu schummrig.

»Was soll das?«, fragte sie etwas zu schrill. Sie hörte ihre Stimme wie ein Echo in ihrem Kopf.

Er griff nach einem Holzscheit, warf es in den Kamin und stocherte die Glut auf. Dann setzte er sich auf die Armlehne des Sessels.

»Ich war zugedröhnt. Ein Scheißzeug, das vorher die Runde gemacht hatte. Wir wollten uns lieben, ich wollte Sex, sie auch, dachte ich zumindest. Sie sagte, lass uns ein Spiel machen, in der Luftblase des Bootes. Wir kippten das Boot um, und da war sie weg. Ich habe sie nicht mehr gefunden, und ich habe ewig gebraucht, bis ich selbst am Ufer war. Mir war hundeelend, ich hatte den totalen Filmriss. Irgendjemand hat mich zu meinen Eltern gefahren, und als es auf Totschlag hinauslief, hat mich mein Vater nach Schweden verfrachtet.«

Ella hätte gern sein Gesicht gesehen.

»Wie konntest du mit einer solchen Schuld leben?«

Seine Schultern waren nach vorn gesunken.

»Gar nicht, das war ja das Problem. Aber mein Vater regelte alles und sagte mir, ich würde die Familie ruinieren, und meine Mutter könne sich mit einem Mörder als Sohn nirgends mehr blicken lassen und würde sich zu Tode schämen.«

»Deinem Vater ging es doch nur um seine Karriere!«

Moritz blickte auf. »Das habe ich später auch begriffen. Aber da war es zu spät. Da waren es schon zu viele Lügen, und ich war in meinem neuen Leben drin.«

»Aber du lügst doch noch immer!«

Er schwieg, Ella setzte sich nun ebenfalls auf die ledergepolsterte Armlehne des zweiten Kaminsessels und sah Moritz an.

»Ich wollte von allem fort. Und ich habe darüber nachgedacht, mich der deutschen Justiz zu stellen.«

»Ha.« Ella lachte trocken. »Es ist sowieso alles verjährt.«

»Darum geht es nicht, es geht um meine Sühne. Um mein inneres Gleichgewicht. Um meine Schuld. Ich komme damit nicht mehr klar. Je älter ich werde, desto schlimmer wird es.«

Ella nickte. »Deshalb die düsteren Bilder.«

»Du warst bei Inger.«

»Ja, ich war auch bei Inger.«

»Auch Inger habe ich nun einen großen Schmerz zugefügt. Das wollte ich nicht. Aber Steffi hatte meine Liebe zu ihr entdeckt, und sie hat mir gedroht, meine Identität zu lüften und mit meiner Vergangenheit in die Öffentlichkeit zu gehen, wenn ich Inger nicht vergessen würde. Ich wollte Inger da nicht reinziehen und tauchte ab. Hier in diesem Haus habe ich mich entschieden, mich zu stellen und alles zu bereinigen. Auch wegen Inger.«

Die frischen Holzscheite hatten Feuer gefangen, die Flammen züngelten hoch und legten einen rötlichen Schein auf ihre Gesichter. Sie sahen sich an.

»Mein Gott«, sagte er. »Wie schön du bist!« Seine Stimme brach. »Wenn ich denke …«

»Ja, Inka ist meine zweite Seele. Sie lebt in mir. Manchmal stört sie mich. Manchmal hasse ich sie, manchmal liebe ich sie.« Ella horchte in sich hinein. »Aber jetzt ist sie seltsam still.«

Moritz dachte nach.

»Ich hatte zum ersten Mal bei einem Mädchen das Gefühl, dass es mehr war. Da war ein unbändiges Verlangen nach Vereinigung, Einheit, eine schier unerträgliche Sehnsucht. Ich habe sogar darüber nachgedacht, ob wir nicht irgendwo gemeinsam …«

»Das hast du dir so gedacht!« Eine Frauenstimme, die Ella aus Tausenden herausgekannt hätte.

Mit einem Ruck drehte sich Moritz um. »Steffi!«

»Ja, Steffi«, äffte sie ihn nach und kam ein paar Schritte auf sie zu.

»Steffi! Wo kommst du jetzt her?«, fragte Ella völlig erstaunt.

»Durch den Hintereingang. Das hat dein großer Freund Moritz nämlich zu erwähnen vergessen – wir hatten hier unverschämt guten Sex, und er hat mir die ewige Treue versprochen, bis ich auf sein doppeltes Spiel kam. Hier und im Bootshaus war ich die Prinzessin, und über dem See hatte er seine Hexe, diese gottverfluchte Schlampe!«

»Sie ist keine Schlampe!«

»Halt's Maul!«, fuhr sie ihn an. »Und jetzt kommt also

das saubere Fräulein Ella daher und will den Platz ihrer lieben Schwester einnehmen!«

»Jetzt reicht's!« Moritz stand auf.

»Setz dich wieder!« Erst jetzt erkannte Ella, dass Steffi etwas in der Hand hielt. Aber es war zu dunkel, um genau zu erkennen, was es war.

»Verschwunden, der gute Moritz. Und Ella sucht. Sie ist zwar gnadenlos verblödet seit unserer Schulzeit, aber auch ein blindes Huhn findet ja mal ein Korn, und an der Rezeption ihres Hotels war es mir gleich klar – sie hat verlängert, sie hat eine echte Spur.«

»Hej, seit wann sprichst du so von mir?«

»Ich war deine beste Freundin, um dich unter Kontrolle zu halten. Deine Schritte zu kontrollieren, deinen dusseligen Ben weiterhin scharf auf dich zu machen …«

»… damit du hier ungestört deine Spiele spielen konntest?«

Ein verächtliches Schnauben war die Antwort.

»Mein Job war mein Alibi, es war kinderleicht. Ich wollte endgültig mit Nils zusammen sein. Aber dann dachte der kluge Junge ja, er müsse sich verlieben. Schon wieder. Schon wieder an mir vorbei!«

»Was heißt denn, an dir vorbei? Inka war meine große Liebe!«

»Du hast am Tag zuvor mit mir geschlafen!«

»Ja, was sagt das schon? Ich habe auch die letzten Jahre mit dir geschlafen, und trotzdem liebe ich Inger. Du hast mich vom ersten Tag an erpresst, kaum dass du mich damals bei meinen Eltern abgeliefert hast. Ich wollte dich nie, aber ich konnte mich auch nicht von dir befreien! All die Jahre,

312

jede Stunde, die du bei mir warst, habe ich immer nur das eine gewollt: dich endlich loswerden!« Er spie die Worte förmlich aus, sodass Ella die Luft anhielt.

»Das kann ich dir genau sagen, wie das geht!« Steffi riss beide Arme hoch, und nun war gut zu sehen, dass sie eine Pistole hielt. »Nicht du wirst mich loswerden, sondern ich euch beide!«

»Steffi, spinnst du?« Ella wollte aufstehen, doch Steffi winkte mit der Pistolenmündung in ihre Richtung. »Bleib sitzen. Ich kann dich nicht mehr sehen. Ewig dieses behäbige Getue, dabei warst du doch genauso scharf wie Inka, *die* Inka, die meinen Moritz so angemacht hat, bis er sie im Sexrausch ermordet hat!«

Irgendetwas rumorte in Ellas Bauch.

»Ich war nie *dein* Moritz!«

»Du wirst als mein Nils sterben!«

»Mach dich nicht lächerlich! Wir waren damals nicht im Sexrausch!«

»Ach, nein? *Das ist geil, das macht uns an?*« Steffi verzog im Feuerschein das Gesicht zur Fratze.

Es war kurz still. Ella spürte, dass irgendetwas passiert war, sie wusste nur nicht was.

»Diesen Satz kann nur kennen, wer im Boot war. Oder direkt neben dem Boot.« Moritz stand langsam auf.

»Bleib sitzen!«

»Du warst es. Dass ich darauf nie gekommen bin! Du als die beste Schwimmerin des Jahrgangs, du, die Ella getröstet und mich erpresst hat. Du …« Bevor er weiterreden konnte, war Ella mit einem Satz aufgesprungen und hechtete auf Steffi zu. Ein Schuss streifte ihren Oberarm, den zweiten hörte, aber spürte sie nicht, dann war es plötzlich hell, Männer strömten in den Raum. »Hands up, police«, war das Einzige, das Ella noch hörte, bevor sie Steffi unter sich begrub. Steffi wehrte sich, und wieder löste sich ein Schuss, aber Ella kannte kein Halten mehr, sie kämpfte um die Waffe und schlug Steffi dabei rechts und links ins Gesicht. »Und dir habe ich vertraut, dabei hast du mich nur benutzt. Benutzt und manipuliert!« Unter Tränen schlug sie weiter. »Und Inka, Inka, das warst du!« Wieder ging ein Schuss los, dann griff jemand nach Steffis Waffe, und Ella wurde an den Schultern hochgerissen.

Ella nahm nichts wahr, nur Steffi, die sie mit hasserfüllten Augen ansah.

»Warum?« Am liebsten hätte sie nach ihr getreten.

»Sie hat ihn mir weggenommen! Und ich wollte ihn für mich allein haben. Das hatte ich auch, bis du gekommen bist!« Steffi spuckte nach ihr. »Ich hoffe, du verreckst wie deine Schwester!«

Ella war schlagartig ernüchtert. Sie spürte, wie sich die Hände an ihren Schultern lockerten, während eine Polizeiwaffe auf Steffi gerichtet war.

»Du kannst einem leidtun«, sagte sie und drehte sich weg. Und da erkannte sie erst, wer sie weggezogen hatte: Roger.

»Roger?«

Sie fühlte sich matt und erschlagen und zu keiner weiteren Emotion fähig. »Wie kommst du denn hierher?«

Roger schüttelte den Kopf. »Deine Nachricht hat mich alarmiert, ich hatte Todesangst um dich und habe sofort Filip Engström angerufen, den Kommissar. Siri kannte den

Taxifahrer, die Taxizentrale gab uns die Adresse, und der Rest war einfach.«

Jetzt erkannte Ella den Kommissar neben dem Polizisten, der Steffi gerade Handschellen anlegte.

»Ist das möglich?«, fragte sie.

»Alles ist möglich«, gab Roger zur Antwort und nahm sie in den Arm. »Ich bin nur froh, dass wir rechtzeitig gekommen sind.«

Sie blieben kurz eng umschlungen stehen, schließlich löste sich Ella von ihm und drehte sich zu Moritz um, der jetzt im vollen Licht der starken Polizeitaschenlampen stand. »Und du, Moritz, du hast dich all die Jahre umsonst versteckt.«

Moritz schaute an ihr vorbei zu Steffi, die noch am Boden kauerte. »Es war meine eigene Feigheit«, sagte er schließlich.

Ella ging zu ihm hin und legte ihm die Hand auf die Schulter. »Und ich habe dich all die Jahre gehasst.«

Er strich ihr die Haare zurück. »Mit Recht!«

»Aber Inka. Weshalb hat sie nie gegen Steffi rebelliert?«

»Vielleicht hast du es nur nie zugelassen?«

»Jetzt geht das Gesülze los!« Steffi stand taumelnd auf, die Arme auf dem Rücken, von dem Polizisten festgehalten. »Ich hätte gleich schießen und nicht so viel reden sollen, dann wäre ich jetzt ein glücklicher Mensch. So aber lasse ich euch zurück und weiß ganz genau, was passiert!«

»O Gott«, sagte Ella. »Steffi, du bist krank!«

Ella schaute kopfschüttelnd zu, wie Steffi unter Verwünschungen abgeführt wurde. Roger strich über ihren Oberarm.

»Du blutest!«

Der Kommissar nickte. »Das habe ich schon bemerkt. Darf ich mal sehen?«

Ella spürte erst jetzt den Schmerz. Bisher war es nur ein leichtes Ziehen gewesen, jetzt fing es an zu brennen. Filip Engström zog den Riss in ihrer Kleidung etwas auseinander, und Roger leuchtete die Stelle aus. »Streifschuss, Fleischwunde«, sagte er schließlich. »Muss gleich versorgt werden, ist aber nicht wirklich schlimm.« Er zwinkerte ihr zu. »Dann war es doch wohl gut, dass wir uns kennengelernt haben.« Ella nickte.

»Und jetzt?«, fragte sie Moritz. »Was wirst du machen?«

»Jetzt rufe ich sofort Inger an und bitte sie um Entschuldigung. Und wenn sie mich noch will, werde ich zu ihr ziehen. Diesmal ohne eine Last auf der Seele.«

»Gibt es ab jetzt auch fröhlichere Bilder?«

Er lachte bitter. »Ja, das waren vierzehn Jahre Schuld.« Er sah sie an, und jetzt erkannte Ella in ihm den Jungen von einst. »Das habe ich dir zu verdanken. Deiner Hartnäckigkeit! Danke!«

»Sag auch Margareta und ihrer Schwester Bescheid, die suchen dich.«

Er grinste. »Du scheinst mehr über mein Leben zu wissen als ich selbst!«

Ella sah ihm in die Augen. »Es war dein Portrait in Frankfurt, das mich aufgerüttelt hat. Dein Mund, deine Augen, dein Blick. Gerade jetzt erkenne ich das alles wieder in deinem Gesicht.« Sie strich ihm kurz über die Wange. »Weißt du, wer das Bild gekauft hat?«

»Meine Mutter. Sie wollte etwas von mir haben.«

»Es tut mir so leid für sie!«

»Sie wird sich scheiden lassen, wenn sie jetzt die volle Wahrheit erfährt.«

»Das würde ich an ihrer Stelle auch tun!« Ella nickte energisch. »Einen Mann zu haben, der sich als ehrenwert hinstellt und lieber seine Familie verrät, als einen Karriereknick in Kauf zu nehmen, das dürfte wohl das Ende einer Ehe sein.«

Moritz schnippte ihr spielerisch gegen die Wange. Das hatte er früher immer getan, und es kam ihr plötzlich so vertraut, so normal vor.

»Und was ist mit deiner Beziehung?«

Ella sah zu Roger, der sich gerade mit Filip Engström unterhielt.

»Es stimmt, was Steffi gesagt hat. Irgendwie hat sie es immer geschafft, Ben und mich aufeinander einzuschwören. Und es stimmt, Ben braucht eigentlich eine andere Frau, eine häuslichere, ruhige – und ich brauche jemanden mit mehr Bewegung, mehr Dynamik –, in jeder Beziehung.«

Moritz deutete mit dem Daumen zu Roger.

»Ist er das?«

»Ja. Ich habe mich verliebt und werde zu Roger nach Paris ziehen.«

Und sie staunte selbst, wie leicht ihr das von den Lippen ging.

Gaby Hauptmann

Ran an den Mann

Roman. 320 Seiten.
Piper Taschenbuch

Schöne dunkle Augen hat er, das muss sie zugeben. Eva gönnt sich eigentlich nur noch kurz einen Absacker an der Bar, bevor sie nach Hause fährt. Und jetzt sieht sie dieser Typ da so an. Schon klar, was er will. Aber will sie auch? Unwillkürlich schießen ihr die magischen Worte ihrer frühreifen Töchter durch den Kopf: »Ran an den Mann...«

Frau mit Töchtern sucht ihren Weg – Gaby Hauptmanns Heldinnen finden dabei manchmal mehr, als sie wollen...
Der neue prickelnde Roman der Bestsellerautorin über die Wirrungen eines ganz normalen Lebens!

Gaby Hauptmann

Frauenhand auf Männerpo

und andere neue Geschichten.
240 Seiten. Piper Taschenbuch

Eine Handvoll Männlichkeit... verbirgt sich das etwa hinter »Frauenhand auf Männerpo«? Ebenso unterhaltsam und hinterhältig wie Gaby Hauptmanns Erfolgsromane ist dieses Buch mit seinen Geschichten. Mit leichter Hand und einer kräftigen Prise Ironie gewürzt, sind diese Stories ein Lesevergnügen, das sich weder Frau noch Mann entgehen lassen sollten: Wie immer weiß Gaby Hauptmann anschaulich und augenzwinkernd aus dem modernen Beziehungsdschungel zu berichten, der für ihre Heldinnen ebenso viele Überraschungen bereithält wie für ihre Leser.